当代外语
研究论丛
FOREIGN
LANGUAGES
STUDIES
外国文学研究系列

视觉、权力与身体：

尤多拉·韦尔蒂作品中的凝视机制研究

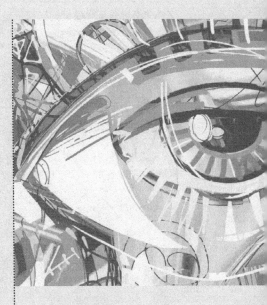

何小香◎著

上海交通大学
SHANGHAI JIAO TONG UNIVERSITY PRESS
出版社

内容提要

　　本书选取韦尔蒂 20 世纪 40 年代最具视觉性的三部作品《绿帘》《三角洲婚礼》《金苹果》展开研究，从视觉快感、视觉转向和视觉力量三个方面来解读韦尔蒂作品中视觉机制对作品构建的作用。视觉快感以《绿帘》中的集体凝视为研究对象，视觉转向侧重于《三角洲婚礼》中的女性凝视，视觉力量则解读了《金苹果》中的社会监视。从这三个方面，本书探讨了韦尔蒂的作品中视觉如何携带着权力和欲望作用于不同的人物身体，而这些人物又是如何以身体作为斗争的场域，谱写着自己的人生乐章。

图书在版编目(CIP)数据

　　视觉、权力与身体：尤多拉·韦尔蒂作品中的凝视
机制研究/何小香著. —上海：上海交通大学出版社，
2022.6
　　ISBN 978-7-313-26845-7

　　Ⅰ.①视…　Ⅱ.①何…　Ⅲ.①尤多拉·韦尔蒂—文学
研究　Ⅳ.①I712.065

　　中国版本图书馆 CIP 数据核字(2022)第 093859 号

视觉、权力与身体：尤多拉·韦尔蒂作品中的凝视机制研究
SHIJUE QUANLI YU SHENTI：YOUDUOLA WEIERDI ZUOPINZHONGDE NINGSHI
JIZHI YANJIU

著　　者：何小香			
出版发行：上海交通大学出版社		地　　址：上海市番禺路 951 号
邮政编码：200030		电　　话：021-64071208
印　　制：江苏凤凰数码印务有限公司		经　　销：全国新华书店
开　　本：710mm×1000mm　1/16		印　　张：12.25
字　　数：210 千字		
版　　次：2022 年 6 月第 1 版		印　　次：2022 年 6 月第 1 次印刷
书　　号：ISBN 978-7-313-26845-7		
定　　价：78.00 元		

2009 年，一个偶然的机会，笔者阅读了尤多拉·韦尔蒂(Eudora Welty)的长篇小说《乐观者的女儿》，被其文笔深深吸引。之后的几年间，笔者断断续续地获得并阅读了韦尔蒂的其他小说和作品集。彼时，韦尔蒂在国内的研究甚少，相关的研究资料也是寥寥无几。2012 年 10 月，译林出版社出版了吴新云教授翻译的《绿帘》，2013 年 5 月又推出了刘泃波教授翻译的《金苹果》，这为韦尔蒂的作品研究在国内的发展提供了契机。近年来，韦尔蒂及其作品引起了更多学者的关注，相关研究在国内的发展大有"星星之火可以燎原"之势。乍看之下，韦尔蒂的小说就像一个再普通不过的洋葱，无法一下子吸引读者的眼球。她语言简洁，叙事平缓，小说中甚至都没有强烈的戏剧冲突，读者需要一层一层揭开作品的面纱才能发现其内里。但细读文本，你会发现，在简洁的表面之下是暗藏的汹涌波涛和多重的指涉、互文和意蕴叠加。她的小说值得一遍一遍细细品味，每一遍都能读出不同的东西。在此期间，笔者先后申请了相关课题的研究与论文写作，对韦尔蒂的作品有了更深入的了解。2018 年至 2019 年，笔者有幸去美国俄勒冈大学访学，做韦尔蒂作品凝视机制方面的研究。在访学的期间，获得和阅读了大量的宝贵资料，也得到了专注于美国现代主义研究的马克·沃伦(Mark Whalan)教授的指导和帮助。经过和沃伦教授的多番讨论，本文的框架才得以最终确定。

本书选取韦尔蒂 20 世纪 40 年代最具视觉性的三部作品《绿帘》《三角洲婚礼》《金苹果》展开研究，从集体凝视、女性凝视和社会监视三个方面来解读韦尔蒂作品中视觉机制对作品构建的作用。第一章绪论部分是对韦尔蒂写作生涯的简短介绍，主要侧重韦尔蒂摄影家身份对其小说创作的影响，并在总结国内外研究的基础上，对凝视理论做了比较系统的梳理。

第二章《视觉快感：〈绿帘〉中的集体凝视》侧重于视觉快感的建立，研究以男性凝视为核心的传统观看方式如何把女性人物呈现为景观，而这种观看方式又如何解构男性气质，把男性呈现为"愚人"。《绿帘》是怪人的乐园。作品中的主要人物——穷人、黑人、边缘人、畸形人，特别是女性——都处在他人的凝视之中，处在家庭或是小镇的集体凝视之中。在集体凝视中，传统英勇、果敢的男性也无法逃脱被异化的命运。而当女性步入聚光灯并积极寻找观看者的目光时，女性怪诞的躯体从被动的景观走向主动的展示。《绿帘》中的人物在他者的群体凝视之中成为景观，他们可以是奇妙的或是奇特的，但更多的是奇异的，怪诞的。他们日复一日地表演着，让自己的身体成为景观的同时，实现了怪诞与规范、凝视者与被凝视者之间的逆转，消解了凝视与被凝视之间的二元对立，打乱了正常与反常、经典与荒诞、内在与外在之间的界限。

第三章《视觉转向：〈三角洲婚礼〉中的女性凝视》以《三角洲婚礼》为研究对象，探讨小说中的女性凝视机制。凝视在男性的统治中起到至关重要的作用。在视觉中心主义的等级二分中，男性是凝视的主体，处于主动地位；女性是凝视的客体，处于他者地位，是男性凝视的欲望对象。《三角洲婚礼》中视觉机制发生转向，男性不再是凝视的主体，取而代之的是来自于形形色色的女性人物的凝视。在女性的凝视中，男性英雄气概被建构起来。同时，女性的凝视的建构功能也随着主体的不同而产生不同的效果。对家族男性的进一步探查中，他们的男性气概受到质疑，真实的男性身体被探究和被展现。除了男性人物以外，三角洲的物也被摄入像中，它们既是女性凝视的对象，也在凝视着这些观看的女性，揭示凝视主体的欲望和匮乏。自此，女性逐渐摆脱男性凝视代言人的身份，在凝视中发现自我，构建起主体身份。

第四章《视觉力量：〈金苹果〉中的监视社会》则侧重于视觉力量的呈现，研究封闭的摩根纳社会对个体的监视和控制，这种无形而又无处不在的力量作用于女性的身体的同时也作用于男性身体，对其进行规训和惩罚，把他们塑造成"有用的"身体。男性在社会的监视中焦灼不安，处于崩溃的边缘；女性把身体作为斗争的场域，抵制社会规训，反抗惩罚，成为美杜莎式的人物。在凝视与反凝视的较量中，传统男性气质被解构，女性主体性被建构，封闭的社会得到改变。

本书从凝视的角度来研读韦尔蒂的作品，探讨视觉如何携带着权力和欲望作用于作品中不同的人物身体，既是对韦尔蒂作品比较系统的研究，同时也为解读韦尔蒂的作品提供全新的视角。笔者希望能和国内的韦尔蒂爱好者和文学研究者分享自己的研究所得,同时也希望得到读者的指正。

何小香

2021 年 12 月于杭州

目录

第一章

绪　论

第一节　作家简介与研究缘起

1909 年 4 月,尤多拉·韦尔蒂出生在美国密西西比州的杰克逊县。她的父亲来自俄亥俄州,是一名保险业高管;她的母亲来自西弗吉尼亚州,酷爱阅读,曾经为了抢回一套狄更斯的小说而跑回一座被大火吞没的房子里。在母亲的影响下,韦尔蒂从小就养成了阅读的习惯,这也为她之后的写作奠定了基础。韦尔蒂从小就生活在一个充满爱的家庭里,父母对她爱护有加,保护她不受各种外来势力的影响。在家庭的庇护中,韦尔蒂成长为一位地地道道的美国南方姑娘。除了去威斯康星大学上学的三年,和之后去纽约哥伦比亚大学商学院学习的一年时光,她一生的大部分时间都在杰克逊度过,因而在韦尔蒂作品的批评史中,曾有很多批评家和读者都试图将韦尔蒂归类为地域作家,这在很大程度上影响了韦尔蒂在美国评论界和文学界的接受度。韦尔蒂的语言简练,叙事平缓,她将自己置身其外,以一个旁观者的身份冷静地观察,娓娓道来。她的写作态度曾一度被文学评论界诟病,被称为是一个美化已逝的美国南方,拒绝正视南方的暴力与种族仇恨,忽视密西西比州社会现实的"美国南方的梦幻家"[1]。韦尔蒂的传记作家范德·基夫特(Vande Kieft)看到的也是一个生活在庇护之中的温柔的韦尔蒂,认为她的作品温和而不带任何冒犯色彩[2]。女性主义批评家路易丝·韦斯特林(Louise Westling)形容韦尔蒂的世界"在很大程度上远离贫困和暴力",而她的小说显示了她"在很大程度上缺乏对白人男性权力的暴力执行

---

① TRILLING D. Fiction in Review: Review of Delta Wedding [J]. Nation, 1946(May): 578.

② KIEFT V. Eudora Welty [M]. New York: Twayne, 1987: 133.

的任何了解"[①]。曾有一度,韦尔蒂被认为是美国有史以来最亲切友好、最温和无害的作家。[②] 然而,诸多的评论者只看到韦尔蒂作品平静、温和的表面而忽视了风平浪静的表面之下暗藏的汹涌波涛,忽视了韦尔蒂温和的外表之下内心所进行的勇敢的冒险、无尽的探索和抗争。美国作家雷诺兹·普莱斯(Reynolds Price)对当时针对韦尔蒂作品的批评做了极其简洁而准确的评价:"韦尔蒂的职业生涯是一个漫长的呈现……尽管她的作品从不缺乏赞扬和忠实的读者,却让评论家们感到棘手至极。那种无畏的情感强度,那种对日常生活的持续的关注,那种写作技巧上的大胆革新,无情地暴露了学术批评方法的贫乏。"[③]的确,韦尔蒂的小说超出了学术批评所能成功探索的作品范围,其平静光滑的表面像覆盖了一层聚四氟乙烯那样的保护层,只有最持久的探索才能刺透或深入作品的内里[④]。所幸的是,进入 20 世纪 90 年代,评论界对韦尔蒂的作品的评论发生了转向,越来越多的研究者意识到韦尔蒂作品的复杂性和现实意义,韦尔蒂已不再简单地被称为美国南方作家或是女性作家,而是被纳入美国最伟大的作家行列。1998 年,美国文库出版了她的作品全集,打破了它过去只选已逝的经典作家的传统,在美国文学界引起了轰动。《美国文学巨人作品》系列丛书的出版使韦尔蒂跻身于马克·吐温、惠特曼、爱伦·坡、福克纳等美国文学巨人之列。

韦尔蒂首先是一位短篇小说家。她的短篇小说作品集有《绿帘》(*A Curtain of Green*,1941)、《大网及其他故事》(*The Wide Net and Other Stories*,1943)、《金苹果》(*The Golden Apples*,1949)和《英尼斯福伦的新娘》(*The Bride of the Innisfallen and Other Stories*,1955)。韦尔蒂在长篇小说领域也颇有建树,主要作品有《强盗新娘》(*Robber Bridegroom*,1942)、《三角洲婚礼》(*Delta Wedding*,1946)、《庞德的心》(*The Ponder Heart*,1954)、《失败的战争》(*Losing Battles*,1970)以及《乐观者的女儿》(*The Optimist's Daughter*,1972)。1973 年,《乐观者的女儿》被授予普利策文学奖。

韦尔蒂一生笔耕不辍,在小说领域取得了丰硕的成绩。除此之外,她还是一位评论家和散文作家,她的评论和散文作品主要收录在《故事之眼:精选散文和

---

① WESTLING L. The Loving Observer of One Time, One Place [M]//DECLIN A J. (ed.). Welty: A Life in Literature. Jackson: University Press of Mississippi, 1987: 168-187.

② THOMPSON V H. Eudora Welty: A Reference Guide [M]. Boston: G. K. Hall, 1976: ix.

③ PRICE R. The Collected Stories of Eudora Welty [J]. The New Public, Volume 183, 1980 (November): 31-34.

④ JOHNSON C A. Eudora Welty: A Study of Short Fiction [M]. New York: Twayne Publishers, 1997: 6.

评论》(*The Eye of the Story*: *Selected Essays and Reviews*，1978)和《作家之眼：书评集》(*A Writer's Eye*: *Collected Book Reviews*，1994)两部作品集中。20 世纪 80 年代，韦尔蒂在哈佛大学做了三次演讲，之后，她在美国国内的接受度逐渐上升。这些演讲后来成为韦尔蒂的回忆录《一个作家的开端》(*One Writer's Beginnings*，1984)的重要组成部分。《一个作家的开端》也深受读者和评论界的喜爱，曾位列美国畅销书之列长达一年之久。

　　早年，韦尔蒂想成为一名摄影师。在经济大萧条时期，她作为公共事业振兴署(WPA)的宣传代理曾深入美国南方，用相机记录南方农村的生活。1935 年，韦尔蒂计划出版她的摄影作品，但没有成功。① 1936 年以后，韦尔蒂把主要精力投放在写作上，但她一生都没有停止对摄影的热爱。她的摄影作品最终集结成摄影集《一时一地：照片》(*One Time*，*One Place*：*Photographs*)并在 1971 年的时候得以出版。这部摄影集主要由众多的女性肖像照组成，是对大萧条时期南方女性生活最原始、最直接的表达。② 这些照片中的女性孤独、沉静，表现出女性精神的力量、固执的独立。她们也证明了女性"对爱的渴望"。③ 1989 年韦尔蒂的另外一部摄影集《相片》(*Photographs*)在杰克逊出版。在这部作品中，韦尔蒂的构图技巧和她所捕捉到的主体凝视中的张力，显示了她捕捉人物特定时刻的艺术性。韦尔蒂的小说写作与她的摄影有着错综复杂的联系。摄影影响了韦尔蒂的写作方式，也使她获得了探索人与人之间的关系的能力，这些技巧和能力也成为她叙事的策略和写作的能力。在韦尔蒂的作品中，视觉机制一直在发挥作用："我的性情和直觉都告诉我，作者的写作都是有感时刻的不得不发，但他仍需保留与作品的距离。我希望，作者不是被抹去的，而是无形的存在；事实上，作者占据一个强大的位置。透视、视线、视野的框架——这些设定了距离。"④"透视、视线、视野框架"，这些视觉艺术界的技术术语界定了韦尔蒂的写作风格和作品特色。正如她在文章中一直强调的那样，她把自己当作一个处于观察者位置的作家：视角揭示了个体之间、个体与周围环境之间的关系，它"设置了一个距离"，这个距离可以是巨大的；在写作中，她必须敏锐地意识到视线，

① MARRS S. Eudora Welty: A Biography [M]. Orlando: Harcourt, 2005: 33 - 34.

② KEMPF J. Eudora Welty, Photographer: The Photograph as Revelation. Eudora Welty Newsletter, 2003,27(1): 32 - 36.

③ MARRS S. Eudora Welty's Photography: Images into Fiction [M]//TURNER W C, HARDING L E. (eds.). Critical Essays on Eudora Welty. Boston: G. K. Hall, 1989: 284.

④ WELTY E. One Writer's Beginnings [M]. Cambridge, MA.: Harvard University Press, 1984: 87.

即读者阅读她的作品的位置。作为一个观察者，她必须了解如何架构或设定小说中的描述和行动。韦尔蒂总结说，由于她使用透视法、视线、框架，她必须在适当的距离将自己设定为一个观察者/叙述者，这样故事的全景将如她所愿：不能离读者太近，否则某些东西将被排除在视觉框架之外；也不要离读者太远，否则重要的东西会从她希望探索和强调的主题中消失。[①] 韦尔蒂有意识地赋予小说以视觉效果，这定义了她的叙事风格。作品中的叙述者是敏锐的观察者，他们不断地观察、注视和讲述；作品中的人物既是凝视的主体，也是被凝视的对象，他们在不停地观看和被看，在这个过程中，他们要么找到"自我"，建立身份认同，要么迷茫焦灼，走向崩溃的边缘。韦尔蒂的小说也极具"镜头感"，作品中充满了视觉意象，她在读者的脑海中呈现图像的能力非常强，用韦尔蒂自己的话来说，"我有一个视觉头脑。这是我看待事物的方式，所以这也是我写作的方式。我试着把我在故事中所说的集中成视觉图像——风景、肖像、季节等所有让眼睛一目了然的东西。我在这些事情上付出努力。"[②]阅读韦尔蒂的作品时，作品中的故事会像一幅幅图画一样呈现在读者的脑海中。作为读者的我们不仅仅是在阅读，更重要的是，我们与作品的叙述者、作品中的人物甚或是作家一起在观看、在凝视。

第二节　韦尔蒂国内外研究现状

在美国，韦尔蒂的作品自 1936 年第一篇短篇小说《流动推销员之死》发表以来，就一直受到评论界的关注。早年的评论基本上已被韦尔蒂的研究专家们编辑成册，主要有佩吉·惠特曼·普伦肖(Peggy Whitman Prenshaw)主编的《尤多拉·韦尔蒂：批评随笔》(*Eudora Welty：Critical Essays*, 1979)、哈罗德·布鲁姆(Harold Bloom)主编的《尤多拉·韦尔蒂：现代批评观点》(*Eudora Welty：Modern Critical Views*, 1986)、阿勒伯特·德夫林(Alerbt Devlin)主编的《文学中的一生》(*A Life in Literature*, 1987)、道恩·特鲁亚(Dawn Trouard)主编的《尤多拉·韦尔蒂：故事叙述者之眼》(*Eudora Welty：Eye of the Storyteller*, 1989)。进入 90 年代，韦尔蒂逐渐摆脱来自"地域作家"这一标签的限制，声望日益显著。

---

① JOHNSON C A. Eudora Welty：A Study of Short Fiction [M]. New York：Twayne Publishers, 1997：48-49.

② Comment Magazine. An Interview with Eudora Welty [M]//PRENSHAW P W. (ed.). Conversations with Eudora Welty. Jackson：University Press of Mississippi, 1984：20.

随着韦尔蒂受到越来越多人的关注,她的作品也获得多角度、全方位的解读。

一、主题研究。早期对韦尔蒂作品的研究,有相当一部分是针对作品主题的解读,主要可以概括为神话主题、地域主题、爱和死亡的主题以及暴力主题。韦尔蒂从小喜欢阅读,古希腊神话、罗马神话和凯尔特民间传说就如同融入她的血液一样,她在创作的时候可以信手拈来,化入自己的作品之中,因而有多位评论者从不同角度解读韦尔蒂对神话故事的指涉,如丽贝卡·马克(Rebecca Mark)的《龙血》极其全面地从女性主义角度阐释了《金苹果》与神话及其他文本的互文关系①;阿克拉姆·哈比布(Akram Habeeb)分析了《强盗新娘》和《金苹果》两部作品对神话和童话故事的挪用和改写;②多萝西·格里芬(Dorothy Griffin)侧重探讨《三角洲婚礼》中排列在亚祖河两岸的格罗夫、谢尔蒙德和马尔米恩三座庄园的意象和神话寓意;③路易丝·韦斯特林研究了《三角洲婚礼》中潜在的神话结构和神话人物形象,指出作品中蕴含的丰富的神话元素的现实意蕴;④唐·詹姆斯·麦克劳林(Don James McLaughlin)解读了《金苹果》中的美杜莎形象,指出韦尔蒂作品中的神话因素并不是对神话故事的简单引用或指涉,她对神话故事的改写往往是为了借助神话故事来颠覆南方淑女的形象和传统理念。⑤ 韦尔蒂一生的大部分时间都在杰克逊度过,她作品的叙事基本上都围绕美国南方密西西比展开,因而她曾一度被定义为美国南方作家。韦尔蒂本人也承认地域对于她的写作具有重要意义,是她的小说赖以存在的基石。简·诺德比·格伦德(Jan Nordby Gretlund)把韦尔蒂作品的诗意性归因于美国南方地域的特殊性;⑥克莱尔·伊丽莎白·克鲁斯(Claire Elizabeth Crews)分析了家庭在《三角洲婚礼》和《乐观者的女儿》两部小说叙事中所起的作用,她认为韦尔蒂作品中的地域揭示了人物个人和集体身份的冲突,能让读者更好了解作品中人物

① MARK R. Dragon's Blood: Feminist Intertextuality in Eudora Welty's The Golden Apples [M]. Jackson: University Press of Mississippi, 1994.

② HABEEB A. Writing as a Woman: Mythology, Time, the Weaving Metaphor and Symbolism in Eudora Welty's The Robber Bridegroom, The Golden Apples, Delta Wedding, Losing Battles and The Optimist's Daughter [D]. Indiana: Indiana University of Pennsylvania, 2003.

③ GRIFFIN D. The House as Container: Architecture and Myth in Eudora Welty's Delta Wedding [J]. The Mississippi Quarterly, 1986, 39(4): 521 - 535.

④ WESTLING L. Demeter and Kore, Southern Style [J]. Pacific Coast Philology, 1984, 19(1): 101 - 107.

⑤ MCLAUGHLIN D J. Eudora Welty's Sleeping Medusa [J]. Mississippi Quarterly, 2011, 64(3 - 4): 525 - 548.

⑥ GRETLUND J N. Eudora Welty's Aesthetics of Place [M]. Newark: University of Delaware Press, 1994.

的行为和反应背后的动机；①此外，马里恩·蒙哥马利（Marion Montgomery）分析了韦尔蒂作品的南方性特点②，阿勒伯特·德夫林在其专著《尤多拉·韦尔蒂的编年史：密西西比生活的故事》中论述了韦尔蒂作品的地域性特征。③ 韦尔蒂作品的地域性特征让韦尔蒂被界定为地域作家，而爱和死亡的主题让韦尔蒂摆脱地域作家的限定。罗伯特·佩恩·沃伦（Robert Penn Warren）解读了韦尔蒂作品中爱和分离的主题，他认为，典型的韦尔蒂故事是关于一个深爱着的人与他或她所爱的东西隔绝的故事，"孤立的性质可能因个案而异，但孤立的事实，无论其性质如何，决定了韦尔蒂小说的最基本情况"；④萨利·沃尔夫（Sally Wolff）结合作者的生平经历重新解读了韦尔蒂作品中爱的主题，探讨了爱给作品中的人物带来的光辉和阴影。⑤ 除此以外，尼科尔·唐纳德（Nicole M. Donald）分析了韦尔蒂作品中暴力书写的隐晦特点；⑥龙纳·布鲁姆（Ronna L. Bloom）主要论述暴力在韦尔蒂塑造"抗争者"人物形象时的作用。⑦ 对暴力主题的研究也是对韦尔蒂作品温和表面的回应，展示了其作品的政治意义和颠覆性实质。

二、女性主义研究。韦尔蒂本人对女性主义运动并不持有积极的态度，她认为，作为女性作家，她并没有因为自身的性别而受到歧视⑧，但从 20 世纪 70 年代开始，对韦尔蒂的作品进行女性主义解读的风潮开始盛行。普伦肖主编的论文集《尤多拉·韦尔蒂：批评随笔》中就收录了玛格丽特·波斯特里（Margaret Bolstrli）、伊丽莎白·克尔（Elizabeth Kerr）等多位评论家从女性主义角度对韦尔蒂作品中的女性视角、女性人物进行解读的文章；路易斯·韦斯特林在其专著《神圣的树林和荒芜的花园》中指出南方的女性作家在其作品中揭示女性生活的

① CREWS, C. E. The Role of the Home in Eudora Welty's Delta Wedding and the Optimist's Daughter [D]. Atlanta: Georgia State University, 2012.

② MONTGOMERY M. Eudora Welty and Walker Percy: The Concept of Home in Their Lives and Literature [M]. Jefferson, NC: McFarland and Co. , 2004.

③ DEVLIN A J. Eudora Welty's Chronicle: A Story of Mississippi Life [M]. Jackson: University Press of Mississippi, 1983.

④ WARREN R P. The Love and Separateness in Miss Welty [M]//TURNER W C, HARDING L E. (eds.). Critical Essays on Eudora Welty. Boston: G. K. Hall, 1989: 42 – 51.

⑤ WOLFF S. A Dark Rose: Love in Eudora Welty's Stories and Novels [M]. Baton Rouge: Louisiana State University Press, 2014.

⑥ DONALD N M. "Of One Kind or Another": Rape in the Fiction of Eudora Welty [D]. Baton Rouge: Louisiana State University, 1999.

⑦ BLOOM R L. "Don't Touch Me": Violence in Eudora Welty's Fighters [D]. Denver: University of Denver, 2003.

⑧ DIAMONSTEIN B. Eudora Welty [M]//PRENSHAW P W. (ed.). Conversations with Eudora Welty. Jackson: University Press of Mississippi, 1984: 135 – 136.

实际情况,创造出或反对或修正传统女性角色、充满自信的女主人公形象;①弗朗齐斯卡·吉加克斯(Franziska Gygax)从女性主义叙事视角分析了《三角洲婚礼》中的多重女性叙述声音、《金苹果》中的女性人物以及《失败的战争》和《乐观者的女儿》中的叙事策略,强调女性采用自己的语言书写的重要意义,她还运用女性特定的方法来分析韦尔蒂的小说,指出韦尔蒂的叙事技巧有助于建立女性权威,打破父权价值观;②阿克拉姆·哈比布分析了韦尔蒂作品中的女性书写传统,指出韦尔蒂对神话的挪用、对女性时间、女性象征和意象的书写是颠覆男权叙事的有效策略。③

三、文化研究。韦斯特林追溯南部的文化遗产,展示了南方女性对男性创造的暴力、虚假世界的反应——在这个世界里,女性被蒙上纯洁的象征,以弥补男性的罪恶;④约翰·哈代(John Hardy)剖析了《三角洲婚礼》中地域文化的象征意义;⑤凯瑟琳·科尔宾(Kathryn Corbin)解读了韦尔蒂作品中所蕴含的佛教思想;⑥安妮·罗明斯(Ann Romines)分析了《三角洲婚礼》中的南方淑女文化;⑦伊丽莎白·克鲁斯分析了南方"家庭"对塑造人物身份的作用。⑧

四、叙事研究。露丝·韦斯顿(Ruth D. Weston)在其专著《韦尔蒂小说中的哥特传统和叙事技巧》中探寻韦尔蒂小说与哥特式小说传统之间的关系,分析韦尔蒂运用哥特式主题和场景来构建作品的叙事策略;⑨常永松(Kyong Song

---

① WESTLING L. Sacred Groves and Ravaged Gardens: The Fiction of Eudora Welty, Carson McCullers, and Flannery O'Connor [M]. Atlanta: University of Georgia Press, 1985.
② GYGAX F. Serious Daring from within: Female Narrative Strategies in Eudora Welty's Novels [M]. Santa Barbara: Greenwood Press, 1990.
③ HABEEB A. Writing as a Woman: Mythology, Time, the Weaving Metaphor and Symbolism in Eudora Welty's The Robber Bridegroom, The Golden Apples, Delta Wedding, Losing Battles and The Optimist's Daughter [D]. Indiana: Indiana University of Pennsylvania, 2003.
④ WESTLING L. Sacred Groves and Ravaged Gardens: The Fiction of Eudora Welty, Carson McCullers, and Flannery O'Connor [M]. Atlanta: University of Georgia Press, 1985.
⑤ HARDY J. Delta Wedding as Region and Symbol [J]. The Sewanee Review, 1952, 60(3): 397 – 417.
⑥ CORBIN K. Parting a Curtain: A Study of Buddhist Themes in the Works of Eudora Welty [D]. Carson: California State University Dominguez Hills, 2005.
⑦ ROMINES A. Reading the Cakes: Delta Wedding and the Texts of Southern Women's Culture [J]. The Mississippi Quarterly, 1997, 50(4): 601 – 616.
⑧ CREWS C E. The Role of the Home in Eudora Welty's Delta Wedding and The Optimist's Daughter [D]. Atlanta: Georgia State University, 2012.
⑨ RUTH D W. Gothic Traditions and Narrative Techniques in the Fiction of Eudora Welty [M]. Baton Rouge: Louisiana State University Press, 1994.

Chang)利用巴赫金的对话理论来分析韦尔蒂的小说中突破传统的艺术表达手法；①直子·桑顿（Naoko F. Thornton）通过对韦尔蒂文学生涯不同阶段的主要作品的研究，探讨其作品在文学和社会两个层面的潜文本，传达了韦尔蒂对小说在文学界和现实世界所应扮演的角色的观点，她还借鉴巴赫金、巴特、布尔迪厄和德里达的理论，将韦尔蒂和她的作品置于美国文学史上的一个新的位置；②斯蒂芬·富勒（Stephen Fuller）在《尤多拉·韦尔蒂与超现实主义》一书中探讨韦尔蒂主要作品中的超现实主义叙事策略，指出韦尔蒂深受 20 世纪 30 年代超现实主义思想的影响，在作品中下意识地借用了超现实主义的观点来描绘南方社会的现代化进程，他认为超现实主义叙事策略不仅体现了韦尔蒂的文化远见，而且也显示出她巨大的艺术胆量。③

　　五、意识形态研究。韦尔蒂的作品在相当长的时间内被一些研究者认为不具有政治意义。戴安娜·特里林（Diana Trilling）曾批评韦尔蒂是一位忽视密西西比州的社会现实，只生活在已逝南方的梦幻家；④约翰·库利（John Cooley）也曾指出韦尔蒂作品中的黑人形象刻板而又缺乏生机；⑤卡罗琳·海尔伯恩（Carolyn Heilburn）批评韦尔蒂在《一个作家的开端》中隐藏自己内心的愤怒，把自己的成长经历浪漫化；⑥克劳迪娅·罗斯·皮尔波因特（Claudia Roth Pierlpoint）甚至直接讽刺韦尔蒂，称她为"完美女士"，指责韦尔蒂拒绝面对美国南方社会的政治问题。⑦进入 20 世纪 90 年代，评论界对韦尔蒂作品的评论发生了转向，越来越多的读者和评论者意识到韦尔蒂作品的政治性，她的作品也被认为是对美国南方社会的真实反映。帕特里夏·耶格尔（Patricia Yaeger）在《尘垢与欲望》中指出韦尔蒂的小说有助于重塑南方日常生活中女性与政治的关系；⑧2001 年哈丽特·波拉克（Harriet Pollack）和苏珊娜·马尔斯（Suzanne

---

① CHANG K S. Dialogic Discourse in Terms of Nature, Race, and Gender in Fictions by William Faulkner, Eudora Welty, and Gloria Naylor [D]. Indiana：Indiana University of Pennsylvania, 2002.

② THORNTON N F. Strange Felicity：Eudora Welty's Subtexts on Fiction and Society [M]. Westport：Praeger Publisher, 2003.

③ FULLER S. Eudora Welty and Surrealism [M]. Jackson：University of Mississippi Press, 2013.

④ TRILLING D. Fiction in Review：Review of Delta Wedding [J]. Nation, 1946(May)：578.

⑤ COOLEY, J. Black as Primitives in Eudora Welty [J]. Ball State University Forum, 1973,14(iii)：26 - 7.

⑥ HEILBURN C. Writing a Women's Life [M]. New York：W. W. Norton, 1988.

⑦ PIERLPOINT C R. A Perfect Lady [M]//PIERLPOINT C R. (ed.). Passionate Minds：Women Writing the World. New York：Vintage, 2000：155 - 174.

⑧ YAEGER P S. Dirt and Desire：Reconstructing Southern Women's Writing, 1930 - 1990 [M]. Chicago：University of Chicago Press, 2000.

Marrs)编撰的《尤多拉·韦尔蒂与政治》收编了多位韦尔蒂研究专家对韦尔蒂作品的中肯的评论,极大地推进了对韦尔蒂作品政治性的认知:佩吉·普伦肖指出尽管韦尔蒂把诸如争辩、谈判等政治行为放在私人领域和私人空间,但她的作品仍然表现出对政治的持续关注;①安妮·罗明斯重新审视韦尔蒂作品中个人、历史和政治之间的关系,以及作者对于传统的虔诚对作品的现实性和政治性的影响;②丽贝卡·马克认为韦尔蒂在《失败的战争》这部小说中坚定地站在了废除种族隔离的一边,而且这部小说的情节本身就蕴含着对社会政治现状的评论;③评论集的最后一篇文章来自波拉克和马尔斯,她们评述了韦尔蒂13张照片中的政治意蕴。④ 继《尤多拉·韦尔蒂与政治》之后,苏珊娜·马尔斯在2002年出版了《一个作家的想象:尤多拉·韦尔蒂的小说》。在这部作品中,马尔斯追述了韦尔蒂主要小说作品的创作过程,阐释了韦尔蒂生命中的重要人物,诸如她的母亲、朋友以及她的恋人约翰·罗宾逊(John Robinson)对她创作的影响。马尔斯认为韦尔蒂的小说是对她那个时代的重要事件的微妙的反映,特别是对经济大萧条、第二次世界大战、民权运动等重大历史事件的反映,同时也传达了韦尔蒂本人对战争、种族主义、南方贫困等一系列政治问题的态度。⑤

　　六、比较研究。苏珊娜·哈里森(Susanne Harrison)通过对韦尔蒂的四部作品与弗吉尼亚·伍尔夫的作品的互文性解读,分析伍尔夫对韦尔蒂创作的影响及其作品的现代性特征;⑥马里恩·蒙哥马利(Marion Montgomery)比较了尤多拉·韦尔蒂和沃克·珀西(Walker Percy)两位南方作家迥然不同的文学特

---

① PRENSHAW P W. Welty's Transformations of the Public, The Private, and the Political [M]// POLLACK H, MARRS S. (eds.). Eudora Welty and Politics: Did the Writer Crusade? Baton Rouge: Louisiana State University Press, 2001: 19 - 46.

② ROMINES A. A Voice from a Jackson Interior: Eudora Welty and the Politics of Filial Piety [M]// POLLACK H, MARRS S. (eds.). Eudora Welty and Politics: Did the Writer Crusade? Baton Rouge: Louisiana State University Press, 2001: 109 - 123.

③ MARK R. A "Cross-mark Ploughed into the Center": Civil Rights and Eudora Welty's Losing Battles [M]//POLLACK H, MARRS S. (eds.). Eudora Welty and Politics: Did the Writer Crusade? Baton Rouge: Louisiana State University Press, 2011: 123 - 154.

④ POLLACK H, MARRS S. Seeing Welty's Political Vision in Her Photographs [M]//POLLACK H, MARRS S. (eds.). Eudora Welty and Politics: Did the Writer Crusade? Baton Rouge: Louisiana State University Press, 2001: 223 - 253.

⑤ MARRS S. One Writer's Imagination: The Fiction of Eudora Welty [M]. Baton Rouge: Louisiana State University Press, 2002.

⑥ HARRISON S. Eudora Welty and Virginia Woolf: Gender, Genre and Influence [M]. Baton Rouge: Louisiana State University Press, 1997.

色，并提出对"家"或"地域"的态度决定了韦尔蒂和珀西文学作品之间的差异；① 雷·尚帕涅(Rae Champagne)比较了韦尔蒂和卡森·麦卡勒斯女性怪诞形象的塑造和对女性意识形成的不同作用。②

除了对韦尔蒂作品的研究，在美国文学界，有多位学者对韦尔蒂的生平进行了详细、深入的研究。安·沃尔德伦(Ann Waldron)的《尤多拉·韦尔蒂：作家的一生》(*Eudora Welty*：*A Writer's Life*, 1998)是韦尔蒂的第一部传记。按时间顺序，这部传记记录了韦尔蒂生活中的重要时刻、重要地点以及对韦尔蒂生活产生重大影响的主要人物。尽管沃尔德伦在写传记的时候未能获得韦尔蒂的同意，她的传记还是引起了更多的人对韦尔蒂本人及其作品的兴趣。苏珊娜·马尔斯的《尤多拉·韦尔蒂传》(*Eudora Welty*：*A Biography*)是韦尔蒂传记中比较具有权威性的一部。马尔斯在着手书写韦尔蒂传记的时候，她成为韦尔蒂的朋友已长达 15 年之久，而阅读和研究韦尔蒂的作品更是长达 23 年的时间。在与韦尔蒂的直接交往中，马尔斯获得了很多珍贵的一手资料。马尔斯尽量客观、完整地展现了韦尔蒂生活的各个方面，从韦尔蒂在密西西比州的杰克逊出生开始，终止于 20 世纪 90 年代韦尔蒂获得国际声望的最后十多年。马尔斯传记的独特之处在于，她把多种声音融入对韦尔蒂的生活轨迹的记录之中，包括韦尔蒂作品中人物所发出的声音，她写给朋友、编辑、同事信函之中的声音以及与韦尔蒂相熟之人对她评价的声音。在多重声音的融合和碰撞之中，韦尔蒂的生活得到多角度、全方位的呈现。③ 凯珞琳·布朗(Carolyn J. Brown)的传记《勇敢的生活：尤多拉·韦尔蒂传》(*A Daring Life*：*A Biography of Eudora Welty*)则侧重记录韦尔蒂在面对生活的挑战时所表现出来的勇气和智慧，这部传记有助于韦尔蒂的爱好者更全面地了解韦尔蒂对生活的态度和对生命的敬畏。④

近年来，美国的评论界开始关注韦尔蒂作为视觉艺术家和作家的双重身份之间的相互影响，特别是韦尔蒂对摄影艺术的爱好对其写作风格的影响。韦尔蒂的小说和她的摄影作品被放在一起研究，比较有代表性的有哈丽特·波拉克的专著《尤多拉·韦尔蒂的小说和摄影：女性他者的身体叙事》(*Eudora*

---

① MONTGOMERY M. Eudora Welty and Walker Percy：The Concept of Home in Their Lives and Literature [M]. Jefferson：McFarland & Company, Inc. Publishers, 2004.

② CHAMPAGNE R C. Not Your Father's Southern Grotesque：Female Identity in the Short Fiction of Eudora Welty and Carson McCullers [D]. Richardson：The University of Texas at Dallas, 2008.

③ MARRS S. Eudora Welty：A Biography [M]. Orlando：Harcourt, 2005：(Introduction)xix.

④ BROWN C J. A Daring Life：A Biography of Eudora Welty [M]. Jackson：University Press of Mississippi, 2012.

Welty's Fiction and Photograph：The Body of the Other Woman），她从女性主义的角度审视韦尔蒂作品中性别化和种族化的女性身体，分析这些身体在南方文化中以他者身份的视觉呈现；①同一年，苏珊·莱茨勒·科尔（Susan Letzler Cole）的专著《严肃的冒险：尤多拉·韦尔蒂和罗莎蒙德·帕塞尔的小说和摄影研究》（*Serious Daring：The Fiction and Photography of Eudora Welty and Rosamond Parcell*）出版，她认为摄影是构成韦尔蒂小说情节的重要因素：作品中的主人公可能是摄影师，或者照片本身成为作品中主要内容的一部分，又或者作品中的故事情节以相片即视觉化的影像的形式呈现在读者面前。②

国内对韦尔蒂及其作品的研究尚处在起步阶段，还远未形成"赶集之势"。③ 针对其作品的研究，主要是为数不多的期刊论文和硕士论文，研究的对象也主要以《金苹果》和《三角洲婚礼》两部作品为主。有关《金苹果》的研究，主要涉及作品的主题、叙事策略和女性人物，例如崇宁的《南方神话的幻灭——韦尔蒂〈金苹果〉之主题批评》、徐冻梅的《变换的视角，不变的关注——论〈金苹果〉的叙事策略》以及肖庆华的《金苹果和银苹果——剖析韦尔蒂〈金苹果〉中的女性主人公》。此外，华中师范大学的王小燕从神话原型批评的角度分析了《金苹果》对希腊神话的创造性运用。④ 2013 年 5 月，译林出版社推出了刘浥波教授翻译的《金苹果》，这为《金苹果》在国内的研究提供了比较有利的条件。2014 年，赵辉辉博士从文化批评角度来研究《月亮湖》中的女性"身体"意象，为《金苹果》在国内研究的发展添上了一笔。⑤ 有关《三角洲婚礼》的研究中，兰州大学的杨珊分析了《三角洲婚礼》中"南方家庭罗曼司"的解构及其建构⑥；河南大学的朱俊楠从文化批评的角度分析了《三角洲婚礼》中的身体意象所承载的社会文化符号；⑦济南大学的李越从功能语言学的评价理论视角分析韦尔蒂在《三角洲婚礼》中创建一个和谐的新南方的主题；⑧武汉大学的赵辉辉博士在《"少女"身体

① POLLACK H. Eudora Welty's Fiction and Photograph：The Body of the Other Woman [M]. Athens：The University of Georgia Press，2016.
② COLE S L. Serious Daring：The Fiction and Photography of Eudora Welty and Rosamond Parcell [M]. Fayetteville：The University of Arkansas Press，2016.
③ 参见：杨向荣. 乐观者的女儿（译后记）[M]. 南京：译林出版社，2013：167.
④ 王小燕. 移位的古典神话——韦尔蒂《金苹果》对古希腊神话的创造性运用[D]. 武汉：华中师范大学，2009.
⑤ 赵辉辉."月亮湖"中身体表达的文化审美[J]. 外国文学研究，2014(2)：80-87.
⑥ 杨珊. 论韦尔蒂对"南方家庭罗曼司"的解构及其和谐探求[D]. 兰州：兰州大学，2008.
⑦ 朱俊楠.《三角洲婚礼》的文化批评[D]. 开封：河南大学，2013.
⑧ 李越. 评价理论视角下尤多拉·韦尔蒂《三角洲婚礼》的主题分析[D]. 济南：济南大学，2013.

意象的文化言说——以尤多拉·韦尔蒂作品为分析对象》的文章中分析了雪莉"去性爱"的身体意象。① 值得庆幸的是，河南大学的代行在其硕士论文中报告了《三角洲婚礼》（第1～2章）的中文译本翻译的进程；②扬州大学的孔敏从风格标记理论的角度对《三角洲婚礼》（第3章）的汉译情况进行研究。③ 国内应该很快就会有该作品的中文译本，这将会较大地推进该小说在国内研究的进程。2017年，崔莉通过分析作品中的想象力、词、真实与文学作品的关系来展示尤多拉·韦尔蒂的文学观。④ 总的来说，国内对韦尔蒂及其作品的研究无论在广度还是深度上都迫切需要拓展和深人。

第三节　凝视理论与文学批评

凝视（gaze）是观看的一种方式，指"长时间地看"，或"聚精会神地看"。作为一个哲学、社会学、心理分析等多学科的术语，凝视包含看与被看两个方面的丰富含义。弗里德里希·尼采曾有名言"你凝视着深渊时，深渊也在凝视着你"，⑤尼采的凝视揭示的是凝视对自我构建的反作用；存在主义哲学家让-保罗·萨特在其哲学名著《存在与虚无》中对凝视有精彩的论述；精神分析学家雅克·拉康是凝视理论的集大成者，他有关"他者的凝视"的论述是构成其学术思想的重要组成部分；拉康的研究专家斯拉沃热·齐泽克也推进了拉康理论和凝视理论在社会学和哲学方面的进一步发展；米歇尔·福柯的凝视则更多强调视觉在现代社会中的规训作用，凝视成为现代社会自我监视的手段，从而实现权力自动高效的运转；除此之外，英国艺术史家约翰·伯格和法国哲学家莫里斯·梅洛-庞蒂对观看和凝视也有独特的见解。在当代的文化研究和文学批评中，凝视也成为一个重要的概念，被列为西方文学批评理论的关键词。凝视理论正逐步在各个学科交叉发展，并向着系统化方向前进。

"凝视"作为关键词，分别被收录在丹尼·卡瓦拉罗主编的《文化理论关键

---

① 赵辉辉."月亮湖"中身体表达的文化审美[J].外国文学研究,2014(2)：80-87.
② 代行.《三角洲婚礼》(第1～2章)翻译报告[D].开封：河南大学,2014.
③ 孔敏.风格标记理论指导下《三角洲婚礼》(第三章)的汉译报告[D].扬州：扬州大学,2018.
④ 崔莉.想象力、词、真实与文学作品——尤多拉·韦尔蒂的文学观[J].解放军外国语学院学报,2017,40(2)：121-128.
⑤ NIETZSCHE F. Beyond Good and Evil [M]. ZIMMERN H. (trans.). NY: Tribeca Books, 2011：91.

词》和赵一凡主编的《西方文论关键词》中。在《文化理论关键词》中,凝视的定义是:

> 凝视的概念描述了一种与眼睛和视觉有关的权力形式。当我们凝视某人或某事时,我们并不是简单地"在看"。它同时也是在探查和控制。它洞察并将身体客体化。大多数时间,我们仅仅是在"看"事物:我们只是对与光、颜色和形状相联系的某种感觉留下印象,没有任何潜在的动机。有时我们"观察"事物:为了详细地研究它们,我们仔细地看它们。还有些时候我们是"看一眼"事物:我们的眼睛掠过它们,漫不经心地瞧一下它们的外表。但当我们凝视某些东西时,我们的目的是控制它们。(我们要)探讨的就是与凝视有关的问题,如视觉所扮演的角色和在社会身份的形成中看的动力学。[①]

在《西方文论关键词》中,作者陈榕的定义是:

> "凝视"……是携带着权力运作或者欲望纠结的观看方法。它通常是视觉中心主义的产物,观者被权力赋予"看"的特权,通过"看"确立自己的主体位置,被观者在沦为"看"的对象的同时,体会到观者眼光带来的权力压力,通过内化观者的价值判断进行自我物化。当今对凝视的批判已经成为文化批评主义者用来反抗视觉中心主义、父权中心主义、种族主义等的有力武器。[②]

凝视是一个很复杂的动态概念,在不同的研究领域有不同的内涵和外延,很难用简单的话语来概括,而且从以上两个不同定义来看,其在文化研究和西方文论中的侧重点也不尽相同。在文化研究中,我们更强调视觉的探查和控制作用,即视觉中的权力运作机制、视觉在社会身份形成中的作用;在文学研究中,除了视觉中的权力和欲望运作,我们还研究观看和凝视对主体的构建作用,以及观看背后的心理机制,也即我们为什么会这样去看。不过,仅从简单的定义来看凝视理论往往有以偏概全的危险,对其深入理解还需要我们对理论的来源、演化和发

---

① 丹尼·卡瓦拉罗. 文化理论关键词[M]. 张卫东,张生,赵顺宏,译. 南京:江苏人民出版社,2006:139.
② 陈榕. 凝视[M]//赵一凡. 西方文论关键词. 北京:外语教学与研究出版社,2006:349.

展有详细的探究，这就不得不考察让-保罗·萨特、雅克·拉康和米歇尔·福柯等对凝视理论的研究发展及相关论述。

让-保罗·萨特在《存在与虚无》第三卷《为他》部分有专门论述凝视的章节，即萨特的"注视"（The Look）。萨特对注视的关注或许与他早年寄居在外祖父家的经历有关，用萨特自己的话来说，"我的真实、我的性格、我的名字，它们无不操在成年人的手里。我学会了用他们的眼睛来看我自己。我是一个孩子，一个他们不无遗憾地制造出来的怪物。他们虽然不在场，但他们却留下了注视，与光线混在一起的注视。我正是通过这种注视才在那里奔跑、跳跃的。这种注视保持着我的模范外孙的本质，并继续向我提供我的玩偶，赋予我一个世界。"①

萨特的注视理论首先强调的是"我被他人看见的恒常可能性"。② 在萨特的论述中，他人被界定为"注视着我的人"，但这个"注视着我的人"并不一定是实际存在的人，也并不一定是一双事实上正在观看的眼睛，因为"并非在眼睛注视着你们时人们才能发现它们是美的或丑的，才能注意它们的颜色。他人的注视掩盖了他的眼睛，它似乎是走在眼睛前面的"。③ 萨特的注视更多的是一种知觉，即"主体意识到被注视"，这种注视"也完全可以因树枝的沙沙声，寂静中的脚步声，百叶窗的微缝，窗帘的轻微晃动而表现出来"。④ 换言之，只要主体感觉到被注视，这种注视就是存在的，而且，萨特强调了这种注视的恒常可能性。

其次，萨特的注视揭示主体"为他的存在的恒常结构"⑤。萨特用一个窥淫癖的例子来解释主体的为他存在以及反思性自我意识获得的过程。萨特认为，当我因嫉妒、好奇心或怪癖而无意中把耳朵贴在一扇门上，通过锁孔向里窥视时，我只是一个工具复合体，并不具有明确的自我意识。但是当我突然听到走廊里的脚步声，我突然意识到我被注视：

> 我正弯腰伏在锁眼上；突然我听到脚步声。我全身通过一种羞耻的颤栗：什么人看见我了。我直起身来，我朝空寂的走廊扫视：原来是一场虚惊。⑥

---

① 萨特. 词语[M]. 北京：生活·读书·新知三联书店，1988：58.
② 萨特. 存在与虚无[M]. 陈宣良等，译. 北京：生活·读书·新知三联书店，2007：324.
③ 萨特. 存在与虚无[M]. 陈宣良等，译. 北京：生活·读书·新知三联书店，2007：325.
④ 萨特. 存在与虚无[M]. 陈宣良等，译. 北京：生活·读书·新知三联书店，2007：324.
⑤ 萨特. 存在与虚无[M]. 陈宣良等，译. 北京：生活·读书·新知三联书店，2007：337.
⑥ 萨特. 存在与虚无[M]. 陈宣良等，译. 北京：生活·读书·新知三联书店，2007：347.

我虽然意识到这只是虚惊一场,但他人存在的可能性却并没有因此减弱,即我意识到我被注视:

> 他人的存在是如此不可怀疑以致这场虚惊也完全能成为那使我放弃我的行动的结果。如果相反我坚持做下去,我就会感到我的心狂跳,并且留神地听着哪怕一点点响动,楼梯上脚步的任何一点咔嚓声。他人远没有随着我的第一场虚惊消失,他现在无处不在,在我的上上下下,在隔壁的房间里,并且我一直深深感到我的为他的存在;甚至可能我的羞耻也没有消失:现在,我伏在锁眼上,脸颊通红,我不断体验到我的为他的存在;我的可能性不断地"死亡",而且"可能"有人在那边的楼梯上,"可能"有一个人的在场躲在那边的暗角里,而从这些"可能"出发的距离不断地向我展开。①

在这个过程中,主体被客体化,进而被异化,成为我所不是的我,即主体走向了主体-对象:"我是别人认识着的那个我。并且我在他人为我异化了的一个世界中是我是的这个我,因为他人的注视包围了我的存在,并且相应地包围了墙、门、锁;我没于这一切工具性事物而存在,它们把原则上脱离了我的一面转向别人。这样,我就是没于一个流向别人的世界、相对别人而言的自我。"②

再次,萨特的注视体现了我和他人之间是一种存在关系。在注视中,主体-我在感知主体-他人的注视时,一步步走向主体-对象。在这一存在关系中,主体因他人的注视体验到自己是没于世界而被凝固的,主体"被抛到、弃置在他人的自由之中"。③ 当然,这种关系也可以发生逆转,主体-他人在主体-我的注视下,也会向对象-他人发生转变,但在萨特的注视中,他更多强调的是他人的注视对主体的解构性作用。因此萨特的注视是不同主体之间的斗争,注视是对自我的异化。

萨特的注视理论揭示主体和他人在世界中的存在关系,主要是他人凝视的在场对主体的摧毁性作用,然而这种凝视是恒常存在的,这就揭示出作为主体"我"的为他结构的恒常性。拉康则从精神分析的角度来揭示凝视对主体构建的作用,即观看行为背后的无意识机制,可以称之为"他者的凝视",并与拉康另外

---

① 萨特.存在与虚无[M].陈宣良等,译.北京:生活·读书·新知三联书店,2007:348.
② 萨特.存在与虚无[M].陈宣良等,译.北京:生活·读书·新知三联书店,2007:328 - 329.
③ 萨特.存在与虚无[M].陈宣良等,译.北京:生活·读书·新知三联书店,2007:340.

一个核心概念——"他者的欲望"——相互缠绕，构成拉康精神分析理论的核心内容。要把握拉康的凝视理论，需要理解拉康凝视理论的两个方面，即镜像凝视和来自对象 a 的凝视。

从 20 世纪 30 年代起，拉康就开始关注视觉机制对主体或想象性主体的构建作用。这一时期的凝视理论主要体现在拉康的"镜像阶段"理论之中。拉康认为，六至十八个月大的婴儿在照镜子的时候，能辨认出镜子中的成像是他自己，并认识到通过改变自己的动作可以控制镜像，由此获得了自我意识。这个阶段就是儿童成长过程中的镜像阶段。对镜像阶段的心理学分析表明了观看行为对主体构成的作用——自我通过认同自己在镜子中所看到的，而且是想象性看到的虚像构建起自我意识。在主体对镜像的凝视中，不仅有想象界的自我认同，还有象征界的他者认同，"前者是自己对自己或与自己相似的对体的看，后者则是以他者的目光来看自己，按照他人指给自己的理想形象来看自己，以使自己成为令人满意的、值得爱的对象"。① 这种认同实质是一种误认，从一开始就受到了他者的染指。从这里可以看出，主体从走向镜子向里观看的那一刻起，自我就一步步走向异化，因而也预示着主体的分裂——我即是他人。

进入 20 世纪 60 年代，拉康重新回到对凝视的关注，而且受到同时代的哲学家莫里斯·梅洛-庞蒂的影响，拉康的凝视理论发生了比较激进的变化。梅洛-庞蒂对凝视的论述主要出现在他的哲学著作《可见的与不可见的》的《反思与探究》部分：

> 无论如何，他者的体验对我来说并不是乌有，因为我是相信他者的——而且这个体验和我自己是相关的，因为它作为投射于我的他者眼光而存在着。这张熟悉的面孔就在这里，这笑容，这噪音的抑扬也都在这里，我很熟悉他们的风格，就像熟悉我自己一样。在我生命的许多时刻，他者对我来说也许都化入了这个可能是一种诱惑的景象之中。然而，尽管噪音会变化，对话过程会出现异常，或者相反，一种回答超过了我已问的，甚至超过了我想问的——突然变得明显的是，也是在这里，生命在一分钟一分钟地被体验着：在这些目光后面的某处，在这些动作后面的某处，或毋宁在它们面前的某处，或者更是在其周围，不知从什么样的空间双重背景开始，另一个私人世界透过我的世界之薄纱

---

① 吴琼. 雅克·拉康——阅读你的症状[M]. 北京：中国人民大学出版社，2011：547.

而隐约可见。一时间,我因它而活着,我不再是这项向我提出的质问的
答复者。的确,极其微小的重新注意都能使我相信这个入侵我的他者
只不过是由我的实在造成的:他的颜色,他的痛苦,他的世界,正因为
是他的,我怎么能设想它们呢?除非根据我所看到的颜色,我所感受过
的痛苦,我生活于其中的世界,否则我怎么能设想它们呢?至少,我的
私人世界不再仅是我的世界;此时,我的世界是一个他者所使用的工
具,是被引入到我的生活中的一般生活的一个维度。①

梅洛-庞蒂认为在主体的知觉构建过程中,他者的目光一直存在,并且起
到决定性作用,"总有一种先行存在的不可见的凝视、一个柏拉图式的'全视
者'在看着我,使得我的观看不再是传统现象学意义上的主体的知觉建构,而
是主体与他者的'共同世界'为显现自身而对'我'的利用"。② 拉康认同梅洛-
庞蒂的观点,特别是他对先行存在的"不可见的凝视"的论述更让拉康信服,拉
康把这一观点概括为"凝视的前存在"(the pre-existence of a gaze)。镜像凝视
不仅涉及想象界的自我认同,更有象征界中想象的被看,或想象的自己对自己
的观看。

我只能从某一点去看,但在我的存在中,我却在四面八方被看。③

认识到这一点是理解拉康凝视理论的前提,但从这儿开始,拉康发展了自己
更为激进的理论,他开始强调凝视与眼睛的分裂。在拉康这里,凝视不是主体的
观看行为,也不是主体被看,而是来自主体以外某个东西的凝视。这可以用拉康
年轻时候的一次经历来说明。那时拉康刚二十出头,作为一位年轻的知识分子,
他下定决心离开,去见识一些不同的东西,投入到一些实际的事情中去。有一
天,拉康和一个渔民家庭的几个人乘坐一艘小船去捕鱼。当他们在等待拉网的
时候,一个叫小珍的人向拉康指出了一些漂浮在波面上的东西。那是一个小罐
头,一个沙丁鱼罐头……它在阳光下闪闪发光。小珍指着罐头对拉康揶揄道:

---

① 莫里斯·梅洛-庞蒂. 可见的与不可见的[M]. 罗国祥,译. 北京:商务印书馆,2017:20 - 21.
② 吴琼. 雅克·拉康——阅读你的症状[M]. 北京:中国人民大学出版社,2011:548.
③ LACAN J. The Four Fundamental Concepts of Psychoanalysis [M]. London:Penguin Books, 1979:
72.

"你看到那个罐头盒了吗？你看到它了吗？可是，它可看不见你！"①

沙丁鱼罐头在阳光下闪闪发光，抵挡并折射回拉康对外界观看的目光，促使他开始对自己的处境展开反思。拉康意识到虽然和渔民共处一舟，但他的存在是无足轻重、不合时宜的。在这群苦中作乐的渔民眼中，他只是一个不合群的外来者。拉康对外界的观看反转过来，成为一种自我意识。拉康意识到自己置身于他者的凝视之中，这种意识把他抛入焦虑和尴尬的处境。在凝视的反转过程中，凝视已不再是眼睛的观看行为，而是来自沙丁鱼罐头的凝视，而这种凝视一直存在。

拉康最喜欢的凝视例子是汉斯·霍尔拜因的《大使》。当你看这幅画时，首先会感觉到你控制了自己的视线；然而，你随后会注意到画布底部有一个污点，只有从侧面的角度看这幅画，你才能分辨出来，从这个角度你开始看到的污点实际上是一个盯着你的骷髅。来自骷髅的凝视，也即拉康的来自物的凝视。从你开始探究这个污点是什么，或者这个污点遮挡住了什么开始，这个污点就在凝视你了。拉康认为："凝视并非主体控制客体的工具，而是大他者中的一个位点，这个位点抗拒视觉的控制。"②这是拉康凝视理论的核心内容，拉康称之为"来自对象 a 的凝视"，即来物的凝视揭示了主体的匮乏。事实上，象征界和实在界之间只是隔着一个脆弱的边界，实在界不经意间的凝视把主体抛入虚无之中，一个介于主体和他者之间的不可能空间。在这个空间中，主体体验到他的创伤性的匮乏。

对象 a 是拉康凝视理论中一个非常重要的概念，用拉康自己的话来说，"主体对自身分裂的兴趣与决定这一兴趣的东西相联系——也就是说，有一个特权对象，产生于原初的分离，产生于主体由于实在界的无限逼近而造成的某种自我切割。在我们的代数中，它的名字就是对象 a。"③对象 a 作为一个产生于原初分离的"特权对象"，就是主体所欲望的对象，也即"引发主体欲望的原因"，是"主体朝向视界秩序的驱力"。④ 对象 a 具有悖论性的特点。一方面，对象 a 既内在于主体，又处在主体之外。它既是主体所欠缺的菲勒斯，又是他者所欲望的菲勒

---

① LACAN J. The Four Fundamental Concepts of Psychoanalysis [M]. London：Penguin Books, 1979：95.

② LACAN J. The Four Fundamental Concepts of Psychoanalysis [M]. London：Penguin Books, 1979：105.

③ LACAN J. The Four Fundamental Concepts of Psychoanalysis [M]. London：Penguin Books, 1979：83.

④ 吴琼. 雅克·拉康——阅读你的症状[M]. 北京：中国人民大学出版社, 2011：559.

斯。换句话说,正是因为他者需要这个菲勒斯,主体才欠缺这个菲勒斯。① 另一方面,对象 a 作为欲望的对象先于欲望主体而存在,是引发主体欲望的原因,而且"这个作为欲望原因的对象从一开始就失落了,而且根本就是欠缺的,它压根儿就是一个负对象,在出场之前就不存在,它的非存在先于存在"。②

凝视和对象 a 之间有密切的联系,或者说,凝视即是来自"对象 a 的凝视"。欲望的核心是对圆满自我的误解,在这里,除了主体的自恋投射之外,什么都没有。正是欲望的匮乏本质,确保了主体继续欲望。然而,因为对象 a 最终也只不过是主体的自恋投射的一个屏幕,主体终将意识到在他的欲望背后只有匮乏。"如果说主体在想象的凝视下还能借助象征性的认同来获得匮乏的临时替代物,还能通过对想象的凝视的确认与省略来缝合他者中的缺口而成为他者领域的一部分,那么实在界的凝视就只会把主体抛入一个彻底的虚无,一个介于主体和他者之间的不可能的空间,主体在此休验到的将只能是他的分裂,他的创伤性的匮乏。"③欲望匮乏的本质让我们持续欲望下去,并不断地威胁着我们,让我们在实在界搁浅。

无论是萨特的注视还是拉康的欲望凝视,凝视都与主体(意识)的构建密切相关。到了米歇尔·福柯这里,凝视与知识和权力相连接,与规训和权力相共谋。福柯对视觉的关注与探讨主要出现在《疯癫与文明》(1961)、《临床医学的诞生》(1963)、《规训与惩罚:监狱的诞生》(1975)三部著作之中。

《疯癫与文明:理性时代的疯癫史》是福柯第一部重要的作品,是对欧洲中世纪至今、现代社会有关疯癫演变史的一次系统性知识考古研究。在文艺复兴时期,疯癫既被视作威胁,也被视为拥有一种智慧,在文学和艺术中往往被描绘成表现宇宙悲剧的神秘力量。当时对待疯人的方式,是把他们送上"愚人船",让他们从一个地方漂流到另外一个地方,因而疯癫也成为"巨大不安的象征"。④ 到了 16、17 世纪的古典主义文学时期,疯癫成为理性的对立面,成为理性认识真理的最大威胁。在这之前,疯子一直处于社会边缘;到了 17 世纪,疯子和妓女、流浪汉、亵渎神明的人等一起被关在欧洲各地新建立的机构里,他们被

---

① 马元龙. 拉康论凝视. 文艺研究[J],2012(9):23-32.

② RICHARD B. Figurations of the Object a. In Žižek, S. (ed.). Jacques Lacan: Critical Evaluations in Cultural Theory (II) [M]. New York: Routledge, 2003:161.

③ 吴琼. 雅克·拉康——阅读你的症状[M]. 北京:中国人民大学出版社,2011:561.

④ 米歇尔·福柯. 疯癫与文明:理性时代的疯癫史[M]. 刘北城、杨远婴,译. 北京:生活·读书·新知三联书店,2003:10.

完全从社会中分离出来。这一过程，福柯称之为"大禁闭"。① 到了 19 世纪，随着精神病院的出现，该机构很快被视为唯一可以治疗疯癫的地方。精神病院拥有两大功能：一是医治那些不能在家里得到必要照顾的疯子，让家庭得到解脱；二是保护社会，限制那些不受社会欢迎的人。福柯认为，在这些现代医疗机构中，对疯子名义上更为开明和富有同情心的治疗，与早期理性医疗机构的治疗一样残忍和充满控制。"精神病院中的精神病科学也只是一种观察和分类体系，而决非一种对话。"②在《疯癫与文明》中，通过对疯癫的历史探究，特别是对精神病院的考察，福柯式的凝视已初步显现，这种凝视是单向度的"监视、刺探和贴近"。③ 这种单向观察结构以治愈疾病的名义对疯癫进行监视和驯服；疯人也意识到自己处于一个"天网恢恢的审判世界；他必须懂得，自己受到监视、审判和谴责"。④

  《临床医学的诞生》是继《疯癫与文明》之后，福柯对现代医学诞生的历史进行的知识考古，主要论述的是"目视"——"要求目视去观看，去分辨出特征，去识别出相同的东西和不同的东西，按照种和属加以分类"。⑤ 当然，医学目视并非"任何一个观察者的目视，而是一种得到某种制度支持和肯定的医生的目视，这种医生被赋予了决定和干预的权力"，而且，这种目视"应该并且能够捕捉住色彩、差异、细小的偏差，时刻警惕着异常现象"。与此同时，它不满足于观察显而易见的东西，它长于算计，"应该使人们能够大致测算出机会和风险"。⑥ 福柯通过研究 18 世纪末和 19 世纪初临床医学诞生的历史，考察了疾病分类、治疗方式的变化。他认为，临床医学取代分类医学，将病理解剖和医院重组为观察和学习的场所以及疾病治疗的场所，现代医学的诞生标志着一个合法的观看空间的诞生，临床医学的诞生也宣告了看的场域的生产，医院成为医学目光的空间。⑦ 医生的目视将"身体的真相"带到"光"中，医学话语只是描述这种"纯洁"的注视在对身体的观察中所感知到的东西。⑧ 由于这种注视的控制，现代医学越来越成

---

① FOUCAULT M. History of Madness [M]. NY: Routledge. 2009: xiiv-xxv (Introduction).
② 黄晖. 疯癫的沉默与理性的独白——解读福柯的《疯癫与文明》[J]. 法国研究,2010(1): 47-53.
③ 米歇尔·福柯. 疯癫与文明: 理性时代的疯癫史[M]. 刘北成,杨远婴,译. 北京: 生活·读书·新知三联书店,2003: 232.
④ 米歇尔·福柯. 疯癫与文明: 理性时代的疯癫史[M]. 刘北成,杨远婴,译. 北京: 生活·读书·新知三联书店,2003: 247.
⑤ 米歇尔·福柯. 临床医学的诞生[M]. 刘北城,译. 南京: 译林出版社,2011: 97.
⑥ 米歇尔·福柯. 临床医学的诞生[M]. 刘北城,译. 南京: 译林出版社,2011: 98.
⑦ 米歇尔·福柯. 临床医学的诞生[M]. 刘北城,译. 南京: 译林出版社,2011: 16.
⑧ 米歇尔·福柯. 临床医学的诞生[M]. 刘北城,译. 南京: 译林出版社,2011: 98.

为"一种目视与一个面孔、或一种扫视与一个沉默的躯体之间简单的、不经过概念的对质；这是一种先于任何话语的、免除任何语言负担的接触，通过这种接触，两个活人'陷入'一种常见的却又不对等的处境"。① 换句话说，在医生的目视下，患者成为被动和沉默的知识对象，疾病和身体被暴露、被展示，这就是福柯的"医学凝视"。患者想要治疗自己所患的疾病，就必须把自己的疾病和痛苦展示出来，使自己的身体成为一种景观。

在《规训与惩罚：监狱的诞生》中，福柯根据权力关系的社会动力学，以及监督和个人自我调节等纪律机制的社会动力学，在监狱和学校的实践中，将注视发展为一种权力装置。规训是指"近代产生的一种特殊的权力技术，既是权力干预、训练和监视肉体的技术，又是制造知识的手段……规范化是这种技术的核心特征"。②

从古典时期对肉体实施酷刑进行直接压迫到现代社会对肉体进行文明人道方式的控制，在人类社会发展史上，身体一直都被加以监视和改造。自古以来监狱都是国家机器的重要组成部分，都对身体进行某种形式的管控。通过对监狱形式和功能的考古研究，福柯指出边沁设计的全景敞视监狱是现代监视社会的典型范式：

> 四周是一个环形建筑，中心是一座瞭望塔。瞭望塔有一圈大窗户，对着环形建筑。环形建筑被分成许多小囚室，每个囚室都贯穿建筑物的横切面。各囚室都有两个窗户，一个对着里面，与塔的窗户相对，另一个对着外面，能使光亮从囚室的一端照到另一端。然后，所需要做的就是在中心瞭望塔安排一名监督者，在每个囚室里关进一个疯人或一个病人、一个罪犯、一个工人、一个学生。通过逆光效果，人们可以从瞭望塔的与光源恰好相反的角度，观察四周囚室里被囚禁者的小人影。这些囚室就像是许多小笼子、小舞台。在里面，每个演员都是茕茕孑立，各具特色并历历在目。敞视建筑机制在安排空间单位时，使之可以被随时观看和一眼辨认。③

① 米歇尔·福柯.临床医学的诞生[M].刘北城，译.南京：译林出版社，2011：7.
② 米歇尔·福柯.规训与惩罚：监狱的诞生[M].刘北成，杨远婴，译.北京：生活·读书·新知三联书店，2007：375.
③ 米歇尔·福柯.规训与惩罚：监狱的诞生[M].刘北成，杨远婴，译.北京：生活·读书·新知三联书店，2007：224.

边沁的全景敞视监狱的高明之处在于，处在瞭望塔内的人可以自由观看却不会被看到，身处囚室的人无法去看，却只能被看见，而且他也明了自己的可被看性，因而这种隐匿的看成了无处不在、无时不在的监视。这种看与被看的关系"在被囚禁者身上造成一种有意识的和持续的可见状态，从而确保权力自动地发挥作用"。①

全景敞视监狱建筑设计理念进而推广到医院、学校、工厂等整个社会的各个领域，全景敞视主义盛行，监视和规训无处不在，结果就是权力实现便捷、有效地自动运转，正如边沁所描述的那样："道德得到改善，健康受到保护，工业有了活力，教育得到传播，公共负担减轻，经济有了坚实基础，济贫法的死结不是被剪断而是被解开，所有这一切都是靠建筑学的一个简单想法实现的！"②彼得·杜斯在《福柯论权力和主体性》一文中归纳了福柯凝视中权力的运作机制，他认为"全景敞视系统比精神病院和医院更具有典范性，它设置了一种单向凝视，其结果是生产了内心自我监管的主体：权力的有效性，它的控制力，从某种意义上说转移到了另一边，转移到了它的实施的表面。处在可被看见的场域中的人，了解这一点的人就承担了权力控制的责任；他使权力控制自动地施加于自己身上，他将自己刻写在权力关系之中。在这个权力关系中，他同时扮演两个角色，他成为他自己臣服的根源……全景敞视权力概念被提出来就是为了对现代社会中的总的社会关系结构进行阐释，凝视在单一的观察者和多样性的被观察者之间建立的单向联系给匿名的中心化的现代权力提供了一个隐喻。"③福柯的《规训与惩罚》对现行的科学-法律系谱进行了历史考古，论述了身体与审判权力之间相互关系的扭结，在这种综合体中，"惩罚权力获得了自身的基础、证明和规则，扩大了自己的效应，并且用这种综合体掩饰自己超常的独特性"。④

---

① 米歇尔·福柯. 规训与惩罚：监狱的诞生[M]. 刘北成，杨远婴，译. 北京：生活·读书·新知三联书店，2007：226.
② 米歇尔·福柯. 规训与惩罚：监狱的诞生[M]. 刘北成，杨远婴，译. 北京：生活·读书·新知三联书店，2007：232.
③ 彼得·杜斯. 福柯论权力和主体性[M]. 汪民安，译. 北京：文化艺术出版社，2001：181.
④ 米歇尔·福柯. 规训与惩罚：监狱的诞生[M]. 刘北成，杨远婴，译. 北京：生活·读书·新知三联书店，2007：24.

第二章

视觉快感:《绿帘》中的集体凝视

　　视觉快感是电影心理学解释影像和运动引起视觉系统官能性满足的概念，"由光影、色彩和运动构成的电影影像带来的视觉快感，超过其他任何艺术，是人的视觉器官接受外界刺激时产生的特殊愉悦感"。① 现代女性主义电影理论的开创者劳拉·马尔维(Laura Mulvey)认为"看本身就是快感的源泉"。② 她从精神分析的角度出发，通过对好莱坞主流电影中视觉政治的探讨，提出视觉快感结构相互矛盾的两方面，"一个是'看'的乐趣，一个是'入迷'"。③ 观看的乐趣在于将他人视为对象，"使他人从属于有控制力的、好奇的目光之下"，这种观看心理，是把他人当作欲望的客体，以满足自己观看所带来的快感，这与弗洛伊德的"窥淫癖"理论相吻合，即通过视觉，利用他人作为性刺激对象而获得快感。"入迷"即观看者将自己融入影视的情节中，"通过观众对他的类似者的着魔和识别要求自我与银幕中对象的认同"。这种认同是一种误认，"银幕"在此起到拉康镜像理论中"镜子"的作用，此时银幕上的形象就如同儿童在镜中认出的自己的那个虚像。当儿童把这个想象的、投射了自己的理想的、更为圆满、更为完善的影像误认为自己时，这种优越的误认所带来的愉悦是不言而喻的。观看的快感在于"识别与误识彼此重叠：经识别的影像被认为是自己身体的反映，但是优越的误识却把这个身体视为理想自我而外在于他自身。异化的主体导致了下一阶段与他者的认同"。④ 劳

① 夏衍.电影艺术词典[M].北京：中国电影出版社，2005：44.

② 劳拉·马尔维.视觉快感与叙事电影[OL].殷曼楟，译.1975：1-9. https://max. book118.com/html/2019/0928/5243324341002132.shtm.

③ 陈榕.凝视[M]//赵一凡.西方文论关键词.北京：外语教学与研究出版社，2006：358.

④ 劳拉·马尔维.视觉快感与叙事电影[OL].殷曼楟，译.1975：1-9. https://max. book118.com/html/2019/0928/5243324341002132.shtm.

拉·马尔维开辟了"精神分析女性主义电影批评的传统"，①通过对好莱坞主流电影的研究，揭示主导秩序即父权社会无意识是如何构造观看方式和快感，其研究目的在于摧毁这种视觉快感，"我们必须攻击那种满足自我和强化自我的行为，这些行为代表着迄今为止电影历史的发展高峰"。② 这种"满足自我和强化自我的行为"，用丹尼·卡瓦拉罗的话来理解，首先是男性观者"通过凝视把女性客体化"；其次是男性观众通过和电影中的男主人公认同，把女主人公塑造为一个被动的对象："一方面，女性可以被贬低，妖魔化为典型的性堕落的符号……另一方面，女性可以被高看为一种恋物。这种类型，体现了男性的一种愿望，即把女性身体转换为一种去性感化的对象，将它作为偶像并从远处崇拜。"③

集体凝视（collective gaze）是文学作品和评论中经常出现的一个用语。法国社会学家纳塔莉·埃尼克（Nathalie Heinich）指出集体凝视是一种相对于个体凝视的概念。埃尼克认为集体凝视的形成在一定程度上依赖于文字图像和数字等起的中介作用，"多亏了文字、图像和数字的中介作用，专家们'具体化'的'怎么看'才能传递给其他人，无论传给专家还是外行。以这种方式，就有可能形成一种'凝视'（理解为视觉专业知识），这种凝视不再是个体的、具体的和短暂的，而是集体的、中介的和持久的。"④英国社会学者约翰·厄里（John Urry）在其专著《游客凝视》（*The Tourist Gaze*）中把游客凝视区分为"浪漫凝视"和"集体凝视"。在厄里这里，集体凝视主要是指游客以群体的形式出行，"在旅游中体验社交带来的愉悦与满足"。⑤ 在"集体凝视"中，他人的在场至关重要——大家的目光都在寻找事件、娱乐设施和许多其他游客的出现："他人给一个地方带来气氛或狂欢的感觉。"⑥

《绿帘》出版于 1941 年，是韦尔蒂的第一部小说集。小说出版之际，正值第二次世界大战期间珍珠港事件爆发，因而小说集并没有获得多少关注。韦尔蒂对自己小说的概括也颇为谦逊："他们所有的人都生活在密西西比州，但这一点

① 陈榕. 凝视[M]//赵一凡. 西方文论关键词. 北京：外语教学与研究出版社，2006：358.

② 劳拉·马尔维. 视觉快感与叙事电影[OL]. 殷曼楟，译. 1975：1 - 9. https://max. book118. com/html/2019/0928/5243324341002132. shtm.

③ 丹尼·卡瓦拉罗. 文化理论关键词[M]. 张卫东，张生，赵顺宏，译. 南京：江苏人民出版社，2006：145 - 146.

④ HEINICH N. The construction of a collective gaze: the National Heritage database [J]. Gradhiva. 2010, 11(1)：162 - 180.

⑤ 盛洁桦. 浪漫凝视与集体凝视——旅游人类学视角下的博物馆游客体验探析[J]. 中国博物馆，2016(2)：31 - 34.

⑥ URRY J. The Tourist Gaze [M]. 2nd ed. London：Sage Publications，2002：45.

跟小说也并没有太大的关系。小说中出现各种各样的人,一个旅行推销员,一些年老的、愚蠢的、痛苦的人,一个偏执的邮递员,一个去了纽约失业的男人和他的妻子,生活在农场上的穷人,美容院的经营者,一个脑子有问题的人,一个独自在花园里发疯般劳作的寡妇……这些或许不是很令人兴奋的故事,而且有时故事中充斥着暴力,但这些都来自我试图描述的人们生活中的某个事件或某个时刻,来自生活中爱情和亲情的复杂性以及贫穷、孤独所带来的影响。"[①]在小说集出版之初,评论界对作品的评价主要集中在小说中的怪诞人物形象,甚至有评论指出,作品中的人物只是"成群结队地进入病态,却没有找到足够的东西来冲击我们的心灵或引起我们的兴趣"。[②] 直到 1991 年彼得·施密特(Peter Schmidt)的专著《故事的核心:尤多拉·韦尔蒂的短篇小说》(*The Heart of the Story: Eudora Welty's Short Fiction*)出版之后,小说集的价值才得到认可。施密特认为十七个故事中的主要女性人物和/或叙事声音都是女性作家,尤其是南方的女性作家的替代品,她们在写作中表达了对违反社会习俗的内疚、焦虑甚至是罪恶感。[③] 女性作家内心的这种不安和焦虑的情绪在很大程度上体现为他人的揣度和观看,那种无处不在的凝视如影随形。在小说集中,那些主要人物——穷人、黑人、边缘人、畸形人,特别是女性——都处在他人的凝视之中,处在家庭或是小镇的集体凝视之中。这种凝视,一方面体现为他人以群体形式的在场,如小说集的开篇之作《莉莉·道和三女士》中的莉莉处在沃茨太太、卡森太太和艾梅·斯洛克姆三位女士的密切关注之下,她也是维克托里镇所有人关注的对象,"所有人都想看到莉莉打扮起来的样子,但是卡森太太和沃茨太太已经偷偷从轨道的另一侧把她送上了火车。"[④]《一则新闻》中,鲁比·费希尔太太在一份旧报纸上看到自己的名字,她突然感觉自己处在别人的监视之中,"她所感觉到的、正在窥视她的,究竟是怎样的一双眼睛呢?"(19)《克莱蒂》的主人公克莱蒂小姐处在家庭的凝视之中,同时也是法尔·金小镇凝视的对象;《马布霍尔老先生》中,马布霍尔先生在公众的目光下四处走动,这种目光是如此耀眼以至于他家的窗户和

① KREYLING M. *Understanding Eudora Welty* [M]. Columbia: University of South Carolina Press, 1999: 10.

② KREYLING M. *Understanding Eudora Welty* [M]. Columbia: University of South Carolina Press, 1999: 9.

③ SCHMIDT P. *The Heart of the Story: Eudora Welty's Short Fiction* [M]. Jackson: University Press of Mississippi, 1991: xv.

④ 尤多拉·韦尔蒂. 绿帘[M]. 吴新云,译. 南京:译林出版社,2012: 11.(本书中有关《绿帘》的引文均出自这一版本,文中以页码标明。)

车厢的烛台都像是盯视的眼睛；在《献给玛乔丽的花》中，霍华德感觉自己在公众面前、在毫无人情味的城市环境之中暴露无遗，当他来到地铁隧道，看到墙上的"上帝看见我，上帝看见我，上帝看见我，上帝看见我"时(163)，他一点也不感到惊讶；小说集的同名短篇《绿帘》中的拉金太太，自从她的丈夫去世之后，一直把自己隐藏在枝繁叶茂、树篱高耸的花园里劳作，但她隐匿的身体依然逃脱不了拉金山镇的邻居们的观看和窥视；小说集的最后两个短篇把这种注视投向了黑人群体，《鲍尔豪斯》中的爵士钢琴家鲍尔豪斯被他的白人听众热切地注视，这个处于悲剧中的人物始终在表演"别人"的悲剧，而他自己的真实情感却无处抒发，即便抒发了也没人会真正感兴趣，更没人能够理解；《老路》中的菲尼克斯·杰克逊拖着孱弱的身体，翻山越岭，长途跋涉，只为自己病入膏肓的孙子拿取一点点救济的药品；在漫长而艰难的一次次相同的行程中，她摸爬滚打，但始终不放弃对生活的希望，她边缘化的身体呈现在读者的视野之中。

《绿帘》出版以后，有不少评论家认为韦尔蒂的作品具有美国南方现代哥特式小说的特点。吉娜·彼得曼(Gina Peterman)认为韦尔蒂作品中的人物是"精神错乱的，畸形的，古怪的"。[1] 阿勒伯特·德夫林推测，这本书之所以能引起许多北方评论家的兴趣，很可能是因为这些故事似乎证实了南方本身就是一种奇观——愚昧、怪诞、奇特。[2]《绿帘》契合卡森·麦卡勒斯(Carson McCullers)对美国南方20世纪初的哥特式作品的概括，"把悲剧与幽默、巨大与琐碎、神圣与淫秽、人的灵魂和物质主义的细节大胆而冷酷地并列起来"。[3] 苏珊·沃尔斯滕霍姆(Susan Wolstenholme)指出，哥特式小说通常被描述为具有独特的"视觉品质"，这正是因为哥特式小说中的许多故事的发展都以场景呈现，并且故事中的人物经常以场景本身或场景中的风景的形式呈现自己。[4]《绿帘》中的人物，在他者的群体凝视之中成为景观，他们可以是奇妙的，或是奇特的，但更多的是奇异的，怪诞的。他们日复一日地表演着，让自己的身体成为景观，"就像19世纪

① PETERMAN G D. A Curtain of Green: Eudora Welty's Auspicious Beginning [J]. Mississippi Quarterly, 1993(47): 104.

② DEVLIN A J. Eudora Welty's Chronicle: A Story of Mississippi Life [M]. Jackson: University of Mississippi Press, 1983: 5-6.

③ MCCULLERS C. The Russian Realists and Southern Literature [M]//Magee, R. M. (ed.). Friendship and Sympathy: Communities of Southern Women Writers. Jackson: University Press of Mississippi, 1992: 21-22.

④ WOLSTENHOLME S. Gothic (Re) Visions: Writing Women as Readers [M]. Baton Rouge: Louisiana State University Press, 1993: 6.

风景画中的人物一样，她的观察者一次又一次地将我们的注意力引向集体凝视和引诱我们凝视的眼睛"。① 阅读韦尔蒂的《绿帘》，作为读者的我们也在观看，有时是和小说的叙事者一起观看，有时是和小说中的人物一起观看，有时是和作者韦尔蒂一起观看着作品中人物的表演，并时刻被敦促去思考这种集体凝视对作品中人物的影响。有时，甚或我们自己也走进了小说，成为被观看的对象，感到深深的不安甚至是极度压抑。正如苏珊·唐纳森（Susan Donaldson）所说，"阅读《绿帘》大致类似于观看一个展览，并隐约地感到不安，担心自己可能像小说中的人物一样被展出。"②

第一节　愚人船：异化的南方英雄

> 我们胆怯而软弱，
>
> 贪婪、衰老、出言不逊。
>
> 我环视左右，皆是愚人。
>
> 末日即将来临，
>
> 一切皆显病态。
>
> ——德尚（Eustache Deschamps）③

　　这个"病态"的世界是德国作家塞巴斯蒂安·勃兰特的叙事长诗《愚人船》里所描述的场景。在《愚人船》的 112 个章节中，作者借用讽喻的手法，嘲弄船上各种形态的"愚人"，他们或离经叛道，或傲慢自大，或吝啬贪财，或挥霍奢侈，或暴饮暴食，或淫荡私通，或暴躁乖戾，愚人百态被刻画得淋漓尽致。这些来自社会各个阶层的愚人，驾驶船只驶往愚人天堂"纳拉贡尼亚"。④《愚人船》取得了巨大的成功，被译成拉丁文、英文、法文等多国文字，对整个欧洲产生深远的影响。《愚人船》成为愚人文学的开端，勃兰特的讽刺也成为永远的讽刺，这些愚人就像

---

① DONALDSON S V. Making a Spectacle：Welty, Faulkner, and Southern Gothic [J]. Mississippi Quarterly 1997,50(4)：567 – 584.

② DONALDSON S V. Making a Spectacle：Welty, Faulkner, and Southern Gothic [J]. Mississippi Quarterly 1997,50(4)：567 – 584.

③ 参见：米歇尔·福柯. 疯癫与文明：理性时代的疯癫史[M]. 刘北城, 杨远婴, 译. 北京：生活·读书·新知三联书店,2003：13.

④ 塞巴斯蒂安·勃兰特. 愚人船[M]. 曹乃云, 译. 桂林：广西师范大学出版社,2019.

一面面镜子，人类在这些镜子中看到他们自己，辨识出他们在镜中的影像。《愚人船》告诫人们愚蠢是人类自身的反映，会随着人类的进步与人类并肩前行。从此，愚人文学中的"愚人"具有了"象征和揭示功能，在以理性为旗帜的人文主义运动中，发挥了强劲的作用。人的各种恶习和非理性的行为，被人格化为'愚人'，受到鞭挞"。① 进入现代社会，"愚人"渐渐退出历史舞台，取而代之的是"精神失常"的"疯子"，但文学中的"疯癫"，"不再作为撒旦的化身，或令人啼笑皆非的符号，或某种抽象概念的替代物，而是确确实实作为现代社会的病态来描写。这种描写，打上了弗洛伊德精神分析的烙印，充满着年轻一代作家对现代西方文明的痛苦体验"。② 无独有偶，福柯的成名作《疯癫与文明》的开始章被命名为《愚人船》，只是这种"愚人船"乘载的不再是愚人，而是精神错乱的疯子，愚人的可笑行径被疯人的癫狂所取代。用福柯的话说，"疯癫不再是人们所熟知的这个世界的异相；对于这个局外观察者来说，它完全是一个普通景观；它不再是一个宇宙的形象，而是一个时代的特征"。③《绿帘》中的男性人物，不再是充满阳刚之气的男性英雄、父权社会的一家之长，他们孤独而彷徨，痛苦而绝望，一个个都显示出病态的特征，在一个癫狂的世界被呈现为怪诞的景观。

沃尔夫冈·凯泽尔（Wolfgang Kayser）在研究怪诞时指出，在所有的怪诞中，我们的情感都会感到陌生、怪异和恐惧，之所以如此是因为我们的世界已变得不可靠，我们不能生存在这个面目全非的世界里。怪诞所倾注的与其说是对死亡的恐惧，还不如说是对生的恐惧。从怪诞的形象，从它的结构来看，就预示着我们的世界已不再是理性的、合理的，观念与世界已经脱节，从中可以看到逻辑的非逻辑化、人生的非人化、秩序的碎片化倾向。怪诞就像一个疯子，它本身是疯狂的，但是真实的疯狂是产生疯子的世界。从这个意义上说，怪诞是一个关于疯癫的预言。④《绿帘》描绘的是一个怪诞的世界，作品中的男性人物或脱离了南方的地域，或脱离了传统南方的生活方式，他们对周围的一切失去了控制。小说中的男性怪诞形象主要是《献给玛乔丽的花》中玛乔丽失业的丈夫霍华德、《流动推销员之死》中的鲍曼和《搭车人》中的汤姆·哈里斯。孤独和失落是他们

---

① 林笳. 从愚人到疯癫的嬗变[J]. 国外文学，2000(2)：36 - 42.

② 林笳. 从愚人到疯癫的嬗变[J]. 国外文学，2000(2)：36 - 42.

③ 米歇尔·福柯. 疯癫与文明：理性时代的疯癫史[M]. 刘北城，杨远婴，译. 北京：生活·读书·新知三联书店，2003：24.

④ 韩振江. "我恐惧故我在"——沃尔夫冈·凯泽尔的"怪诞"理论[J]. 湛江师范学院学报，2007，28(4)：42 - 47.

的特征,怪诞是他们所呈现的形式。故事中的很多情节都围绕着一个男性角色在痛苦时刻的脆弱性展开,当他们试图建立与外界的交流和联系时,往往都感到令人窒息般的无能为力。而作为南方的男性,他们行为常常是出于习惯、仪式或社会期望;当他们按自己的欲望做出偏离他人期望的行为时,他们会感到内疚,痛苦不安。他们需要背负个人和社群期望的重担,似乎只有这样才能成就男性的英雄主义和高贵品质。而当他们面对一个完全陌生的世界时,会产生"一种不吉祥、险恶的预感——在这个陌生的世界里,无生命的事物同植物、动物和人类混在一起,静力学、对称、均衡的法则不再起作用"。① 面对陌生的世界,这些男性人物或呈现出一种滑稽的怪诞,或展现出一种疯狂的行为。同时,这种怪诞的产生也印证了传统的南方观点,认为男人(和女人)是堕落的生物,由于任性和罪恶与上帝分开。对于南方人来说,"堕落"不仅指人类失宠,而且意味着一种固有生活方式的改变和一种独特文化的濒临丧失。精神的沦陷、道德的沦丧加上文化的衰退,使南方社会的衰败对南方男性来说更加辛酸,有时甚至是痛苦和绝望。这种分离感,不仅与上帝分离,而且与旧真理的其他方面分离,促成了许多南方文学作品中所描绘的荒诞感:个人抛弃了整个存在的某些基本要素,例如对社区、家庭和上帝的奉献,是畸形的,因此是怪诞的,更是疯癫的。在作家的作品中,这种"堕落"的状态可以呈现为身体上的畸形,比如《巴黎圣母院》中面目丑陋、心地善良的敲钟人卡西莫多,《石化人》中被展出的身体石化、生吞活鸡的基拉。随着我们对现代社会的更深入的了解,"堕落"的状态被描绘成一种更微妙的畸形,可以是心灵、精神以及价值观上等不同于身体外在形式的畸形,或者说男性俨然已经失去理智和控制的能力,成为愚人,踏上了疯癫之路。

《献给玛乔丽的花》描述了一个恐怖的怪诞故事——孤独的霍华德在绝望中刺死自己待产的妻子玛乔丽。霍华德离开自己的家乡密西西比州的维克托里镇,来到大都市纽约寻找工作机会。连续的挫败已让他丧失了信心,让他无力面对怀孕的妻子。为了避开妻子的询问和絮絮叨叨,他每天在公园里打发时光,等到快到下班时间了,再回到租住的小屋。

霍华德的绝望在于寻找工作的无望。霍华德似乎已经很久没有工作了,很可能他们来纽约以后,他就再也没有工作过。工作对他而言已经是陈年旧事,所以当玛乔丽希望霍华德在孩子出生前能找份工作时,他异常激动,冲着玛乔丽大

---

① 沃尔夫冈·凯泽尔. 美人和野兽——文学艺术中的怪诞[M]. 曾忠禄,钟翔荔,译. 西安: 华岳文艺出版社,1987: 11.

声嚷嚷："我什么时候工作过？一年前……六个月前……在密西西比老家的时候吗……我已经记不清了！时光不像你想的那样可以轻易累加！就算人家真给个活儿干，我现在也不知道怎么干了。我都忘记了！"(160)霍华德对工作已不抱任何希望，这种绝望对个人的打击是巨大的，特别是对摧毁一个男人的男子气概是决定性的。经济大萧条时期，对失业男性的调查显示，失业对男性的心理有很大的侵害作用。失业的男性"感到被鄙视，他们为自己感到羞耻"。"这些人成群结队地在街角闲逛。他们互相安慰，不愿回家，因为他们害怕被指责，好像失业是他们的错。"失业的男人甚至被认为是"一个懒惰的人，一事无成的人"。① 其次，失业的男性也会失去在家庭中的地位，成为无能的家长，而女人会因男性的失业"惩罚男人，轻视男人，并削弱其力量，破坏他们的父权"。② 对于许多失业的人来说，家庭中的耻辱是失业的"最困难的部分"。③ 随着他们的经济实力被削弱，他们作为家长的地位也被侵蚀，随之而来的是他们的男子气概也被削弱。

对于霍华德而言，失业对他的影响更甚。他的妻子有孕在身，孩子将会在三个月后降生，而对于一个男人来说，不能照顾有孕的妻子和即将出世的孩子是对其男性气概最大的羞辱。这样的男人会被认为是毫无人性的，会被贬低到同动物一样的境地。1933年出版的一本颇受欢迎的有关如何构建男性气概的畅销书中就有类似的描述："如果一个男人在他妻子生孩子的时候不保护和帮助她，如果他在她需要照顾的那些年里不尽一切努力的话，他甚至还不如动物。"④

霍华德和他妻子玛乔丽之间的隔阂加剧了他的绝望。尽管他和玛乔丽身处同一个很小的房间，他们在地理位置上的距离很短，但他们只是貌合神离，在内心深处，他们完全活在自己的世界里。玛乔丽在街区里转悠，发现了一朵明黄色的三色堇，她把它别在了自己的天蓝色的旧外套上，"内心充满自豪"(157)。看着同样一朵三色堇，霍华德感到"绝望无比，欲笑无声"(156)。玛乔丽想靠近霍华德，与霍华德待在一起，从他身上获取爱的力量，然而霍华德却把玛乔丽当成是一种压抑的力量，有意拉开与玛乔丽的距离，"退得更远些，直至靠到了墙上。他是在尽量远离玛乔丽，仿佛她是个背信弃义的陌生人，与外部势力为伍"

① SUSSMAN W. Culture as History: The Transformation of American Society in the Twentieth Century [M]. New York: Pantheon, 1984: 195.

② SUSSMAN W. Culture as History: The Transformation of American Society in the Twentieth Century [M]. New York: Pantheon, 1984: 195.

③ 参见：KIMMEL M. Manhood in America [M]. New York: Oxford University Press, 2012: 146.

④ DICKERSON R. Growing into Manhood [M]. New York: Association Press, 1933: 21.

（160）。在霍华德的认知中，玛乔丽已与外部势力一起，成为压迫他的力量。更有甚者，霍华德因玛乔丽提及工作的事情而失去自制，在屋子中央大声嚷嚷，但玛乔丽却"比谁都坚毅淡定，就那么坐在箱子上，歪头看着他"（161）。霍华德消沉、绝望，玛乔丽"圆融成熟"。霍华德无法理解玛乔丽"踏实、富足而舒服的世界，那世界因为孕育了生命而变得遥不可及"（161）。霍华德不愿意去想工作和即将到来的孩子的问题，希望完全避免谈论这些，而玛乔丽则时时把话题引向他的工作和孩子，她看不到或者不愿意看到霍华德的绝望和精神错乱。玛乔丽是丰满、希望、美丽和温柔的化身，但她的世界却让霍华德感到窒息和压抑，甚至玛乔丽身上所散发出的"红花草般的清香"、她的脉搏跳动都让霍华德"更加绝望"（159）。

物质上的匮乏（这表征为霍华德的饥饿和他空空如也的钱包）、精神上的疏远，加之来自玛乔丽的压力，让霍华德处在崩溃的边缘。维多利业·布莱恩（Victoria Bryan）在分析霍华德的精神状态时指出，"饥饿是他找不到工作的直接结果，他找不到工作直接挑战了他在家庭中传统的男性角色，他将饥饿与软弱混为一谈，并蔑视任何对饥饿的提醒。"[①]霍华德要破坏使他倍感压抑的东西，那些直指他的饥饿和软弱的东西，首先是玛乔丽衣扣上的那朵三色堇，它的光彩夺目对他构成了威胁：

> 霍华德垂下眼帘，又看到了那朵三色堇。绽放的黄花犹自灿烂，花瓣上的纹路及花瓣的边缘都呈暗红色。映着玛乔丽天蓝色的旧外套，三色堇在霍华德焦灼的眼神中开始失却花形，幻化为沙漠里地平线上一座平缓延绵的大山，花瓣的纹路变成了裂谷，纤细的花瓣边缘则是巨大而古老的休眠火山口。他的心跳到了嗓子眼……（157）

对霍华德来说，三色堇的犹自灿烂代表了生命和活力，更代表了玛乔丽的健康和美丽，以及她因怀孕所散发出的幸福的光芒和生命的力量，这些都是他所害怕的东西，如同大山、裂谷和火山口一样，让他紧张、害怕和喘不过气。这些东西一再提醒着他的软弱和无能。他有一种强烈的破坏欲望，"他从玛乔丽的外套上一把抓过三色堇，扯下花瓣扔到地上，再跳上去践踏！"（157）霍华德也害怕自然

---

① BRYAN V. "Out of Her Safety into His Hunger and Weakness": Gendered Eating Spaces in Eudora Welty's A Wide Net and "Flowers for Marjorie" [J]. An Interdisciplinary Journal of Rhetorical Analysis and Invention，2015，11(1)：1-15.

和有机秩序。失业状态使他觉得自己置身于自然、正常的世界之外，玛乔丽的美丽、她柔软的身体、她的怀孕和满足，以及三色堇的美丽和时钟滴答滴答声，对霍华德来说都是自然规律的可怕表现。对三色堇的践踏已然预示着死亡的到来。随后不久，霍华德把切黄油的刀刺进了玛乔丽的胸口。对玛乔丽以及她代表着现实世界规律性的怀孕的身体的破坏让霍华德彻底远离了这个他所无法融入的世界。

霍华德被困在纽约这个现代化的世界里，既无法逃脱玛乔丽所代表的女性空间的束缚，也未能接受改善与玛乔丽之间的关系所带来的挑战。与自己所成长的南方社会的分离，让霍华德无法在自然的田园风光中找到慰藉，无法接受来自新世界的挑战。韦尔蒂曾经在纽约待过一段时间，拍摄了一些在街头晃荡的失业者。简·诺德比·格伦德在谈到韦尔蒂在纽约的时光时说："失业的男人给这位年轻的摄影师留下了深刻的印象"。[1] 苏珊娜·马尔斯补充说，韦尔蒂的照片聚焦于"在常规工作时间坐在联合广场公园长椅上的长相相当普通的人……因为他们没有工作可以消磨时间，为他们提供生活的目标和供他们维持生计。"[2]与韦尔蒂所拍摄的人物一样，霍华德无法适应这个不断变化的世界，也无法适应新的生活方式。他的窒息和恐惧、压抑和痛苦最终让他诉诸暴力来结束这个疯狂的世界。在摧毁玛乔丽的同时，霍华德也摧毁了自己无序和病态的世界。

《流动推销员之死》是韦尔蒂的第一篇短篇小说，也被誉为是韦尔蒂最好的短篇小说之一。[3] 这篇小说的主人公 R. J. 鲍曼和小说集中的另外一篇短篇《搭车人》的主人公汤姆·哈里斯一样都是流动推销员，因而会被经常放在一起评论。两篇小说的主题也有相似之处，都描写的是在受商业化影响的南方社会，两位流动推销员与死亡不经意的相遇。两位推销员都一直行驶在路上，不知道自己最终要走向何方……

R. J. 鲍曼是一家鞋厂的推销员，他已经在密西西比州跑了整整十四年，而且在这十四年的差旅生涯中，他从未生过病，也从未出过事故。随着时间一年年过去，"他入住的饭店越来越好，留宿的城镇也越来越大"。（187）鲍曼似乎是一

---

① GRETLUND J N. Eudora Welty [M]//GRAY R, ROBINSON O. (eds.). A Companion to the Literature and Culture of the American South. Oxford: Blackwell Publishing, 2004: 502-17.

② MARRS S. One Writer's Imagination: The Fiction of Eudora Welty [M]. Baton Rouge: Louisiana State University Press, 2002: 14.

③ PINGATORE D R. A Reader's Guide to the Short Stories of Eudora Welty [M]. New York: G. K. Hall & Co., 1996: 154.

个相当成功的推销员，但出现在我们眼前的并不是一位意气风发的商人，而是一个疑虑重重、烦躁不安、极度疲惫的迷路人。这是鲍曼大病初愈后的第一次出行，他的目的地是比拉镇，但他却来到了一处荒凉的山地，那儿人烟稀少，小路狭窄崎岖。在路的尽头，鲍曼的车滑落山涧，掉入一个葡萄藤网中，"像个奇怪的婴儿躺在黑洞洞的摇篮里"（189）。在这荒凉的山村，鲍曼与孤独相遇。在此之前，鲍曼在大病中，已经意识到自己的孤独。鲍曼缺少亲情，他的祖母已经过世，留在鲍曼记忆中的是祖母那张温暖舒适的羽绒大床；鲍曼也没有对爱情的记忆，他所能记起的只是"重重叠叠的小房间，宛如中国纸制的套盒"以及"房间里的家具写满了经年的寂寞"（187）。在过去十四年的推销生涯中，鲍曼和别人的交往也越来越模式化，渐渐失去了正常交际的能力。他不习惯向陌生人问路，而一旦开口，又往往不由自主地像是在推销产品——"不知道您是否关心……出事了——我的车"。（191）即使是在向"老妇人"寻求帮助，鲍曼也不忘打量她脚上的鞋，判断她是否具有买鞋的想法和能力。更有甚者，当鲍曼试着和"老妇人"聊天，打破他们之间太过于安静的尴尬时，鲍曼还是摆脱不了推销的话语："我有一批很好的低价女鞋……"（192）鲍曼像个机器人一样，在推销中疲于奔命，没有时间生病，也没有时间停下来反思生活，直至他误入乡间，偶遇"老妇人"一家，他的心脏才开始剧烈地跳动。

在整篇小说中，鲍曼的心脏发生过五次剧烈、反常的跳动。这些跳动是不是鲍曼心脏疾病的征兆，我们不得而知，但是，可以肯定的是，鲍曼的内心一定是不平静的，他的情感正发生着某种变化。鲍曼心脏的第一次剧烈跳动，发生在他的车滑入山涧，他去附近一户人家寻求帮助时。看见那藤蔓缠绕的房屋、鲜绿亮泽的爬藤，以及走廊上站着的妇人，鲍曼的心脏狂跳不已——"他的心脏出现异常跳动，像发射的火箭那样骤然一冲，进而大幅度不规律地跳动，凌乱的节拍雨点般冲入大脑"（189）。鲍曼这次心脏的剧烈跳动来得很突然，消退得也快，就像是某件重要事情的预示一样，急促地到来又悄无声息就走了。或许在鲍曼的潜意识里，房子代表了"家"，而人赋予家真正的意义。当虚弱而又疲劳的鲍曼看到一个家时，他内心的渴求在心脏的剧烈跳动中显露无遗，但是他尽量抑制这种渴望，因而他的心脏只能"在里头多少有点徒劳地碰撞他的肋骨"（190）。鲍曼在压抑自己的心声，对他来说"感觉到心脏跳动也是件可怕的事"（190），那应该是心底某种强烈的渴望被唤醒了。鲍曼心脏第二次剧烈的跳动，发生在桑尼大步流星地走出去帮他拖车的时候。听着桑尼力道十足的脚步声，鲍曼的心开始狂跳。"老妇人"话不多，但停下手中的活招待鲍曼；桑尼，那个被鲍曼误认为"老夫人"

儿子的男子，魁梧壮实，处处透着真诚。在与"老妇人"和桑尼的短暂接触中，鲍曼的内心被触动，"他的灵魂——好像也跟着跳跃"（196）。这一次，鲍曼听到了自己内心的挣扎，深切感到自己内心的孤独，想要"拥那妇人入怀"（196）。如果房子只是家的外壳的话，"老妇人"和桑尼的生活却是实实在在的。在他们简单却踏实的生活面前，鲍曼无法再抑制自己内心强烈的愿望，他呼唤着爱来他的心中驻足，想"像其他人的心一样抓住爱、溢满爱，享受一个春日的温暖"（196）。鲍曼的心脏第三次剧烈的跳动，是在他看到"老妇人"奔向桑尼的时候那种"热火朝天"的样子时。桑尼已经把车拖离山涧，鲍曼本可以上路，可是此时的鲍曼却请求留下过夜。鲍曼发现了"老妇人"和桑尼屋里的秘密——"这两人在这里珍藏着某样他看不见的东西，隐匿了某种古老的希望——食物、温暖和光明。"（198）鲍曼意识到桑尼和"老妇人"不仅过着脚踏实地的日子，他们之间还有强烈的感情，这种感情溢满了这个简陋的家，深深吸引了鲍曼。鲍曼心脏的第四次剧烈跳动发生在他终于洞悉了"老妇人"和桑尼之间的关系的秘密时。"老妇人"只是一个年轻的妇人，她是桑尼的妻子，还怀着桑尼的孩子。鲍曼因窥视到这个家中的真相而心惊，婚姻是如此顺其自然的事情，"一桩婚姻，一桩生儿育女的婚姻，原不过如此简单，稀松平常到可以发生在任何人身上"（202），而他却没有。这屋子里的爱和温暖让鲍曼窒息，超出了他所能承受的范围，他落荒而逃。此时，鲍曼的心脏又一次"开始如步枪般发出爆炸的巨响，嘭嘭嘭……"（204），他一头跌倒在马路上。鲍曼是否死亡，韦尔蒂并没有明确说明，但是我们知道，鲍曼最终明白了自己的心脏所发出的声音，明白了自己所渴望的东西，但是这些东西，于一个流动推销员而言，却是可望而不可即的。

鲍曼居无定所，成年累月行驶在推销产品的路上，没有目的，也不知归程，和《搭车人》中的汤姆·哈里斯一样，会"忘记自己在哪个小镇，要去住哪户人家"（108）。这些异化的男性身体，无论是霍华德、鲍曼还是汤姆·哈里斯，共同之处在于他们都离开了南方社区。霍华德去了工业大都市纽约，鲍曼和哈里斯尽管还在美国南方，但他们居无定所，漂泊不定。贝茜·克洛拉克（Bessie Chronaki）认为在美国南方传统中，地域具有特别重要的意义，她指出"个人对地方的依附给了他定义，尽管这并不一定对他有利。相反，个人与地方的分离，无论是从字面意义上还是从比喻意义上来说，都是削弱人的完整性的因素。"①韦尔蒂也认

① CHRONAKI B. Eudora Welty's Theory of Place and Human Relationships [J]. South Atlantic Bulletin, 1978, 43(2): 36 - 44.

为,地域在她的作品中起到举足轻重的作用,她指出:"爱或洞察力都不能在一个不断变化、从未被定义的位置上发挥作用,在这个不固定的位置上,眼睛、头脑和心灵从未能心甘情愿地专注于一个稳定点……如果一个角色未能在一个既定的世界发挥作用,也不能依仗一套已知的标准去斗争,那么无论发生什么灾难,都不意外。"①霍华德、鲍曼和哈里斯是现代社会南方男性的缩影,他们在社会中所扮演的角色无法达到社会期望,"不符合传统的、由男性定义的规则制定者、家庭领袖和坚定分子的模式"。② 他们在漫无目的地游荡的同时,让自己呈现为异化的身体景观。

除此之外,《绿帘》中异化的男性人物还有《克莱蒂》中克莱蒂的哥哥杰拉德·法尔。与鲍曼和哈里斯不同,杰拉德生活在一个封闭的空间中,他的异化在于他受限制的移动性。绝大多数时间,杰拉德都在法尔家楼上的小房间里度过,极少数情况下,他也会去"法尔家具用品店"的办公室。杰拉德待在房间里的时候,没有进行任何创造性的活动,只是沉浸在过去,一遍一遍地回忆过去美好的生活,并"以杰拉德的泪水收场"(135)。偶尔,某个早上,杰拉德也会下楼,宣称要去法尔家具用品店。他穿戴整齐,向克莱蒂问好,坐在餐桌前吃早餐,一切都是那么正常。情况往往就在这个时候发生转变。听到楼上奥克塔维娅的尖叫,他就会暴跳如雷,一边叫嚷着"一个大男人怎么能跟这些女人同住一个屋檐下呢? 他怎么受得了呢?"(139)一边躲回自己的房间。在极少见的情况里,杰拉德能成功抵达他的办公室,但是他的办公室只有"鸽子笼"般大小,而且法尔家具用品店也没有什么生意,他在不在都没什么区别。无论在法尔家这个私人空间,还是在"办公室"这个公共空间,杰拉德都像一头困兽,焦灼而暴躁,彷徨而无助。他受限制的移动能力困住了法尔家,削弱了法尔家的力量。他既无法控制自己的生活,也无法控制法尔家的生活。杰拉德不愿意告别传统,因而也无法走向未来,只能被困于现实和传统之间。《石化人》中,所有的男性形象都不具备男性气概。弗莱彻先生和蒙特乔伊先生任由妻子摆布,对妻子的所作所为无能为力。奥利塔的丈夫弗雷德和他们的房客派克先生都没有正经的工作,只会待在家里乱逛,整天无所事事,靠吹牛打发时间。弗雷德和派克先生也不喜欢和他们的妻子待在一起,他们更喜欢彼此做伴。皮特里先生,也就是小说题名中的"石化人"——"食物进到他的关节里,一眨眼就结成了石头"(34)——潜伏在故事之

① WELTY E. Place in Fiction [J]. South Atlantic Quarterly, 1956(January): 68.
② BOUTON R D. Finding a Voice: The Desire for Communication in Eudora Welty's A Curtain of Green and Other Stories [D]. Hattiesburg: University of Southern Mississippi, 2000: 4.

中,像一个危险的提醒,时不时就会出现在小说里女性的谈话中,他是畸形秀中被展出的人物。然而,直到故事的结尾部分,我们才知道所谓的"石化人"原来是一个被通缉的强奸犯。迈克尔·克雷林(Michael Kreyling)认为《石化人》远不止是一个庸俗怪人的画廊,它是性别政治的潜台词。它从美杜莎神话中提取的经典意象,给它的"现实主义"(女性的头发,石化的男性身体)一个象征性的打击。小说远远超出了纪实照片的范畴,这个故事承认,事实上,在异性恋政治中,男性所获得的最高权力是女性所厌恶的。①

韦尔蒂在《绿帘》中也强调了男性对传统社会身份本质的改变与丧失的焦虑。《基拉,流离失所的印第安女郎》中,史蒂夫一直处在自责和痛苦之中。两年前,他在杂耍班卖票,同时还兼做简单的节目主持和介绍工作。当时的主要节目就是"印第安女郎基拉"表演生吃活鸡。马戏团的人不允许基拉说话,也不允许观看节目的观众向基拉靠近。基拉就像一只被活捉的动物一样,从不开口,整天抢着铁棍咆哮着驱赶靠近它的人。它被迫表演吃鸡的时候,真的是可怕得吓人。史蒂夫的痛苦在于,他没能识破基拉的身份,像那个陌生白人一样,及时把基拉解救出来。回想起当时的情景,史蒂夫还是惊恐万分:"但我不知道,我啥也没看出来,不能确定那是怎么回事。过后,我懂了。过后,我才明白是怎么回事。"(69)他向他的同伴马克斯倾诉,为自己当时没能识别基拉的真正身份感到内疚和不安。他迫切希望能得到马克斯的理解和认同:"人家让它做那些事的时候,你也会任其发展的——就像我当年那样。"(69)然而,马克斯并没有表示理解或同情,而是嘲弄道:"我准能分清男人和女人,印第安人和黑鬼的。"(69)对此,史蒂夫反应强烈,他伸出手,没有任何征兆,一拳打在马克斯的下巴上,把他从台阶上打翻下去。史蒂夫恼羞成怒的反应表明马克斯直截了当地说出了令史蒂夫痛苦不堪的核心问题——性别表演可以优先于物质身体本身,并可以决定它的意义,这种观念确实困扰着他,因为他没有正确地理解诸如性别和种族等基本身份范畴,导致他参与了对基拉的控制和剥削。基拉并不是印第安人,更不是女孩,他只是一个腿脚不便的黑人男性。马戏团的人甚至一直用"它"来称呼这位被他们捉来的黑人。史蒂夫无法理解和应对这样的身份流动性,而这也影射了稳定、统一的传统男性身份的丧失。男性的性别身份并不像传统所认为的那样是既定和固定不变的,而是不确定和不稳定的。英勇、果敢的南方英雄也并不是一成不

---

① KREYLING M. Understanding Eudora Welty [M]. Columbia: University of South Carolina Press, 1999: 19.

变的。在小说的结尾部分,史蒂夫计划在他冷静下来后在某处搭个便车,很有可能,他想为他的故事找到另一个听众,在对故事的不断重复中来理解所失去的重要的身份标记。在南方父权制结构迅速衰落的时代,史蒂夫对社会身份易变的困惑正是整个南方社会所面临的普遍性问题。

美国南北战争以后,美国南方的生活发生了巨大的变化。旧有的生活方式、传统文化和价值观念已土崩瓦解。工业文明和商业文化的入侵带给南方人异样、支离破碎的感觉。他们无法找到归属感,独立精神、荣誉和尊严也随之丧失。男性不再理智,失去了对周遭一切的控制,他们孤单且暴力,但始终无法逃脱传统的凝视。事实上,韦尔蒂对现代性和所谓的进步持怀疑态度,认为工业化和工业主义会阻碍个人与社区以及精神世界的联系,进而导致个体孤立和迷失方向。"在科学价值观、工业价值观和人文价值观、农业价值观的思想斗争中,韦尔蒂发现并展示了自己的地域偏见。她不相信进化能取得持续进步的乐观观念,也不相信建立在现代技术和空间流动基础之上的民族文化,而相信以位置感为基础的传统文化。"[1]《绿帘》中的男性人物如《搭车人》中的男性一样,在南方的集体凝视中"静静站立,无所凭依,感觉高大,把世界瞬间揉成脚底的圆球,这圆球冲向太空,翻转扑腾,使得他处境不稳,形单影只"。(98-99)

第二节　怪人秀: 奇观化的南方淑女

怪人秀在欧洲兴起于 19 世纪 80 年代,首先是意大利的一位侨民,申请在巴黎展出两个长着统一躯干的连体孩子。在此之前,这两个孩子已经走遍了意大利和奥地利的所有大小城市。一年之后,在伦敦,"象人"约翰·梅里克在一家废旧的食品杂货店里展出。之后,在欧洲的街头,某个父亲会把自己的怪物子女展出以获取盈利,而畸形人自己也会把自己展出来供那些过着素淡日子的倦怠民众消遣。可以说,怪人秀源自人类好奇目光的一个古老而残酷的历练。[2] 在美国历史上,怪人秀主要兴起于 19 世纪 80 年代,消亡于 20 世纪 40 年代,这些怪诞的身体作为一个"非我"的形象,体现了被主流社会排除在外、不可取的危险特

---

① GRETLUND J N. Eudora Welty [M]//GRAY R, ROBINSON O. (eds.). A Companion to the Literature and Culture of the American South. Oxford: Blackwell Publishing, 2004: 502-517.

② 身体的历史——目光的转变: 20 世纪[M]. 让-雅克·库尔第纳, 主编, 孙圣英等, 译. 上海: 华东师范大学出版社, 2013: 146.

征。"怪人秀"的兴起有其历史和社会的原因。罗斯玛丽・加兰德・汤姆森
(Rosemarie Garland Thomson)认为,怪人秀"构架和编排我们的身体差异,即我
们现在称之为'种族'、'民族'和'残疾'(而且,我们还可以加上,'性别')的东西,
这种仪式在社会进程中因人类身体本身的不同而产生文化他者性"。① 怪人秀
通过公开展示"畸形"身体,通过展示整个国家、集体认为自己所不是的样子,构
建起一种主流的、规范的身份。琳达・弗罗斯特(Linda Frost)也持有类似的观
点,她认为,怪人的呈现——通过把不属于美国文明社会的形象展示在舞台
上——再次向观者肯定了"谁才是真正属于美国文明社会"的观念。② 雷切尔・
亚当斯(Rachel Adams)认为从畸形秀中受益的不仅有白人精英阶层,那些来自
种族群体和社会边缘阶层的观众,比如非洲裔美国人或某些移民,也从心理上受
益。这种怪人的差异性证明了那些身体特征不允许他们完全符合美国理想的人
的正常性,他们与社会中享有特权的成员一起,消除了对自己身份的焦虑和不确
定性。③

《绿帘》是韦尔蒂怪人狂欢的乐园。小说集刚一出版,就有评论者认为,韦尔
蒂似乎"全神贯注于这些疯狂的、畸形的、古怪的人。诚然,在所有的 17 篇短篇
中,只有两篇讲述了可以称之为正常的经验状态。"④ 威廉・所罗门(William
Solomon)认为《绿帘》中有关女性的几个故事以相当严谨的方式分析了"怪人
秀"对怪诞的"他者"进行客体化,是维护中产阶级尊严身份的一种手段。即使在
小说集中没有明确提及怪人秀的故事中,凝视着古怪的、看似离经叛道的他人,
也常常能让凝视者(尽管只是短暂地)感到安心,他或她才是社区中平凡的普通
大众。⑤ 马修・马丁(Matthew R. Martin)恰如其分地指出,如果"韦尔蒂早期
小说中的人物阵容读起来像是一种旅行的杂耍——僵化的、被排斥的、异国情调
的、跛足的、聋哑的、老掉牙的——那么这些故事最后就不能把怪人与普通人、观

---

① THOMSON R G. Extraordinary Bodies: Figuring Physical Disability in American Culture and
Literature [M]. New York: Columbia University Press, 1997: 60.
② FROST L. Never One Nation: Freaks, Savages, and Whiteness in U. S. Popular Culture, 1850 – 1877
[M]. Minneapolis: University of Minnesota Press, 2005: 5.
③ ADAMS R. Sideshow U. S. A. : Freaks and the American Cultural Imagination [M]. Chicago:
University of Chicago Press, 2001: 32.
④ JOHNSTON C A. Eudora Welty: A Study of the Short Fiction [M]. New York: Twayne Publishers,
1997: 8.
⑤ SOLOMON W. The Rhetoric of the Freak Show in Welty's A Curtain of Green. Mississippi
Quarterly, 2015 (December 22): 167 – 187.

众与奇观区分开来"。① 然而韦尔蒂的小说并不是对这些怪诞身体"低级"形式的现代主义挪用,相反,她借这些怪诞的女性身体来批判地否定主流社会借助怪人秀来寻求视觉刺激、缓解身份焦虑和展现主体欲望的行径。哈丽特·波拉克认为,韦尔蒂的女性故事中更多的关注的是女性他者的身体叙事,"与那个被赋予权利并受到保护的作为象征的女性身体相比,女性他者的身体暴露出来,其意义往往令人震惊,而且模棱两可。无论是把南方淑女和她的陪衬并置,还是只关注女性他者时,韦尔蒂对淑女身体的兴趣远没有对女性他者身体的兴趣强烈——这些女性'让自己的身体成为(或好或坏的)景观'。"②

女性身体很容易就成为景观。玛丽·拉索(Mary Russo)在《女性怪诞:危险、超越和现代性》一书中指出:"妇女及其身体,某些身体,在某些公共框架中,在某些公共空间中,总是已经具有越界性——危险,并且一直处于危险之中。"③玛丽·拉索回忆自己的成长过程,觉得总有"母亲的声音"在耳边回荡:

> 母亲的声音——也许不是我母亲的声音,而是姑妈、姐姐或朋友母亲的声音。这是一个严厉的年长妇女的话语,其目标指向其他女性的行为。
>
> "'她'[另一个女人]正在让自己成为奇观(出丑)。"④

让自己成为奇观似乎是一种特殊的女性危险,这种危险在于把自己暴露在别人的目光之中。男人也会"暴露自己",但是这种行为是非常蓄意的,并且控制在一定的范围之中。对于一个女人来说,让自己成为奇观更多的是由于一种疏忽而失去界限:公共海滩上展示粗壮、衰老、凹陷大腿的人,脸颊过于红润的人,欢声尖叫的人,或胸罩带(特别是宽松肮脏的胸罩带)滑落的人——立刻就会被发现,而且应该受到责备……任何女人,只要稍不留神,就会让自己成为奇观。⑤

---

① MARTIN M R. Vision and Revelation in Eudora Welty's Early Fiction and Photography. Southern Quarterly, 2000,38(4): 17 - 26.

② POLLACK H. Eudora Welty's Fiction and Photography: The Body of the Other Woman [M]. Athens: The University of Georgia Press, 2016: 5.

③ RUSSO M J. The Female Grotesque: Risk, Excess, and Modernity [M]. New York: Routledge, 1995: 60.

④ RUSSO M J. The Female Grotesque: Risk, Excess, and Modernity [M]. New York: Routledge, 1995: 53.

⑤ RUSSO M J. The Female Grotesque: Risk, Excess, and Modernity [M]. New York: Routledge, 1995: 53.

玛格丽特·迈尔斯(Margaret Miles)认为女性身体要成为景观，至少需要具备两个条件。一个是男性目光的在场，另一个是女性身体的可观看性。[①]《绿帘》中的人物都处在各种各样的目光的注视之下，这些目光主要来自女性观者，但这些女性观者内化了男权社会的文化传统和规范，是男权社会的代言人，她们的观看是一种来自男权社会的凝视。这种凝视无处不在，无时不在。在《绿帘》中，女性身体的可观看性，主要呈现为与传统的南方女性形象不同的"怪诞的身体"——智障的莉莉·道在嘴里静静地衔根鱼尾菊；弗莱彻太太怀孕的身体与畸人秀中被展示的畸形的身体并置；流离失所的印第安"少女"基拉直接被当成怪诞身体展示在流动畸人秀中；迷茫而滑稽的克莱蒂·法尔小姐凝视着一张张脸，试图从这些脸上找寻什么；深受痛苦折磨的拉金太太歇斯底里地在花园里挥动锄头，在劳作或是在谋杀……《绿帘》中的女性人物因其身体某些方面的不同，成为大家关注的焦点，因此被呈现为身体景观。一个个怪诞的身体成为一幕幕景观，呈现在观者和读者的眼前，引诱你去审视这些身体，同时也去解读观看背后的机理。一幕幕怪人秀正悄然上演，这些女性身体被观看，被展示，同时也在观看，也在表演。在女性身体被呈现为景观的过程中，观看和被观看的关系正在发生改变，观者和观看的对象之间的地位也在发生转变。

在开始解读《绿帘》中怪诞的女性身体之前，有必要了解米哈伊尔·巴赫金有关怪诞躯体理论的相关论述，这对理解作品中怪诞的女性身体有很大的帮助。巴赫金的怪诞躯体理论主要体现在他的著作《拉伯雷的创作与中世纪和文艺复兴时期的民间文化》中，被收录在《巴赫金全集》第六卷。巴赫金在解读拉伯雷的创作时，比较系统地阐述了怪诞躯体理论，对身体理论有非常独到的见解。巴赫金认为，怪诞现实主义最主要的特点是降格，即"把一切高级的、精神性的、理想的和抽象的东西转移到整个不可分割的物质—肉体层面、大地和身体的层面。"[②]因此，怪诞躯体作为怪诞现实主义的核心意象首先强调的是物质的身体。其次，怪诞躯体被认为是一个社会的身体。巴赫金指出，物质身体"不是孤立的生物学个体，也不是资产阶级的利己主义的个体，而是人民大众，而且是不断发展、生生不息的人民大众。因此，一切肉体的东西在这里都这样硕大无朋、夸张过甚和不可估量。这种夸张具有积极的、肯定的性质。在所有这些物质—肉体

---

① MILES M. Carnal Abominations：The Female Body as Grotesque [M]. Grand Rapids, Mich. : W. B. Eerdmans, 1997：91 - 92.

② 巴赫金. 巴赫金全集第六卷：拉伯雷的创作与中世纪和文艺复兴时期的民间文化[M]. 李兆林，夏忠宪，译. 石家庄：河北教育出版社，1998：24.

生活的形象中,主导因素都是丰腴、生长和情感洋溢。"[①]再次,怪诞躯体是一个发展的身体,是"形成中的人体","它永远都不会准备就绪、业已完结:它永远都处在建构中、形成中,并且总是在构建着和形成着别的人体。除此之外,这一人体总是在吞食着世界,同时自己也被世界所吞食。因此,在怪诞人体中发挥最重要作用的是其生长业已超出自身、业已超越自身界限,新的个体开始发端的那些部分和部位"。[②] 这个怪诞的身体不是独立的个体,它并不与世界相分离,"任何突起部位和分枝,一切延续着人体,并把人体与其他人体、或非人体世界联系起来的东西,在怪诞中都具有特殊的意义"。[③] 怪诞躯体观关注整个人类生命形态的延续和发展,它与古典身体观形成鲜明的对比。古典的身体是超凡的、丰碑式的、封闭的、静止的、自足的、对称的、圆滑的,它与文艺复兴时期的"高级"或官方文化相一致,后来又与资产阶级的理性主义、个人主义和规范化愿望相一致;怪诞的身体是开放的、突出的、不规则的、分泌的、多样的、变化的,它被认同为非官方的"低级"文化或狂欢节式的诙谐文化,并且伴随着社会的转型而发生变化。

怪诞躯体是民间诙谐文化领域中的身体观,与现代规范的躯体观也有本质的区别。怪诞的物质—肉体形象通过身体开放的突出部位和凹陷的孔洞消除了一切由恐惧和敬仰形成的距离,消除了与世界的界限,世界进入到人体内,人体本身也融入世界,人们用整个肉体拥抱世界,与世界亲昵地接触。怪诞的身体是狂欢化的身体。"对于这个肉体而言,生与死并非绝对的开始和结束,而只是它不断成长和更新的一些因素"。[④]

《绿帘》中所描述的美国 20 世纪初的南方社会仍是一个固守传统理念,思想僵化、等级森严的社会。这幅图景在变化的、开放的、狂欢的怪诞女性身体的冲击下开始摇摆,怪诞的女性身体景观在南方社会内部打开了缺口,那些固守成规、拒绝社会变化和发展的东西受到了冲击。《莉莉·道和三女士》是小说集中的第一个短篇,描述维克托里镇上一位智力残疾的少女莉莉·道和她的三位好心的监护人之间发生的故事。莉莉的妈妈去世以后,当"她的老爹出手打她,要

---

① 巴赫金. 巴赫金全集第六卷:拉伯雷的创作与中世纪和文艺复兴时期的民间文化[M]. 李兆林,夏忠宪,译. 石家庄:河北教育出版社,1998:23.

② 巴赫金. 巴赫金全集第六卷:拉伯雷的创作与中世纪和文艺复兴时期的民间文化[M]. 李兆林,夏忠宪,译. 石家庄:河北教育出版社,1998:367–368.

③ 巴赫金. 巴赫金全集第六卷:拉伯雷的创作与中世纪和文艺复兴时期的民间文化[M]. 李兆林,夏忠宪,译. 石家庄:河北教育出版社,1998:367.

④ 巴赫金. 巴赫金全集第六卷:拉伯雷的创作与中世纪和文艺复兴时期的民间文化[M]. 李兆林,夏忠宪,译. 石家庄:河北教育出版社,1998:103.

用屠刀割下她的头时"(5)，卡森太太、沃茨太太和艾梅·斯洛克姆三位女士开始看管莉莉，供她吃饭，给她柴烧，缝衣服给她穿，还给了她一个住处。随着莉莉渐渐长大，出落成一位少女，三位女士计划好把莉莉送到密西西比州埃利斯维尔智障者学校。出乎她们意料的是，莉莉却拒绝前往，打算和一位她们所不知道的木琴师结婚。沃茨太太极力说服顽固不化而又孩子气的莉莉同意去埃利斯维尔，试图用礼物诱惑莉莉，她送给莉莉一个大大的焦糖蛋糕，卡森太太送了一对绣花枕头，而艾梅送了小小玩具存钱罐。当这些礼物都不足以打动莉莉时，她们又用更多的礼物来说服莉莉，卡森太太又送了一本漂亮的《圣经》，沃茨太太再送了"一件粉色中国丝绸胸衣"(9)。

沃茨太太送给莉莉胸衣，这让卡森太太吓了一跳，因为"胸衣"是沃茨太太对莉莉"性成熟"的一种指涉，而这也是三位女士最大的恐惧所在，好像胸衣会鼓励这个明显笨拙的女孩做出乱七八糟的行为。沃茨太太把胸衣作为礼物送给莉莉，并不完全是因为胸衣是莉莉所"需要的"(10)，更多是因为在沃茨太太看来，莉莉偶然的性感化着装方式（身着一件衬裙）已经使她看起来像异国情调的景点之一——南太平洋群岛的居民——"要是她穿着那身衬裙在埃利斯维尔四处跑，看着像是斐济人，那些人会怎么想？"(10)沃茨太太的担心表明，她害怕别人也会像她一样，把莉莉喜欢穿衬裙而不是外套作为证据来进行推断，认为她和野蛮人在心理层面上没有什么不同，因而可以接受不文明的行为，比如婚前性行为。至此，我们已经明确三位女士担心的原因所在，这也是三位女士坚持要送莉莉去埃利斯维尔的原因。

三位好心的女士努力按照自己的形象塑造莉莉，让她像她们一样，成为真正的南方淑女。"莉莉表现得那么好，完全像个淑女——就那样端坐着，专心地看。""哦，她能成为一个淑女——她能的。"卡森太太说着，摇摇头，抬起眼，"正是这点让人伤心呢。"(2)她们"还送她去周日学校学习上帝的教导，让她受洗成了浸礼会教徒"(5)。因为真正的淑女，是父权文化中的无欲天使，纯洁而柔弱，会约束自己的行为，特别是性行为，把性行为控制在婚姻的范畴之内。这些女士表面上同情莉莉的缺陷，害怕她成为社会公众观看的对象——奇观化的身体景观，但实际上她们私下里已经把她看成一个怪诞的他者，试图对她的身体实行控制和管理。而当莉莉提出不愿意去埃利斯维尔智障者学校，自己已有了结婚的对象时，三位女士如临大敌，感觉灾难即将降临，"刹那间，这现实如夏日的冰雹倾泻在她们头上"。(7)沃茨太太失去常态，大喊大叫，甚至都站不稳脚，但她还算能主持大局，焦急地询问莉莉的结婚对象有没有对她做过什么；莉莉简单的肯定回答"呀，做了，嗯"(8)让艾梅尖叫，甚至几近昏厥。莉莉模棱两可的回答，被三位女士过度解读，让她们陷入绝望之中。最终，三位女士通过最基本的交换行为——用东西(枕套、蛋糕、玩具存钱罐和粉红胸衣)来换取莉莉去做她们所希望的事，让她放弃结婚的念头，同意去埃利斯维尔。三位女士的恐惧所指，其实也不是毫无根据的。莉莉被带到火车站时，卡森太太和沃茨太太不得不"从轨道的另一侧把她送上了火车"。就如三位女士，特别是沃茨太太所意识到的那样，莉莉是维克托里镇凝视的焦点，小镇的所有人都在周围晃荡，"都想看到莉莉打扮起来的样子"(11)。正如罗伯特·博格丹(Robert Bogdan)所言，莉莉因其智力上的不同而处在维克托里镇的凝视之中，她的在场引发当时可能普遍的倾向，即根据生理特征或服饰的外表，将智力残疾者等同于在怪人秀表演舞台上展示的那种人。①

　　莉莉因其智力的缺陷而成为小镇凝视的对象，凝视的焦点在于莉莉作为一位智力没有完全发育的少女对其身体的控制和管理，特别是对女性身体性欲的控制。莉莉业已发育的身体，特别是只穿着衬裙的身体让三位女士大吃一惊。她们感受到少女身体中难以控制的力量，这种力量正冲破传统力量的约束，向外满溢出来。故事在进入尾声时，来了一个大逆转。火车汽笛开始鸣叫，即将离站之时，艾梅·斯洛克姆在火车站撞上了来找莉莉结婚的木琴师。三位女士异常激动地把莉莉交给了木琴师，似乎在几分钟之内，火车站就将举行一场婚礼。然而，即将到来的仪式保留了怪人秀的要素——准新郎红头发，长得又矮又小，看上去有点奇怪，而且听力不佳。传统的婚姻模式并没有让莉莉真正逃离被视为景观的命运，她注定要成为这个镇貌似正常的人们的视觉消费对象，和木琴师一起成为视觉景观。在故事结尾，即将举行的婚礼象征着本能或过度欲望的征服，而这一征服过程作为一种娱乐活动在车站这一最为公开的场合被公开展示。

　　小说集的另一个短篇《克莱蒂》中，法尔家像"不可移动的古物"②一样陈列在法尔·金小镇上。克莱蒂的父亲詹姆斯·法尔瘫痪在床，毫无意识，既不能看见也不能说话，靠流食维持着生命体征；克莱蒂的哥哥杰拉德·法尔虽说经营着法尔家具用品店，但大部分时间都在床上度过，念叨着过去的美好时光，动辄以泪洗面；克莱蒂的姐姐奥克塔维娅·法尔孤僻怪异，精神失常，当她"置身光中，一动不动，像是这房中不可移动的古物一样"——"她直挺挺地站在楼梯平台上，

① BOGDAN R. Freak Show: Presenting Human Oddities for Amusement and Profit [M]. Chicago: University of Chicago Press，1988：139.

② COHOON L B. "Unmovable Relics": The Farr Family and Revisions of Position, Direction, and Movement in Eudora Welty's "Clytie" [J]. Eudora Welty Review，2009(1)：47 - 52.

身后是紫罗兰色和黄色相配的窗玻璃。她穿着黑色长裙,胸口处总戴着串羊角型钻石,她用满是皱纹的手指不停地握着那饰物。摆弄羊角钻石,这是她的一种高贵姿势,永不衰败"(130)。克莱蒂的父亲和哥哥被困在床上,一个是出于被动,一个是主动选择;克莱蒂的姐姐被困在楼上,"纵有天大的事,奥克塔维娅也不会下楼"(132),并且要求家里不能通风,房子的每扇窗户都关着,所有遮阳板都落下;克莱蒂操持家务,照顾家人,是法尔家中唯一一个和家庭以外的世界保持着少许联系的人。

法尔家族曾是小镇上的望族,这从法尔·金小镇的镇名就可以看出,但这并没有让法尔家显得更令人尊敬,相反,小镇的名字反而预示着衰败的法尔家族无法摆脱被小镇凝视的命运。奥克塔维娅决不允许克莱蒂打开窗户,让雨水和阳光进入房子里,因为在她看来,"雨水和阳光都意味着毁坏"(132),而奥克塔维娅所真正在意的,并不是毁坏本身,"即便毁坏或侵蚀的是件无价之宝,即便身处贫困中,她也不觉得东西的损坏有什么大不了的;她所不能原谅的不过是外界的强行介入"(132)。因此,在法尔家中,所有的门窗都锁得严严实实,更不允许任何外人进入家中。法尔老先生忠实的仆人老莱西也不例外,被奥克塔维娅当成"入侵者",只要他一靠近后门,就会被驱赶离开。窗户和门隔断了法尔家里的人与外界的交流,但更重要的是窗户和门阻隔了法尔·金小镇探视的目光。小镇上唯一能进入法尔家的人只有博博先生,他被要求每周一次定时去给法尔老先生刮脸。尽管博博先生每次去给法尔老先生刮过脸后,都对法尔·金镇上的人们说"我再也不去那儿",但每次一到约定的时间,他仍然会依约前去,因为他认为"成为法尔·金镇上唯一被允许进入此宅子的人是件了不得的事情"(141)。博博先生把法尔家中的情况一一传递给小镇的人们,他成了小镇窥视法尔家的"观看之眼",因而是件"了不得的事情"。唯一会走出法尔家的是克莱蒂小姐。可想而知,她在小镇的出现本身就是一种景观,势必会受到小镇人们或友善、或好奇的围观,成为人们茶余饭后的谈资。只要克莱蒂小姐一离开法尔老宅,她就处在法尔·金小镇的集体凝视之中。她所到之处,目光紧紧跟随:

> 通常在午后这个时间前后,她走出硕大的老屋,匆匆穿过小镇。过去她总为自己的胡乱走动找个理由,有一阵子她轻声解释这解释那的,只是没有人能听清她在说什么,再往后她就开始赊账。邮局的女邮差宣称,虽说法尔家人孤高自许,不与别人来往,但他们和别人一样还不起账。现在法尔小姐没事也来,每天都来,也没有人再和她说话了:她

太匆忙了,根本看不清谁是谁。每个星期六,她那样冲向满是车马的大路,人们都觉得她会被轧着。(129)

在法尔·金小镇的集体凝视之中,法尔家的老宅、法尔家的经济状况、克莱蒂小姐"一点点失去心智"(129)的形象都展现在读者面前,紧接着,我们看到了克莱蒂小姐"淋得透湿,像落汤鸡一般"滑稽的样子:

> 她就那么站在那里等人叫她才回家。她得拧干穿在身上的所有衣服——上衣、马甲裙、长长的黑色筒袜。她头上戴的是那家居用品店里卖的草帽,别着黑色旧缎带来提升档次,帽绳系在下巴上。现在,淋了雨,还在女士们的注目下,帽子周边慢慢下垂,最后看上去滑稽可笑、百无一用,好似给马头上加了个旧罩子。真是的,几乎像头耐力十足的牲口一样,克莱蒂小姐立在雨中,从身体两侧略略伸出长长的、没拿任何东西的胳膊,好像在等待路上过来什么能载她去避雨。(129)

克莱蒂小姐滑稽的外表足以使其成为法尔·金小镇关注的焦点,而她怪诞的行为却让其成为小镇的奇观。有一阵子,克莱蒂小姐每天都来小镇,行色匆匆,不与别人交流,只是站在马路上观看路人的脸:

> 很久以前,克莱蒂就开始观察人们的脸,还回味不已。
>
> ……
>
> 如今,她懂得要缓慢而仔细地去观察每张脸;她确信,一张脸不可能一下子就看得完。对每一张脸,她的首要发现都是"以前从没见过"。开始观察人们实时实地的表情时,她竟不复有熟悉的感觉。整个世界,最深奥、最动人的景致莫过于一张脸了。别人的眼睛和嘴巴隐藏着她所不懂的东西,还偷偷求索着别的无名之物,有可能读懂这样的眼睛和嘴吗?(131-132)

克莱蒂小姐似乎是在寻找一张"回望她的脸"(135),一张她记不起模样的脸。她所孜孜以求的那张脸"有一点像其他任何人的脸,如毫无戒心的孩童的脸、纯真的老旅行家的脸,甚至是贪心的理发师的脸、莱西的脸、遛街串巷的小贩的脸……然而又是不一样的,很不一样——这张脸曾经离她的脸很近,几乎是彼此熟识，几乎触手可及"。克莱蒂已经失去了识别自己或他人的能力，在小镇的成员中寻找身份标记或某种熟悉的感觉，但是她的家人的脸却阻隔在她的脸和她所寻找的脸之间，"奥克塔维娅的脸插进来，阻隔在中间，而其他的时间，阻隔他们的是父亲中风的脸、哥哥杰拉德的脸，还有哥哥亨利的脸，亨利的前额上还带着弹孔"(136)。

克莱蒂小姐的怪诞还表现在她的失语症。在整篇小说中，克莱蒂几乎没有自己的语言，她对某一样东西的评价只有"好看"二字：当邻居询问她钩织编织的花样，她会用孩子气的声音说一句"好看"；当隔壁老太太给她看自己新种的玫瑰花，她会说"好看"。克莱蒂自己很少说话，也不习惯别人和她说话，"要是谁跟她说话，她就会逃跑"(136)。克莱蒂也不习惯别人叫她的名字，"不管是谁喊她的名字，她的脸都会先泛红，再变得煞白，而后多少显出失望的神情"(136)。名字是对一个人自我主体的命名，克莱蒂对自己名字的反应也说明她自我的迷茫状态。克莱蒂的语言，仅仅局限在和家人之间的简短对话，除此之外便是她在花园里或菜地里的咒骂。邻居家的玫瑰花枝蔓延到法尔家的篱笆，克莱蒂会气势汹汹地在花园里咒骂："我姐姐奥克塔维娅说了，把那玫瑰花丛拔走！我姐姐奥克塔维娅说了，你得把那玫瑰花丛拔走，离我家的篱笆远点！你要是不拔掉，我会杀了你！你把花弄走吧。"邻居家的小孩去抱穿过篱笆的奥克塔维娅的猫，克莱蒂会怒不可遏地开骂："不许这么做！不许这么做！……再这么干，我得杀了你！"(137)而这些咒骂并非她自己的语言，也绝非出自她自己的意愿，她只是在重复姐姐奥克塔维娅的咒骂而已。

苏珊娜·马尔斯认为，克莱蒂既无法和他人交流，也无法和他人建立联系，因而她无法构建自己的身份；[①]唐·詹姆斯·麦克劳林（Don James McLaughlin）认为，奥克塔维娅就像是克莱蒂的一面镜子，离开了这面镜子，克莱蒂就不会说话。[②]克莱蒂对姐姐的话语进行模仿，并没有构建起自我身份，而她的毫无主体意识的状态在她对姐姐的模仿中凸显出来，但这仍然是克莱蒂构建自我身份的一种尝试。克莱蒂试图通过对姐姐的模仿，通过咒骂，走出这种自我缺失的迷茫状态。"破口大骂对她来说尚是新鲜事，她骂时声音轻柔，像歌者初次试唱一样。但是，一旦开骂起来，就难刹住了。一开始曾让她惊骇万状的词

---

① MARRS S. One Writer's Imagination：The Fiction of Eudora Welty [M]. Baton Rouge：Louisiana State University Press，2002：39.

② MCLAUGHLIN D J. Finding (M)other's face：A Psychoanalytic Approach to Eudora Welty's "Clytie" [J]. Eudora Welty Review，2009(1)：53 - 62.

汇像水流满溢而轻快的溪流从她嗓子里奔涌而出,不过,她的嗓子很快就感受到了奇怪的轻松和安宁。她独自一人在静谧的菜地里骂呀骂。"(137－138)克莱蒂自我的缺失也解释了她贯穿整篇小说中观看他人脸的古怪行为——通过观看他人的脸,审视在法尔·金小镇的大街上所遇到的那些藏着秘密、透着诡异、变化莫测的脸孔,克莱蒂努力构建自己的主体意识。但她的努力在小镇和家庭的双重凝视下注定是徒劳的。

法尔·金镇的人们指给克莱蒂小姐的身份是"老姑娘"(130),把她排除在集体之外。她们只是把克莱蒂当成一种景观来观看,既不和她交谈,也不伸出援助之手,只是日复一日地观看、谈论和界定。在法尔·金镇,克莱蒂被困在集体凝视之中,找不到自己的容身之所。在法尔家,克莱蒂被强加的是"女佣"的身份,被困在法尔家家庭成员的凝视之中。克莱蒂照顾老法尔先生、姐姐奥克塔维娅和哥哥杰拉德三位家庭成员的饮食起居,一日三餐,每餐准备三种不同的饮食送到每个人的房间,而自己独自一人在楼下厨房用餐。姐姐奥克塔维娅专制跋扈,对克莱蒂颐指气使,克莱蒂所到之处,都有姐姐的眼睛紧紧跟随。克莱蒂一回到家,就看见姐姐在楼上窗户里喊叫"你死到哪里去了"(130);克莱蒂一抬头,就能看到"奥克塔维娅正在楼梯上等着"(130);克莱蒂一开始咒骂,一抬眼,"奥克塔维娅正站在窗边俯视她"(138)。哥哥杰拉德阴郁无情、反复无常,一边享受克莱蒂的照顾,一边让克莱蒂"见鬼去"(135)。已经去世、额头上留着弹孔的哥哥亨利加剧了法尔家的死亡气息。在法尔家,哥哥和姐姐都生活在他们自己业已失去的世界中,完全不能自拔。法尔家成了一个没有爱,也没有亲情的人间地狱,被困于其中的克莱蒂,尽管竭尽可能去讨好和照顾家庭中的每一个人,但她的付出得不到任何回应。克莱蒂唯一羡慕的人就是她的爸爸老法尔先生,"他看上去像是遥不可及、无人问津、自由自在"(133)。克莱蒂最大的愿望就是喂爸爸吃饭,但是她的祈求遭到姐姐无情的驳斥,虽然对姐姐口出怨言,却也只能委曲求全,"开始泣不成声,哭得上气不接下气,就像是被大孩子推到水里的小孩"(134)。克莱蒂的所有活动都被局限在法尔·金小镇和家庭之中,而她在家庭中的地位也进一步阻碍了她的行动,她既无法和家人建立联系,也无法和家庭以外的世界建立某种联系。在小镇和家庭的双重凝视下,克莱蒂生活在孤独和隔离之中,可怜而又迷茫,她失去了自己的声音,也无法构建起自己的主体意识,完全生活在迷惘和混沌之中。

克莱蒂最后一次试图和外界建立某种联系,是伸手去触摸博博先生"跟流浪猫似的""满是悲情"的脸。(141)博博先生来给老法尔先生刮脸,克莱蒂"伸出手来，无比温柔地摸了一下他的脸庞"（141－142）。接触的一刹那，她终于意识到了世人的丑陋，"发用香水的可怕味儿、生发油的可怕味儿、瘆人的潮湿刺拉的胡子茬，还有那愚钝的、凸出来的绿眼睛……！"（142）所有的可怕、丑陋、愚钝、冷酷和贪婪都在触摸的瞬间传达出来，这种意识是克莱蒂所无法承受的，她"快受不了了——不能去想那张脸"（142）。克莱蒂需要从这种意识之中解脱出来，而屋外接雨水的旧桶给了她这种安慰，她"突然感觉这个东西，现在，是她的朋友，来得正是时候。带着急切的感激之情，她伸出胳膊，几乎将之整个抱在怀里"（142）。此时，相较于人的丑陋，雨水桶是美好的，它"透着股幽暗、厚重、深远的香味，像冰，像花，又像夜露"（142）。就在此时，克莱蒂看到了水中的那张脸，她所一直寻找的那张脸：

> 这是一张在水波上晃动着的神秘的脸：皱着眉头，像是很痛苦；急切的大眼睛几乎满含热望；鼻子丑丑的，有点变色，像是刚哭过；苍老的嘴巴，紧闭着不说话；脑袋两边，深色的头发脏兮兮、乱糟糟地垂下来。这张脸上显出等待的迹象、受苦的迹象，脸上所有的一切都让她既害怕又吃惊。（143）

克莱蒂在水中看见的不仅仅是自己丑陋的脸，她终于看清了一个事实：她没有办法摆脱家庭的桎梏，也没有办法逃离世界的冷酷，唯有与死亡相遇，才是最终的解脱。"她深深地弯下那瘦削的身子，一头扎进了桶里"（143）。在水下，克莱蒂终于和自我相遇，"通过闪闪发亮的水面来到温和、平淡无奇的深处，在那儿，她抓住了那张脸"（143）。克莱蒂最终从法尔·金小镇和法尔家的凝视中解脱出来，开始凝视自己，从她自己身上寻求支持。这种认知最终淹没了克莱蒂，她像一棵植物一样被连根拔起，"穿着黑丝袜的淑女般的双腿倒举着，像一把叉开的钳子"（143）。克莱蒂以怪诞的形式淹死在接雨水的桶里，但她的死亡并不是所有故事的结束，相反，死亡也意味着新生。克莱蒂怪诞的躯体具有交替与更新、死亡与再生的狂欢品质，"与一切现成的、完成性的东西相敌对，与一切妄想具有不可动摇性和永恒性的东西相敌对，为了表现自己，它所要求的是动态的和变易的、闪烁不定、变幻无常的形式"。①

---

① 巴赫金.巴赫金全集第六卷：拉伯雷的创作与中世纪和文艺复兴时期的民间文化[M]. 李兆林，夏忠宪，译. 石家庄：河北教育出版社，1998：13.

在小说集的同名小说《绿帘》中,拉金太太一直处在拉金山小镇的凝视之中——"园边树篱高耸,形若高墙,邻家只能从楼上窗户才能看见园内的情形"(170);"邻居们从楼上窗户俯瞰,这地方有点像原始丛林,其主人纤细、莽撞的身影每日都隐没其间";"早上精心梳头时,人们偶尔会从卧室窗户俯瞰一眼,找到她在花园中的位置,就像看地图时指尖戳向某个外国城市,差不多带着点好奇远远地看着她所在的地点"(171)。虽然拉金太太花园的树篱"形若高墙",像一幅绿色的帷幕,试图遮挡住外界好奇的目光,但小说中时时处处存在着的窗户的意象却让拉金太太的身体暴露在众目睽睽之下,成为一道景观:

> 她穿着男式工装裤,挽着袖子和裤管,正荷锄劳作;强烈的阳光像把镊子揪住她笨拙、矮小的身影,将她从浓密的叶片中剥离出来,令她挥锄时的样子显得古怪而胆怯——用力过猛、姿势不佳、莽莽撞撞。(169-170)

在拉金山小镇的集体凝视下,拉金太太被呈现为怪诞的女性身体,这一身体是拉金山小镇的人们所无法理解的。拉金太太的怪诞,首先展现为不知疲倦、日复一日的花园劳作——"她干活时从不停歇。几乎隐身一般,她成天淹没在茂密、凌乱、高低起伏的植被里"(170)。但她的劳作在邻居们的眼里,既不是为了社交的需要,也不是为了打理一个美丽的花园:

> 任何花草,只要她能弄到的或从邮购目录上买到的,她都种上。她种得那样稠密,那样匆忙,那样不假思索,丝毫不在乎邻居们在养花俱乐部选种时的理念,比如如何构成合适的景观,或者达致令人惬意的效果,甚至于颜色的协调之类。到底为了什么,拉金太太在花园里如此埋头苦干,邻居们看不出来。好花朵朵,她自是一枝也没有给谁送过;任谁生病离世,她也绝不会送花致意。若说她毕竟还念及"美"感(他们想到她脏兮兮的工装裤如今和树叶差不多是一个颜色了),她自然也不是在花园里为"美"而努力:这样一个地方可一点儿也不赏心悦目。(171)

其次,拉金太太蓬头垢面的形象也与拉金山小镇的女人们形成鲜明的对比。早晨,邻居们坐在卧室窗户里一边精心地梳头,一边看她;早上醒来,拉金太太穿着邋遢的工装裤，迈着慢吞吞、怯生生的步子到花园里去劳作，"经常头发飘散着，没梳到的地方还打着结"（170）。拉金太太对她自己的外表漠不关心。

拉金太太邋遢的外衣、蓬头垢面的形象、与外界隔绝的存在，甚至对邻居拜访的不领情让她成为拉金山镇的奇观。她的所作所为与南方社会传统的女主人形象格格不入。在南方家庭传统中，女主人是家庭生活的中心，主人甘心而自豪地让她处理所有的家务事。作为拉金家的女主人，她把自己降格为家庭劳工的行为在拉金山镇的人们眼里是怪诞的，不合常规的。

拉金太太怪诞的行为始于一年前的夏天。当时，拉金太太站在门廊里，看着拉金先生下班驾驶的蓝色轿车驶近家门。没有任何征兆，车道旁的一棵巨大的楝树倒下来，正好压在了拉金先生的车上。拉金太太目睹了车祸发生的整个过程，却只能眼睁睁地看着死亡降临在她丈夫的身上而无能为力。从此以后，拉金太太开始在花园里埋头苦干，过着几乎与世隔绝的日子：

> 拉金太太的花园土壤极为肥沃，这既让她有事可做，也给她出了难题。唯有不停劳作才能对付得了这肥厚的黑土，唯有对花枝、树丛、藤蔓进行剪切、移栽、修理、固定才能使它们不逾越边界，无序疯长。夏季雨水天天有，这只会让她的神经绷得更紧，令她本已过剩的精力更加充沛。然而，拉金太太甚少剪枝、移栽或者固定花木……某种程度上，她寻求的不是井然有序，而是多多益善，仿佛她特意要把自己的园中生活作为冒险进行得更远更深入。（170－171）

花园劳作是女性表达自我的手段。在韦尔蒂看来，"侍弄花园就像画一幅画或写一首诗，艺术家和诗人常常侍弄出可爱的花园。但有时我们无法表达自己，那些既不会画画也不会写诗，但又觉得有必要表达自己的人，就会发现花园是一种快乐的媒介。"①彼得·施密特写道："拉金夫人决定退出社区，侍弄一个茂盛杂乱的花园，这是对该镇妇女行为标准的一次痛击。"②拉金太太花园的无序疯长状态也正是拉金太太内心狂乱的状态。大自然的无常夺走了拉金先生，拉金太太是愤怒的，更是孤独和绝望的。她的伤痛无法用语言来表达，也无法通过眼泪来诉说。小说中，拉金太太几乎完全处在失语的状态。"人们说，她从不开口"

---

① WELTY E. One Writer's Beginnings [M]. Cambridge, MA.：Harvard University Press, 1984：6.
② SCHMIDT P. The Heart of the Story：Eudora Welty's Short Fiction [M]. Jackson：University Press of Mississippi, 1991：24.

(172)。即便偶尔说话,她的声音也淹没在花园茂密的植被之中:

> 但她的声音在这花木稠密的园中几乎传不过去。一瞬间她感到恐
> 慌,就像某种外力伸指扒开了篱笆,点明了她的孤单。霎时,她单手捂
> 向胸前。那儿一种隐隐的振翼声吓到了她,仿佛那外力在对她低声絮
> 语:你内心飞翔的小鸟冲不破漫天乌云……(173)

当语言已无力传达内心的伤痛,身体便成了最好的媒介。她的伤心与绝望、愤怒与无助都通过她手中的锄头、脚下的泥土流淌出来。拉金太太在忍受内心的痛苦的同时,还要经受回忆的折磨——"但是,没有任何先兆来警醒,甚至没有任何绝望情绪作铺垫,回忆就轻而易举地缚住了她。就像小小舞台上的幕布被哗地拉开,她立马就看见了:白房子的门廊,屋前方的林荫道,还有丈夫下班驾驶的蓝色轿车临近家门。那是一个夏日,前一年的夏季的一天。现在,回忆驱使她边锄地边重复一个动作——扭头,在轻快的扭头动作中,她又能看见那棵即将倒下的树。"(172)

"创伤被理解为对心灵造成的伤害,它的复发恰恰是因为心灵无法清楚地表达这种体验的真实性,以及由于未能'完全理解'它所产生的心理效应"。[1] 创伤理论认为,对创伤事件记忆的重现或对灾难行为的重复体现个体受到创伤影响的心理深度,是个体走出创伤的途径。对创伤事件的一次次回忆中,拉金太太几乎失去心智,"一种相应的、近乎狂暴的绝望,以惊人的速度在她身上升腾"(173-174),她试图用手中的锄头去毁灭她的帮工吉米的头颅:

> 这个脑袋她准能砍下来,只要存心去砍。她清楚地知道这一点,她
> 见过一个人所处的危险和死亡;她又是那样无能为力,眼睁睁地看着意
> 外的发生、生死的发生、无法解释的事件的发生……生与死,她手握沉
> 甸甸的锄头想道,如今生与死对她没有任何意义,生与死只是她一直被
> 迫要用双手去实现的事情。她不住地追问:不可能去补救吗? 不可能
> 去惩罚吗? 不可能去反抗吗? (174)

---

① CARUTH C. Unclaimed Experience: Trauma, Narrative, and History [M]. Baltimore: Johns Hopkins University Press, 1996: 5.

沃尔夫冈·凯泽尔说："在精神错乱的人身上，人性本身似乎带上了不详的色彩，仿佛有一种非人的力量，一个异己的、残酷的鬼怪占据了人的心灵，与疯狂的遭遇是生活强加于我们的对怪诞的基本体验之一。"①就在悲剧即将发生的一刹那，下雨了。雨水唤醒了拉金太太的理智，她开始与大自然妥协。此时，"雨中万物都显得熠熠生辉，不是因为反光，而是从内里，从其本身无言的结构里放出光彩。百日菊的小幼芽绿得纯净，几乎亮闪闪的。雨点光顾，一个接着一个，所有植物的幼苗都神采焕发，然后就是藤类张枝拔蔓。那梨树发出轻轻的沙沙声，就像飞鸟在扇动翅翼。"(175)沉浸于雨中的生机、大自然的生命力中，拉金太太或许最终能走出内心的创伤。

除此之外，《钥匙》中的埃莉·摩根"是个大块头的妇女，脸蛋绯红，紧巴得像过气的玫瑰……她的脸抽搐着，现出紧绷、僵硬的线条，如丧考妣——非常明显，流露出渴求与人沟通的痛苦。"(47)《老路》中一把年纪的菲尼克斯·杰克逊，"身形瘦小，在幽暗的树影中缓缓前行，步子稍稍有点左摇右摆，犹如老式座钟的钟摆让人半觉沉重半感轻盈。她拿着一根用伞柄做成的细小手杖，不停地敲击着前方冰冻的地面，打破了空气的沉寂，形成一种低沉而绵延的喧响，像只孤单的小鸟啁啾鸣叫，引人遐想。"(223)她跋山涉水，钻过树林，翻过高山，穿过田野，走过独木桥，只为了去遥远的镇上给他的小孙子拿到一小瓶救济药。《石化人》中售卖美丽的发廊和展示畸形人的场所相邻，好像它们是彼此的镜像。的确，正如发廊里的女性的谈话所显示的那样，她们需要有一种怪诞的感觉，以便加强她们自身的正常感，但是她们越是试图把正常与怪诞分开，两者就越有可能合并。

《绿帘》里的故事充满了与女人有关的狭小的、局促的空间——厨房、花园、卧室、美容院，甚至是克莱蒂淹死的雨桶。女性痛苦地在顺从与疯狂之间选择，那么，还有什么比那些凸出、超越、威胁、无限扩张的身体更好的方式来质疑和破坏这些狭窄环境的边界呢？《绿帘》中怪诞的身体往往也是静默的身体，她们通过身体本身，而非语言来表达抗议。这些身体确实想要努力发出自己的声音，但处在静默或失语的状态，这也充分说明了女性在寻找自己的声音时所特别面临的困难。也就是说，在20世纪二三十年代的美国南方，语言尚未达到女性表达自己身体所受约束的程度。海伦娜·米奇(Helena Michie)在《血肉之词》(*The Flesh Made Word*)中写道："女性在父权制下的权力只是付出了巨大的精神代

---

① 沃尔夫冈·凯泽尔.美人和野兽——文学艺术中的怪诞[M].曾忠禄，钟翔荔，译.西安：华岳文艺出版社，1987：195.

价；正如词语之间的停顿线和间隙所表明的那样，女性向语言的转变同样痛苦——文本中的间隙本身就是伤痕和破裂。"①这种论断表明打破笼罩着女性身体存在的沉默这样一个临界时刻的到来。

　　《绿帘》的故事探索了怪诞与规范、凝视者与被凝视者之间的这种逆转，消解了凝视与被凝视之间的二元对立，打乱了正常与反常、经典与荒诞、内在与外在之间的界限。然而，这些怪诞的女性身体的景观化呈现并不意味随着新的叙事模式出现，传统的男权叙事模式已支离破碎，土崩瓦解。这些怪诞的女性故事，这些歇斯底里的女性形象，她们的身体是女性在缺乏恰当的语言来表达自我的情况下有效地展现自我的途径。这样的身体展现提醒人们，即使在 20 世纪早期的南方，妇女的角色也在发生变化，真正的虔诚、顺从和纯洁的南方淑女开始逐渐退出历史的舞台。

---

① MICHIE H. The Flesh Made Word：Female Figures and Women's Bodies ［M］. New York：Oxford University Press，1987：174 - 175.

第三章

视觉转向:《三角洲婚礼》中的女性凝视

从古希腊时期开始,视觉就在人类认知世界的过程发挥了其他感觉所无可比拟的作用,无论是在神话、宗教领域还是在哲学、艺术领域,视觉一直处在核心的位置。柏拉图在《蒂迈欧篇》中就指出:"造物者将视觉赋予我们,是要我们能够注视天上智慧的运行,并把它们应用于相类似的人类智慧的运行,包括正常的和不正常的。进而,我们通过学习而分享它们,然后通过模仿造物者的完善运行来调节我们的游离运动。"①对柏拉图而言,视觉在人类认知世界、探索宇宙奥秘中的重要作用不言而喻,而且视觉认知中所孕育的智慧是古希腊哲学的重要内容,同时也是西方理性主义传统的起源。古希腊哲学家亚里士多德也推崇"视觉"在人类认知事物过程中的重要性,他指出:"求知是人类的本性。我们乐于使用我们的感觉就是一个说明;即使并无实用,人们总爱好感觉,而在诸感觉中,尤重视觉……理由是,能使我们认知事物,并显明事物之间的许多差别,此于五官之中,以得于视觉者为多。"②柏拉图和亚里士多德都强调视觉在人类认知世界、掌握知识中的核心地位,这为西方"视觉中心主义"哲学传统奠定了基础。西方近代哲学崇尚科学与理性,视觉在理性认识世界中也占据重要的地位。随着欧洲铅字活字印刷术的发明和小孔成像技术的发展,"视觉中心主义"的传统与近代哲学思想相互呼应,相互促进。到了现代社会,视觉的中心地位更加明显。望远镜、显微镜的发明赋予视觉以特权,而摄影技术与传播技术的发展进一步强化了视觉的特权地位。"视觉中心主义"的传统"建立了一套以视觉性为标准的认知制度甚至价值秩序,一套用以建构从主体认知到社会控制的一系列文化规制

---

① 柏拉图. 蒂迈欧篇[M]. 谢文郁,译. 上海:上海人民出版社,2005:32.
② 亚里士多德. 形而上学[M]. 吴寿彭,译. 北京:商务印书馆,1959:1.

的运作准则,形成了一个视觉性的实践与生产系统"。在这个视觉性的实践与生产系统中,"视对象的在场与清楚呈现或者说对象的可见性为唯一可靠的参照,以类推的方式将视觉中心的等级二分延伸到认知活动以外的其他领域,从而在可见与不可见、看与被看的辩证法中确立起一个严密的有关主体与客体、自我与他者、主动与受动的二分体系,并以类推的方式将这一二分体系运用于社会和文化实践领域使其建制化。"①

凝视在男性的统治中起到至关重要的作用。在视觉中心主义的等级二分中,男性是凝视的主体,处于主动地位;女性是凝视的客体,处于他者地位,是男性凝视的欲望对象。男性凝视的主要观点是,无论是来自男人的凝视还是女人的凝视,任何在其范围内对他人的注视都是被定义为"男性"的。这里面包含了两个方面的含义:第一,男性对女性他者的凝视毫无疑问是男性的,在这种凝视中,男性是欲望和权力的主体,女性是凝视的对象,承受来自男性的欲望目光和权力规训;第二,女性对女性的凝视也是男性化的。在这种凝视中,作为凝视主体的女性内化了男权文化和规则,她们作为男权文化的代言人,以男性的目光在凝视自己以及其他女性,因而凝视的主体并非真正的主体,而凝视的对象仍然是被欲望的对象,被男性权力规训的对象。女性主义者也一直持续地认为,看的行为背后蕴含着鲜明的性别意识,这就是历史上长期以来始终存在着的"男性凝视"。古往今来的理论和批评实践都指向同一个观点:在"看"的关系上,永远是男性观看,女性被看。男性主动,女性被动。男性凝视的本质是男权中心和欲望的表征,是被权力操控的视觉机制和意识形态运作,男性凝视的结果是将女性物化为性的客体和欲望的对象。② 随着社会的发展,不断变化的社会模式表明,凝视的力量和方向不再是纯粹的男性化,而与之相当的女性开始产生更大、更明显的影响,女性凝视也渐渐进入视觉文化和文学批评的视野。

"女性凝视"最开始是一个女性主义电影理论术语,代表着来自女性观众的注视,是对"男性凝视"回应。女权主义电影理论家劳拉·马尔维在她的文章《视觉快感与叙事电影》中讨论了男性凝视(male gaze)中的窥淫癖和恋物癖机制。她从阿尔弗雷德·希区柯克的电影《后窗》中汲取经验,运用西格蒙德·弗洛伊德精神分析理论中的术语,探讨电影中的镜头角度、叙事选择和道具的作用,同时关注男性凝视在传统好莱坞叙事电影中的运作。男性凝视不仅代表了男性观

---

① 吴琼.视觉性与视觉文化——视觉文化研究的谱系[J].文艺研究,2006(1):84-96.
② 朱晓兰."凝视"理论研究[D].南京:南京大学,2011:14.

众对电影中女性角色的注视，而且也代表了电影中男性角色对女性角色的凝视以及来自电影的男性创作者的注视。男性凝视揭示了电影中性别权力不对称的特征，男性掌控观看的主动权，女性影像在电影中被客观化，成为男性注视的素材。在凝视机制中，父权制充分发挥了无意识的作用，"女性作为男性的他者的能指存在着，她被那象征秩序束缚着，在这象征秩序里，男性可以通过把他们的幻想和成见强加于静默的女性形象上，通过话语的命令维持他的幻想和成见，而女性却依然被束缚在作为意义的载体、而非意义的创造者的位置上。"[①]"女性凝视"作为对"男性凝视"的回应，在当代的电影理论中，主要指女性电影制作人，包括编剧、导演和制片人对电影相较于男性的不同的看法。电影中的女性角色不再是被动的男性凝视的景观，而往往是故事的叙述者，主导电影情节的发展；电影表现的是女性主人公的欲望，因此也表现女性电影观众的欲望。佐伊·德雷斯(Zoe Dirse)通过纪录片的体裁来观察女性凝视，分析了视觉愉悦的产生、观众自我认同以及在电影制作和接受过程中的女性凝视机制。德雷斯指出如果电影摄影师是女性，而拍摄对象也是女性，女性就可以被视为真实的自己，而不再是男性注视下所表现出来的被窥视的景观。[②] 杰西卡·泰勒(Jessica Taylor)在评论《暮光之城》时指出女性凝视使影片中的性别暴力变得暧昧不明。泰勒认为影片中的女性凝视与浪漫爱情互助互动，把暴力的男性身体描绘成令人满意的欲望对象。泰勒回顾马尔维《视觉快感与叙事电影》，借观影中恋物癖心理(即阉割焦虑所导致的女性身体成为恋物对象，这种心理也是男性观众的快乐来源)，引导女性观众对男性角色身体进行欲望凝视。女性观众对暴力男性身体的欲望能消解对男性暴力身体的害怕，从而消除暴力对女性观众的潜在威胁。泰勒认为，使用有限且具体的女性凝视可以重新编码性别暴力事件和暴力男性身体本身，使其既令人安心又令人满意。[③] 娜塔莉·佩尔费蒂-奥茨(Natalie Perfetti-Oates)在《大女主爱情电影和异性恋女性凝视》中解释了女性凝视可能带来的问题。在女性凝视中，男性主角被客体化，成为女性观众的性对象，这种凝视只是反转了性别歧视，而不是创造了性别平等。奥茨解释了越来越多的动作片和大女主爱情片是如何通过展示男性的身体来创造异性恋女性凝视的。她认为，当

---

① 劳拉·马尔维. 视觉快感与叙事电影［OL］. 殷曼楟，译. 1975：1 - 9. https://max. book118. com/html/2019/0928/5243324341002132. shtm.

② DIRSE Z. Gender in Cinematography［J］. Journal of Research in Gender Studies，2013，3(1)：15 - 29.

③ TAYLOR J. Romance and the Female Gaze Obscuring Gendered Violence in The Twilight Saga［J］. Feminist Media Studies，2012，14(3)：388 - 402.

男性像女性一样被客观化时，就不会取得平等的进步。相反，只有当双方都能在主体和客体的位置之间自由移动时，性别平等才能真正实现。① 伴随着凝视理论在电影理论中的发展，女性凝视与凝视理论也进入文学批评领域，成为文学阅读和评论实践中有力的工具。艾琳·维瑟尔(Irene Visser)在解读福克纳的《八月之光》时指出"女性凝视"是对"男性凝视"的回应；②凯瑟琳·赫曼(Kathryn Hemmann)也指出女性凝视强调女性的主体地位，男性往往被客体化，成为观看的对象。通过赋予女性人物叙事特权，使她们成为自己故事的主人公，她们不再是被动的受害者，也不再仅仅是法律和政治话语的对象。行使叙事特权的女性人物、作家和读者，也可以将女性的目光转向男性中心的话语和欲望结构。③ 因此，女性凝视可以在文本的多个层次上运行，每一个层次都能激发和增加不同文本元素的可能性。

《三角洲婚礼》(*Delta Wedding*，1946)④是韦尔蒂的第一部长篇小说，主要围绕密西西比三角洲地区费尔柴尔德家族中的一场婚礼展开叙述。费尔柴尔德家族是三角洲地区一个古老的家族。种植园主巴特尔·费尔柴尔德(Battle Fairchild)和艾伦·费尔柴尔德(Ellen Fairchild)的二女儿戴布妮(Dabney)下嫁给种植园的监工特洛伊·弗莱文(Troy Flavin)。婚礼的时间定在九月中旬的一天，刚好是棉花采摘的季节。九岁的劳拉·麦克雷文(Laura McRaven)一个人乘亚祖-三角洲号(Yazoo-Delta)火车从密西西比的杰克逊出发来参加表姐戴布妮的婚礼，见证了为期一周的婚礼准备过程。费尔柴尔德家族在外地的家人，包括戴布妮的叔叔乔治·费尔柴尔德(George Fairchild)和婶婶罗碧·瑞德(Robbie Reid)、戴布妮的姑妈坦佩·费尔柴尔德(Tempe Fairchild)和姑父平克·萨默斯(Pinck Summers)赶回来参加戴布妮的婚礼。从表面上看，《三角洲婚礼》整部小说中既没有重大的事情发生，也没有任何重大事件的预兆，小说甚至都没有明显的故事情节；小说也没有明确的主角，戴布妮虽然是婚礼的主角，

① PERFETTI N. Chick Flicks and the Straight Female Gaze: Sexual Objectification and Sex Negativity in New Moon, Forgetting Sarah Marshall, Magic Mike, and Fool's Gold [J]. Gender Forum, 2015 (51): 18-31.

② VISSER I. Reading Pleasure: Light in August and the Theory of the Gendered Gaze [J]. Journal of Gender Studies, 1997,6(3): 277-287.

③ HEMMANN K. The Female Gaze in Contemporary Japanese Literature [D]. Philadelphia: The University of Pennsylvania, 2013: 5.

④ WELTY E. Delta Wedding [M]. Orlando: Harcourt, Inc., 1996.(本书中有关《三角洲婚礼》的引文系作者翻译，均出自这一版本，文中以页码标明。)

但是她并没有成为叙事的中心，而且也不是故事的主要叙述者。因此，在小说发表之初，评论界有一个比较常见的说法是小说缺少必要的故事情节。韦尔蒂本人也承认，她是经过"仔细调查了一番才找到的一年，那一年中三角洲地区没有发生过像洪水、火灾或战争之类的可怕事情，这样男人才能待在家里。"①专注于南方家庭生活研究的安妮·罗明斯认为《三角洲婚礼》内容非常丰富，单单就家务管理的象征性工作中需要解读的东西就很多。在烹饪等日常家务活动中，女性对家庭关系、自身身份以及性别和种族关系等方方面面的见解或焦虑情绪都展现出来。② 苏珊·唐纳森认为韦尔蒂关于密西西比三角洲一个白人家族准备婚礼的故事看似平淡无奇，但它使公共事件和私人领域、男性历史代理人身份和女性私人背景之间的故事问题化。③ 莎莉·格伦（Sharlee Glenn）认为《三角洲婚礼》是对爱情、身份以及人类状况的复杂性和神秘性的一次全新而深入的探索。密西西比-亚祖河三角洲地区是美国南方保留种植园生活的最后一片领土，发生在谢尔蒙德（Shellmound）庄园的婚礼对三角洲地区的社会历史构建是一个大事件，对现代南方的文化构建也是一个大事件。④ 细读作品，我们会发现费尔柴尔德家族对家族传统的固守与社会变化的悄然入侵之间的张力影响着家族中的每一个人，特别是家族中年轻的一代。在"变"与"不变"的悖论中，家族几代人之间的关系、家族"内部人员"（insiders）和"外来者"（outsiders）之间的力量较量、家族男性成员和女性成员在性别角色之间的博弈被刻画得细致入微、淋漓尽致，而婚礼作为南方文化的重要载体，体现了南方文化的宏大叙事，展现了社会、性别、阶层以及种族之间的微妙关系和对话。在婚礼的准备过程中，整个家族的完整面貌逐渐呈现在读者的面前。一方面是家族成员对南方传统的固守、对家族英雄的崇拜，对外界力量的抵制；另一方面，变化已经悄然进入这个家族，正慢慢渗透到家族里年轻一代的成员身上，侵蚀着家族的传统。

小说叙事极具特点。小说由七个部分组成，前六个部分分别对应周一到周

① KUEHL L. The Art of Fiction XLVII: Eudora Welty [M]//PRENSHAW PW. (ed.). Conversations with Eudora Welty. Jackson: University of Mississippi Press, 1984: 91.

② ROMINES A. Reading the Cakes: Delta Wedding and the Texts of Southern Women's Culture [J]. Mississippi Quarterly, 1997(50): 601 - 616.

③ DONALDSON S V. Gender and History in Eudora Welty's Delta Wedding [J]. South Central Review, 1997,14(2): 3 - 14.

④ GLENN S. In and Out the Circle: The Individual and Clan in Eudora Welty's Delta Wedding [J]. The Southern Literary Journal, 1989,22(1): 50 - 60.

六中的一天,最后一个部分是婚礼结束,费尔柴尔德家族恢复日常生活。周一,劳拉从杰克逊乘"大黄狗"(Yellow Dog)火车来到谢尔蒙德庄园;周二,乔治骑着白马从孟菲斯回来,婶婶罗碧却没有同行;周三,戴布妮的主婚牧师造访;周四,坦佩姑妈到来;周五,戴布妮的婶婶罗碧狼狈不堪地赶回来;周六,婚礼如期举行。小说采用第三人称叙事,叙述的视角在劳拉、艾伦和罗碧之间不停地转换,同时新娘戴布妮和她的姐姐雪莉(Shelley)、妹妹英蒂(India)也参与故事的叙述,甚至有时小说也从坦佩姑妈的视角展开叙述。小说中的叙述者变得不集中,真实叙述者的身份变得不确定,有时甚至很难判断叙事的真实视角。不同叙事声音,加之不同的语言形式的变换,使小说叙事复杂化。小说的独特叙事模式也引起评论界的关注。丽莎·鲍威尔(Lisa Powell)认为韦尔蒂把小说中的女性人物以及她们的想法和观念摆在小说的前景位置;①内森·蒂普顿(Nathan Tipton)也指出《三角洲婚礼》很好展示了女性如何处于小说叙事的中心;②苏珊·唐纳森指出小说是对南方历史的女性主义审问,是对传统英雄叙事的奇特反转。③ 这些评价都是很中肯的,因为小说中的男性人物,无论是费尔柴尔德家族的家长巴特尔,还是戴布妮的叔叔——深受大家喜爱的乔治·费尔柴尔德,抑或是即将通过婚姻进入这个家庭的白人监工特洛伊·弗莱文,自始至终都在被家族中的女性观看、讨论和探查,他们被剥夺了叙述的权力,成为女性凝视的客体。三角洲的世界从女性的视角,进入女性的意识,进而进入读者的眼中。三角洲的人、物、仪式和传统借助家族女性观者的眼睛慢慢进入读者的视野。女性凝视的目光首先锚定的是家族中男性的身体,特别是代表家族英雄形象的乔治的身体。在不同女性人物的凝视中,乔治的男性气概被建构起来,同时女性的凝视的建构功能也随着主体的不同而产生不同的效果。对乔治的进一步探查中,乔治的英雄形象受到质疑,真实的男性身体被探究和被展现。除了男性人物以外,三角洲的物也被摄入像中。它们既是女性凝视的对象,也在凝视着这些观看的女性,揭示凝视主体的欲望和匮乏。自此女性开始凝视自身,重审自我身份,走上发现自我、构建自我之路。

---

① POWELL L L. Dispatches from the Homefront: Eudora Welty's Delta Wedding [D]. Raleigh: North Carolina State University, 2007.

② TIPTON N G. "He Doesn't Strike Me as a Family Man": Uncloseting George Fairchild's Queerness in Eudora Welty's Delta Wedding [J]. Eudora Welty Review, 2013,5: 109 - 127.

③ DONALDSON S V. Gender and History in Eudora Welty's Delta Wedding [J]. South Central Review, 1997,14(2): 3 - 14.

第一节　凝视与客体化：南方英雄的没落

《三角洲婚礼》主要采用第三人称叙述，叙述视角局限于不同章节中特定的女性人物。通过变换的视角，韦尔蒂围绕一场家族婚礼编织了费尔柴尔德的家族故事，展示了种植园大家族中家庭成员之间关系与历史的扭结。家族的男性，包括历史上的和现实中的，都生活在女性的观看和凝视之中。正如评论者指出的那样，《三角洲婚礼》整部小说中充满了流动的女性气质，因为所有的男性英雄形象都是从女性的叙事视角来呈现，但同时，所有的叙事努力又都指向处于中心舞台的男性人物。① 在女性的凝视下，以丹尼斯(Denis)、乔治为代表的家族男性充满男性气质，是费尔柴尔德家族的英雄。家族中的所有女性，从9岁的劳拉到年迈的姑妈，都在凝视乔治，一而再、再而三地审视乔治在家族中的作用。这种聚焦凸显了男性在家族中的统治地位，展示了男性的英雄气概。

费尔柴尔德家族中的男性人物主要是戴布妮的父亲巴特尔、叔叔乔治和丹尼斯。巴特尔是费尔柴尔德家族的现任家长，乔治是家族中深受大家喜爱的人，而已逝的丹尼斯是家族英雄的象征。在费尔柴尔德家族女性的眼中，丹尼斯是一个不可磨灭的存在，可以说，他的英年早逝强化了他的英雄形象。对已经出嫁的坦佩姑妈来说，带给家庭荣誉的曾经是丹尼斯，而且也一直会是丹尼斯。坦佩姑妈一直认为费尔柴尔德的田野和树林里仍然充满了丹尼斯的气息。"如果我一个人出去——尽管别让我一个人出去！——我一准碰上丹尼斯·费尔柴尔德的灵魂，我敢肯定。"(153)正如坦佩姑妈所认为的那样，丹尼斯是费尔柴尔德家族的灵魂。在费尔柴尔德家族看来，丹尼斯像上帝一样泽被众人，"丹尼斯是一个神一样的存在，他浪费了太多的生命来热爱别人，他对他的家人太过仁慈，他为别人的不幸苦恼，他还娶了一个配不上他的人。"(153)不仅如此，丹尼斯的身上也蕴含了男性的所有美好特质，他不仅博闻强记，见多识广，而且既继承了传统，又对世界具有前瞻性和控制力——"丹尼斯阅读了世界上所有的东西，有着惊人的记忆力，而且一个字也没有忘记。丹尼斯了解法律，也可能告诉你密西西比可以像三角洲一样，成为世界上最美好的生活之地。丹尼斯既走在时代的前

---

① GROS E. Manhood in Eudora Welty's Delta Wedding (1946): Masterly, or Simply Mastered? [J] Babel, 2015(31): 39 - 61.

面,也像从书中走出的人物那样传统、儒雅。丹尼斯本可以种下这个世界,让它成长! 丹尼斯知道如何处理高水位,可以告诉你密西西比河从一端到另一端的一切。丹尼斯本可以做任何事,但他还来不及做就离开了这个世界。”(153)

丹尼斯在第一次世界大战中丧生,但他的死并没有让他离开谢尔蒙德,离开三角洲。相反,在他去世后,更多美好的品质向他的灵魂聚拢,而且他还有了自己的继承人,代替他扮演着英雄的角色。丹尼斯死后,乔治接替丹尼斯,成为了家族英雄。乔治自然而然成为家族女性凝视的对象,从劳拉、戴布妮、雪莉到家族女主人艾伦以及乔治的妻子罗碧·里德,家族的女性一次又一次地思考和探查乔治对家庭的重要性。在家族女性对乔治的凝视中,读者无法真正进入乔治的内心,去了解这个最受家族爱戴的人物,而只能透过家族中女人们的眼睛,看到她们所希望我们看到的英雄。正如苏珊·唐纳森指出的那样,“无论她们多么坚持乔治在费尔柴尔德家族中的作用有多么重大,这些观点仍然是从女性的视角发出的”。① 他的男性气概和英雄形象在家族女性的凝视中建构,也在女性的凝视中解构。

乔治深受费尔柴尔德家族中的每一个人喜欢。吉姆·艾伦(Jim Ellen)姑妈爱着家里的每一个人,但她最爱的是她的弟弟乔治(50)。家族的女主人艾伦与乔治之间有非常亲密的关系,她也比家族中的其他成员更能理解乔治,在艾伦眼里,乔治就像希腊神话中的诸神一样伟岸高大(218)。戴布妮把乔治叔叔称为“三角洲最和蔼可亲的人”(53),在整个家族中,只有他才能真正理解她,也只有他才会支持她和特洛伊的婚姻。雪莉是几个女儿中最为知性和内敛的一个,她认为乔治叔叔比她的父亲更能理解每一个孩子。只有乔治叔叔能把每一个孩子当成独立的个体对待,他宠着他们,从不责备他们,他甚至珍视他们的缺点,把缺点看成是每个人身上不可或缺的一个方面(111),而她的父亲只是把他们当成是一群孩子对待。最为可贵的是,乔治叔叔能理解她,理解她所惧怕的东西,而她的爸爸只是为此感到羞耻。在劳拉看来,乔治舅舅每一分钟都很受大家的欢迎,因而他从来都没有一个人待着的时候(71)。劳拉很喜欢乔治舅舅,她把对乔治舅舅的爱深藏在心里,她渴望有机会证明对他的爱。其他几个孩子也都和乔治相处融洽,就连艾伦最小的女儿布鲁特(Bluet)也想当乔治的女儿。乔治无论是作为侄儿,作为兄弟,作为叔叔、舅舅,还是家族中的任何身份,都受到家族中的

① DONALDSON S V. Gender and History in Eudora Welty's Delta Wedding [J]. South Central Review, 1997,14(2): 3 - 14.

每一个人的喜爱甚至是崇拜。在他的妻子罗碧看来，乔治愿意为家族做任何事情，如果戴布妮想要天上的月亮，"乔治会为戴布妮摘下天上的月亮！"(192)

乔治成为了家族的英雄，费尔柴尔德家族的人们不能容忍别人不爱乔治，更不能容忍他受到任何伤害，所以当家里的人得知乔治的妻子罗碧这个家族的外来者离开了乔治时，大家都很愤怒。艾伦觉得罗碧的行为对乔治是一种侮辱和冒犯，雪莉扬言不会再让罗碧进家门，而巴特尔愤怒至极，坦言："要不是我脱不开身，我会亲自去找这个小暴发户，然后杀了她！不，我会把她和特洛伊·弗莱文放在一起喂狗。"(82)虽然这些都是气话，但他们的愤慨也反映出家庭对乔治的热爱，费尔柴尔德家族的成员不忍心他受任何委屈，同时也一致认为罗碧配不上乔治（特洛伊也配不上戴布妮）；乔治和罗碧的婚姻损害了乔治的英雄形象："在他的家人眼中，乔治既可以像一座倒塌的塔一样躺着，也可以轻而易举地被提升到直耸云霄的高度。乔治的坍塌是因为他太过平凡的妻子，而他的高耸是因为他舍弃了格罗夫(Grove)庄园以及这之前的其他一些事情。"(81)

在所有的人当中，劳拉对乔治舅舅的爱最为热烈，但她对他的爱不同于费尔柴尔德家族中的其他人：

> 她希望谢尔蒙德能被烧掉，这样她可以跑进去救他；她祈求上帝保佑他——因为她觉得他们都把他挤得团团转。表亲们冲他冲了进来，他们对他笑得太多，对他请求太多，让他完美无缺。她想把他们都赶走，给他属于自己的空间，然后——怎么办？她可以让他变得刻薄，也可以让他令人讨厌——令人讨厌的世界中一个令人讨厌的人。(99)

9岁的劳拉并不是真正的费尔柴尔德家族的人，她的身份可以说是介于内部成员和外部成员之间，她在家族中的位置决定了她能更客观地感知到家族成员对乔治舅舅的爱中所包含的要求和条件，这些恳求和要求令乔治倍感压抑和窒息。对劳拉来说，只有烧掉谢尔蒙德这个代表家族身份、也是家族聚会的地方，乔治舅舅才能逃离家族的期望和请求，去做他自己想做的事，成为他自己想成为的人。

在吉姆·艾伦姑妈、艾伦、雪莉、戴布妮和劳拉的叙述中，一个深受大家爱戴和崇拜的男性形象清晰地浮现在读者的眼前。乔治成为家族的中心，成为家族女性关注的焦点，尽管这也许并不是乔治自己所希望的。随着戴布妮婚礼准备的进行，乔治拯救侄女莫琳(Maureen)的故事也成为家族的核心事件，被家族成员一次又一次地讲述、回忆，可以说乔治拯救莫琳的故事贯穿小说的始终。

在英雄正式出场之前，乔治拯救莫琳的英雄事迹早已被读者所了解。劳拉到达谢尔蒙德的当天，表兄奥林（Orrin）就把事情的前后经过简述给她听。故事发生在两个多礼拜前的一个星期天，费尔柴尔德的整个家庭，除了巴特尔和艾伦以外都去湖边钓鱼。在回家的途中，大家走过栈桥，莫琳的脚被卡住了，乔治蹲下身想把莫琳的脚拉出来。这时候"大黄狗"火车从远处咆哮着冲过来。在惊恐之中，大家一个个从栈桥上往下跳。不巧的是，莫琳的脚被死死地卡住，动弹不得。火车越来越近，越来越近，乔治没有跳下栈桥独自逃生，而是待在栈桥上和莫琳一起等待着火车轰鸣着碾压过来。就在千钧一发之际，火车停了下来。(22)奥林以相对客观的语言呈现故事的本来面貌，是事件最为真实的一个版本，为后面的其他版本提供最为基本的参照。这个故事也成为家族的传奇，任何外人的到来都会引发故事的讲述。戴布妮婚礼的主持牧师造访时，英蒂又把故事演绎了一遍（76-78）；坦佩姑妈到来时，罗伊（Roy）又把故事讲述了一遍（152）。雪莉拒绝讲这个故事，也不愿意把故事写进日记中，但故事的画面就像一幅图画一样深深地印在雪莉的脑海中，色彩鲜艳又危险重重，一遍一遍在她的眼前浮现。在这幅图画中，栈桥上的乔治和莫琳紧紧地锁在一起，栈桥的影子落在桥下的人们身上，火车喷着烟像只大鸟一样冲过来。乔治已经放弃拉拔莫琳的脚，他们两个神情坚定，等待着火车的到来（115）。乔治的妻子罗碧对她丈夫的行为深感不安，栈桥事件之后，她愤然离开了乔治。当她顶着烈日，徒步走回谢尔蒙德参加戴布妮的婚礼时，她的脑海里不时浮现出当日乔治舍命救莫琳的情景。对她来说，费尔柴尔德的女人们戴着恳求的面具，用所谓的爱捆绑乔治，结果就是乔治愿意为她们做任何事情，包括献出生命（192）。后来，当罗碧和乔治和好时，艾伦看着他们，在内心深处回顾了这个事件，她能理解罗碧的愤怒，也能理解乔治在面对死亡时的选择（247）。在对乔治拯救莫琳的故事的重复叙述、演练和回忆中，乔治的英雄形象跃然纸上，而事件本身更是成为家族神话的一部分。正如约书亚·伦迪（Joshua Lundy）所认为的那样，故事讲述在韦尔蒂的现代南方家庭观念及其基本运作中具有核心意义。故事的重复叙述不仅构建了费尔柴尔德的家族神话，重申了家族传统，而且在他们寻求维持家庭神话地位的过程中，建立起与普通大众相区别的社会文化地位。① 故事讲述是一种统一家族理念的方

---

① LUNDY J. The Cost of Kinship: Southern Literary Families and the Capitalist Machine [D]. University: University of Mississippi, 2012: 106.

式,讲故事能把差异转化为相似,驯化奇异和怪诞的东西,并生产真正所欲求的东西。乔治拯救莫琳的事件在家族成员中的一遍一遍的反复讲述,其趋同的效果是非常明显的,海登·怀特(Hayden White)将其描述为"填补了所有的空白",用"一个连贯的、前后一致的形象取代了空虚、欲求和沮丧的欲望幻想,这些幻想存在于我们关于时间破坏力的噩梦中"。① 同时,通过一遍遍讲述同一个故事,家族的稳定性和不变性也得到了证明,而乔治拯救莫琳的事件也成为小说的核心事件之一。故事在家庭成员间的重复叙述,也把各个分散的叙事视角串联起来,增强了小说结构的稳定性,小说各个分散的部分也连成有机的整体。

乔治在小说中的正式出场也颇具英雄出场的风范。在小说第二部分的结尾处,一身白衣的乔治骑着一匹白马出现在谢尔蒙德的花园里:"乔治·费尔柴尔德先生穿着白色的衣服,骑着一匹他们从未见过的骏马,从院子里的草地上走了过来。那是一匹栗色的小母马,长着亚麻色鬃毛和尾巴,四个马蹄上都穿着漂亮的长袜。"(63)目睹乔治在费尔柴尔德家族中正式出场的情景,读者仿佛就看到了英雄的出场——白衣飘飘的绅士骑着一匹骏马姗姗而来,这不就是传说中的圣乔治吗?那个骑着白马,拯救少女的屠龙英雄?

韦尔蒂从小热爱阅读,而她阅读的素材往往会以某种方式在她的作品中体现出来。在《一个作家的开端》中,韦尔蒂提及自己读过圣乔治屠龙的故事。② 故事大体是这样的:利比亚的锡琳被一条毒液喷涌的恶龙所困扰,这条龙居住在附近的一个池塘里,戕害附近的村民。为了防止它进一步破坏和影响城镇,刚开始时,人们每天献给它两只羊作为祭品,后来是一个人和一只羊,最后他们不得不把孩子和年轻人也献了出去。这些被当作祭品的人都是通过抽签的方式选出的。有一次,命运落在了国王的女儿身上。国王将他所有的金银都献上,要救他的女儿,百姓却不肯。女儿被送到湖边,打扮成新娘,喂给恶龙吃。正在这个时候,圣乔治出现了。公主想让他走,但他发誓要留下来。正在他们交谈的时候,恶龙从池塘里冒了出来。圣乔治做了个十字记号,把它放在马背上,用长矛重重地刺伤了恶龙。之后,他让公主把腰带扔给他,并把它套在龙的脖子上。公主和圣乔治把龙带回了锡琳城,恶龙吓坏了当地的民众。圣乔治提出,当地的民众只有成为基督徒和接受洗礼,他才会杀死恶龙。锡琳城包括国王在内的一

---

① WHITE H. The Value of Narrativity in the Representation of Reality [J]. Critical Inquiry, 1980,7 (1): 5 - 27: 22.

② WELTY E. One Writer's Beginnings [M]. Cambridge, MA. : Harvard University Press, 1984: 8.

万五千人皈依了基督教，然后圣乔治杀死了恶龙，他用剑斩首，恶龙的尸体被四辆牛车运出了锡琳城。国王在龙死的地方为圣母玛利亚和圣乔治建造了一座教堂，泉水从圣坛流出，治愈了所有的疾病。① 这是《黄金传说》（*The Golden Legend*）里记载的圣乔治屠龙的故事。故事在中世纪后期的欧洲流传甚广，极受欢迎。一方面，圣乔治屠龙的故事代表了善与恶之间的较量，是善战胜恶的典型范式。善与恶范式的简单性和适用性，促成了一些宗教和民族主义对其挪用的盛行，而这种挪用有助于推动乔治成为受人尊敬的圣人。② 同时圣乔治屠龙的形象成为一个非常流行的"视觉和文学主题"。③ 另一方面，圣乔治拯救少女的行为构建了暴力而英勇的骑士精神，圣乔治的道德权威也演变成了一套社会秩序，规定了可接受的骑士行为，其中也包括与异性交往的恰当行为准则。圣乔治的名字也具备了召唤权威的功能，因为在这个传说中，国王、贵族和其他一些绅士都认同骑士准则。④

除此以外，圣乔治和圣母玛利亚的并置使骑士精神和女性贞操成为理想化的社会标准。圣母玛利亚是一位贞洁的女性、童贞的母亲。作为完美女性的代表，她被认为是理想女性的缩影。圣乔治的骑士气概使他成为圣母贞节的保护者。圣乔治代表了理想的男性气质，而圣母玛利亚则成为理想化的女性气质的化身。在一个拒绝承认性别变化和偏差合法性的性别二元对立的社会中，他们代表了理想化的性别道德标准。

圣乔治的传奇故事向人们灌输和重申了父权制的理想：理想的男性应该是一个积极、勇敢的基督徒，他的英雄事迹应包括传播基督教义和拯救那些注定失败的女性。传奇故事演变成一个寓言，因为父权制需要保护女性及其贞洁，并将其从异教和罪恶的危险中拯救出来。

圣乔治屠龙的故事在西方文化中有多个不同的版本，但从 17 世纪开始，故事的宗教色彩减弱，传奇本身主要关注的是"圣乔治作为骑士的形象的建立"，⑤强调人物英勇的骑士精神和暴力的男子气概。之后约翰逊的版本对《金色传奇》中的圣乔治进行了浪漫化的改写，圣乔治不再只是一个保护女性贞洁的

---

① VORAGINE J. Here followeth the Life of S. George Martyr [M]//CAXTON W. (trans.). The Golden Legend: Or, Lives of the Saints. London: Dent and Co., 1900: 126 - 134.

② RICHES S. St. George: Hero, Martyr and Myth [M]. Stroud: Sutton, 2000: 68 - 69.

③ RICHES S. St. George: Hero, Martyr and Myth [M]. Stroud: Sutton, 2000: 100.

④ RICHES S. St. George: Hero, Martyr and Myth [M]. Stroud: Sutton, 2000: 138.

⑤ RICHES S. St. George: Hero, Martyr and Myth [M]. Stroud: Sutton, 2000: 186.

虔诚的基督徒，他把公主从恶龙的手中解救出来之后，公主成为了乔治的妻子，并为他生了三个可爱的男孩。在故事的改写中，圣乔治被描绘成中世纪晚期英国男性的理想：一个阳刚、勇敢的基督徒贵族，有一个妻子和三个合法的男性继承人。通过赋予乔治以丈夫和父亲的角色，乔治成为普通大众所能轻易识别的男性角色，他所展现的男性气概成为中世纪后期男性气概的典型。

韦尔蒂在年少的时候读到过《圣乔治和龙》的童话故事。在《一个作家的开端》中，韦尔蒂说自己年幼的时候，读过《我们的神奇世界》(Our Wonder World)中的童话故事，其中一篇就是《圣乔治和龙》。① 这是丽斯(Rhys)的童话版本，这一版本是对约翰逊版本比较忠实的改写，故事的主要要素都没有太大的变化。在丽斯的版本中，圣乔治仍然是英勇、正义的骑士，只不过这次的恶龙出现在东方的世界。在故事的结尾，他通过打败邪恶的皇帝和制定自己的"明智的新法律"来解放波斯人民。② 在丽斯的童话版本里，圣乔治仍然是一个道德高尚、忠实虔诚、训练有素的基督徒，同时又具有英勇的男性气概和强大的作战能力。丽斯的童话仍然是善战胜恶的典型范例。

圣乔治身上所体现的以骑士精神为核心的英雄主义是构成美国南方男性气概的核心内容，是南方男性统治道德和伦理上的保证。在美国南北战争前的南方社会，荣誉和控制是男性气概的核心内容，③但是随着南北战争的爆发、奴隶制的废除和种植园经济的解体，男性气概的具体表现形式也相应地发生了一些改变。战争的结果并没有根除白人男子气概形成的主要轴线上的控制和荣誉，但它迫使人们重新确定如何实现这些理想。所有的南方人仍然致力于早期的社区男子气概，在这一点上，他们的身份与他们的家庭和社区责任以及他们的公共价值密不可分。④ 基督教绅士——令人尊敬的家庭主人，谦逊、自我克制，最重要的是，虔诚和忠诚——成为男子气概的典型。在重建过程中出现的第二种白人男子气概是男性的军事理想。男性暴力必须包含一个更广泛、更具意识形态

---

① WELTY E. One Writer's Beginnings [M]. Cambridge, MA.：Harvard University Press, 1984：8.
② RHYS E. St. George and the Dragon [M]//Our Wonder World, A Library of Knowledge (Every Child's Story Book, Vol. 5). Chicago：G. L. Shuman and Co. , 1914：6.
③ FRIEND C T. From Southern manhood to Southern masculinities：An introduction [M]//FRIEND C T. (ed.) Southern Masculinity：Perspectives on Manhood in the South since Reconstruction [M]. Athens：University of Georgia Press, 2009：viii.
④ FRIEND C T. From Southern manhood to Southern masculinities：An introduction [M]//FRIEND C T. (ed.) Southern Masculinity：Perspectives on Manhood in the South since Reconstruction. Athens：University of Georgia Press, 2009：X.

的目标，具体来说，是为了显示对自己、家庭和地区的尊重和保护。[①] 在《三角洲婚礼》中，乔治拯救侄女莫琳的故事与神话和传说中圣乔治屠龙拯救少女的故事相呼应，韦尔蒂借助神话故事，拓展了小说中乔治的英雄事迹的外延与内涵。在家族成员对故事的重复叙述和回顾中，乔治的故事成为费尔柴尔德家族传奇的一部分，乔治本身也成为家族中名副其实的英雄。

英雄式的存在似乎预示着死亡——乔治作为家族的英雄活着，作为个人几乎已经死去。作为一个英雄，他得肩负起已逝英雄的英勇与荣誉，并处处以英雄为楷模行事。成为一个"英雄"就是"完全承担起那些很久以前死去的人的英雄主义，成为另一个人，扮演一个从家族先辈那儿复制的角色"。[②] 苏珊·特蕾西（Susan Tracy）认为，一个南方的英雄在道德和智力上总是优于他所领导的人，他主导行动，并成为人类理想的完美化身；[③]迈克尔·克莱林（Michael Kreyling）认为，正是这种对社区工作的重视，使南方浪漫主义英雄与北方浪漫主义英雄区别开来；[④]艾米琳·格罗斯（Emmeline Gros）也认为南方浪漫主义英雄是传统的积极拥护者。[⑤] 在费尔柴尔德家族对乔治英雄事迹的叙述中，乔治成为一个不受时间限制的、所有英雄都具备的一套清晰、固定、真实的气质和特征。

在女性的凝视中，乔治成为家族的英雄，他是风度翩翩的绅士，更是英勇的骑士。他继承了费尔柴尔德家族英雄的传统，成为家族的核心。在这儿我们不禁要问：为什么家族女性凝视的目光都毫无例外地锚定乔治？为什么家族的三代女性，从年迈的老姑妈到家族的女主人艾伦和乔治的妻子罗碧，再到雪莉、戴布妮和 9 岁的劳拉和英蒂，都会用同一的目光去看待乔治？而在这同一的目光后面，又隐藏着怎样的心理机制？

小说的第一部分是从 9 岁的劳拉·麦克雷文的视角展开叙述。劳拉是戴布妮的表妹，她一个人乘坐亚祖-三角洲号，也就是"大黄狗"火车从杰克逊来参加

---

① CREECH J. The price of eternal honor: Independent white Christian manhood in the late nineteenth-century South [M]//FRIEND, CT. (ed.) Southern Masculinity: Perspectives on Manhood in the South since Reconstruction. Athens: University of Georgia Press, 2009: 10.

② GROS E. Manhood in Eudora Welty's Delta Wedding (1946): Masterly, or Simply Mastered? [J]. Babel, 2015(31): 39 - 61.

③ TRACY S J. In the Master's Eye: Representations of Women, Blacks, and Poor Whites in Antebellum Southern Literature [J]. African Diaspora Archaeology Newsletter, 1997, 4(1): 40.

④ KREYLING M. Figures of the Hero in Southern Narrative [M]. Baton Rouge: Louisiana State University Press, 1987: 33.

⑤ GROS E. Manhood in Eudora Welty's Delta Wedding (1946): Masterly, or Simply Mastered? [J] Babel, 2015(31): 39 - 61.

戴布妮的婚礼。当火车徐徐驶入三角洲地区,这个被称为美国"最南方的"地方随着劳拉的眼睛慢慢进入读者的视野。眼前的土地,一望无垠,广袤无边,像闪耀着光芒的蜻蜓翅膀一样熠熠生辉。偶尔棉花地里冒出几棵树,伸出几只胳膊。有时一排苍翠的柳树和柏树在棉花地里蜿蜒排列,就像一条蠕动的毛毛虫在棉花丛中眺望着田野。

一望无际的田野在阳光下闪着光芒,人类的一切活动在广袤无垠的棉花田前面显得渺小而琐碎。这是一个不变的世界。从记事开始,劳拉就一直听说这些土地"似乎从来没有改变过"。(17)经历过美国南北战争和第一次世界大战(除了巴特尔,乔治和丹尼斯均参加过第一次世界大战,丹尼斯还死在战场上),亚祖-三角洲的费尔柴尔德家族仍然过着传统的种植园生活。巴特尔是一家之长,统治着整个费尔柴尔德家族;黑人帮工在棉花地里忙碌;轧棉机一刻不停地响着。这是一个伊甸园似的乐园。在这个乐园中,费尔柴尔德家族过着无忧无虑、自给自足的生活。他们从不为任何事情太过忙碌,不紧不慢、从从容容地生活在当下。(17)外界的巨大变化似乎对这片三角洲的乐土并没有造成多大的影响。历史学家詹姆斯·柯布(James Cobb)的调查也发现,直到 20 世纪,亚祖-三角洲地区仍然是一个与美国其他地区,甚至和密西西比州的其他地区不同的世界。这个地区抵制变革和现代化,奉行土地主义和保守政治,就和美国南北战争前一样,仍然是由白人种植园主统治的棉花王国。在这个棉花王国里,"种植棉花的人自然是三角洲经济和社会的主导人物"。① 这种严格的社会秩序的维护在很大程度上是通过传统的棉花生产方式和控制大量的劳动力来实现的。为了保持经济的繁荣,处于统治阶层的种植园主必须要保持对占人口绝大多数的黑人"绝对和铁面的统治权"。② 三角洲白人种植园主像欧洲封建社会的地主贵族一样生活,而这样的生活方式比南方任何其他地区维持得都要长久。20 世纪 30年代,三角洲的种植园主仍然能像奴隶主一样控制他们周围的世界,这是"一个白人极度富裕和享有特权的地区,同时黑人的贫困和无能为力的程度同样惊人。在三角洲,人口占少数的白人能实施对人口占绝对优势的黑人的征服和剥削,在很大程度上取决于一个严格的、普遍的和持续存在的,基于等级制度的社会控制系统。只有当两个种族的成员以永恒的一致性和近乎夸张的活力承担他们明确

---

① COBB J C. The Most Southern Place on Earth: The Mississippi Delta and the Roots of Regional Identity [M]. New York: Oxford University Press, 1992: 130.

② COBB J C. The Most Southern Place on Earth: The Mississippi Delta and the Roots of Regional Identity [M]. New York: Oxford University Press, 1992: 146.

的阶层角色，白人才能够保持在这样一个种族和经济失衡的社会中的主导地位。"①

费尔柴尔德家族是密西西比三角洲地区一个非常显赫、历史悠久的家族。自曾祖辈在这儿拓荒开始，一代又一代的费尔柴尔德人就在这里创造财富、建立家园。到了戴布妮的父亲巴特尔这一代，家族拥有谢尔蒙德、马尔米恩（Marmion）和格罗夫三座庄园，坐落在亚祖河（密西西比河的支流）的两岸。费尔柴尔德家族的主要家庭成员居住在谢尔蒙德；两位未出嫁的姑妈普丽姆罗丝（Primrose）和吉姆·艾伦居住在格罗夫；马尔米恩庄园暂时空着，这是戴布妮结婚后的居所。三个庄园连成一片，形成费尔柴尔德家族的领地范围。戴布妮的父亲巴特尔是家族的家长，他和艾伦有八个孩子，同时第十个孩子也即将到来（第九个孩子夭折）。在美国南方，种植园的男性家长拥有绝对权威，他的权力足以决定家庭成员的生与死，他对其子女及其房产和对其奴隶都拥有绝对不可动摇的权威。家庭成员包括有生命的和无生命的财产，如妻子、孩子、奴隶、土地和私人财产，这一切多在最年长的男性的暴君般的权威下聚集在一起。

费尔柴尔德家族作为一个群体生活在这片乐土之上，家族的成员都为彼此之间的相似性感到骄傲。家族成员拥有很多相似的特征——他们都很高，都很敏捷，都是一副轻松愉快的样子。在劳拉看来，家族的成员都自命不凡，乔治舅舅比巴特尔更甚，而戴布妮较之雪莉更甚。他们都很和蔼，爱心满满，但又都很健忘、虚荣且自负。不论是身体上还是情感上的相似性，也不论是好的性情还是不良的品性，他们都把这些相似性当成费尔柴尔德家族的特点而欣然接受并为此感到自豪。劳拉承认，在费尔柴尔德家族"男孩和男人，女孩和女人，以及所有的年长和年轻的三角洲亲戚……都是一样的——他们之间没有差异"(16)；艾伦也明白，她自己的孩子都长得很像，而且"没有一个长得像她"。(27)这些家族的性格特征传达出一种无可辩驳的一致性。

费尔柴尔德家族与外面的世界之间有明确的界限。在小说中，这一界限经常体现为圆形意象。整个家族是一个紧密连接的圆，外面的世界都处在这个圆形之外。小说中有很多圆形意象的描写：谢尔蒙德的餐厅是家族的聚会场所，全家人经常在餐厅围坐成一圈，欢快地闲聊；罗碧回到谢尔蒙德的时候，与家族里的人发生争吵，艾伦在安抚罗碧的过程中晕倒，此时，全家人也是围绕着艾伦

---

① COBB J C. The Most Southern Place on Earth: The Mississippi Delta and the Roots of Regional Identity [M]. New York: Oxford University Press, 1992: 153.

站成一圈；甚至小说的结构在形式上也是一个圆形，始于劳拉的到来，终于劳拉离开的决定。圆形代表完整、圆满、家族的团结和成员之间的和谐相处，而对劳拉来说，从她刚到谢尔蒙德的时候，她就深刻体会到费尔柴尔德家族是一个密不透风的"圈子"：

> 奇怪的是，有时你想走进这个圈子，然后你又想匆忙离开。有时候这个圈子是向着你的，如果你是圈子里的一部分；有时候它又与你为敌。有时在圈子里面，你渴望一个孤独的局外人进来，有时你又迫不及待地想把她拒之门外。除非你在圈子里面，手拉着手，知道这首歌，否则这从来都不是一个好圈子。没有你，这个圈子是丑陋的。(94-95)

劳拉的母亲在上一年的冬天去世，她特别渴望亲情，渴望融入这个大家庭，成为家族真正的一员，但是，劳拉很快就发现，她并没有真正成为家族的一员，她只是偶尔被允许走入家族的圈子，而她并不能掌握家族的暗语，明了家族的秘密。而更多的时候，她感觉到她被排斥在家族圈子之外，因而感到圈子的丑陋。

雪莉是费尔柴尔德家族的圈内人，她有强烈的家庭意识。家族给雪莉提供了身份，也是她的庇护之所在，但她也意识到家族的排外性，并在日记中写道："概括来说，我们筑起一堵墙，傲慢地对抗那些来敲门的人。对于外面的世界，我们是牢不可破的。"(110)

费尔柴尔德的世界拒绝差异性，他们鲜有给异常、差异或矛盾留有空间。诚然，费尔柴尔德家族是一个非常排外的家族，任何一个不是在三角洲土生土长的人都会被家族视为"外人"，比如家族的女主人艾伦·费尔柴尔德。艾伦嫁入费尔柴尔德家族已经有将近 20 年的时间，她已经是八个孩子的母亲，她的第十个孩子也即将出生，但从某种程度上来说，她仍然觉得自己是个外人，而在劳拉的眼中，艾伦舅妈"完全不像一个费尔柴尔德人"(25)，而坦佩姑妈也暗示艾伦还是个外人，她对艾伦的评价中也隐约流露出家族内部成员对外人高人一等的优越感："在三角洲，她从来没有学会什么是应该受到谴责的，什么是不应该受到谴责的。"(25)劳拉特别希望能成为真正的费尔柴尔德人，但是她很快就意识到，"她仍然是个外人"(96)。在谢尔蒙德，任何一个种植园阶层之外的人也会被视为"外人"，比如罗碧和特洛伊·弗莱文。罗碧是土生土长的三角洲人，但是作为费尔柴尔德家族雇员的女儿——罗碧的父亲在费尔柴尔德家族商店工作——既没有家族身份,也没有家族传统,完全不被视为乔治妻子的合适人选。特洛伊·弗莱文也并不是戴布妮理想的结婚对象。特洛伊来自密西西比州北部崎岖的山区,那儿耕种困难。这就成功点明特洛伊来自一个贫困的地区,不可能拥有种植园之类的产业。虽然作为费尔柴尔德种植园的监工,他的管理能力出色,工作说得上非常成功,对家族的事业也很有帮助,但家族的成员并没有心甘情愿地接纳他,他们嘲笑他的言谈举止、他的价值观,以此来区分上层社会和工薪阶层。

费尔柴尔德家族拒绝外面的世界,也刻意回避着外面的世界的入侵。雪莉和戴布妮从来不提她们的学校以及在学校的情景,乔治也绝口不提他在孟菲斯的生活或他的妻子罗碧("罗碧婶婶,她在哪里?")(175-176),也只字不提他当律师的经历,或是他在一战中当飞行员的经历。艾伦从来不谈她出生和成长的弗吉尼亚,也没有提及过当她还是小女孩或是她还没有当妈妈时候的事情。费尔柴尔德家族的人员生活在一个几乎与外界隔离的世界,延续着家族的传统。

家族传统的延续首先体现在家族名字的沿用。在谢尔蒙德的费尔柴尔德家族,每一代的男性都重复使用相同的名字:高祖父一代的男性被命名为巴特尔、乔治和丹尼斯;曾祖父的名字是乔治;祖父这一代的男性被命名为巴特尔、戈尔登和乔治;戴布妮的父亲这一代的三兄弟同样沿用父辈的名字,分别是巴特尔、乔治和丹尼斯;到了戴布妮这一代,家族的男孩已经有小巴特尔,艾伦肚子里的孩子如果是个男孩的话,会沿用丹尼斯的名字。名字在一代一代家族成员中的重复赋予家族以稳定性。

费尔柴尔德家族特别重视家族的英雄传统。戴布妮的曾祖父老巴特尔的肖像挂在谢尔蒙德庄园的书房里(70),提醒着家族的英雄传统:一百多年以前,老巴特尔在拓荒时期死于谋杀。而祖父则为了保护家族荣誉死于决斗。那是1890年,那时马尔米恩庄园才刚刚建造完成。祖父的三个兄弟也都死于美国南北战争之中,老麦可(Mac)和老香农(Shannon)姑妈的爱人也都在南北战争中丧生。祖辈的爷爷们一个个死于战争,延续着家族英雄传统。他们的肖像也都挂在谢尔蒙德庄园的书房里,凝视着家族的后人们。在家族外来者劳拉的眼中,不管在这个房间里进行了多少次的捉迷藏游戏,这些英年早逝的先祖们"似乎总是能意识到自己礼貌和沉思的目光"。(71)这些已逝的家族男性的目光中透着自豪,他们在书房的陈列体现了费尔柴尔德家族对自己家族身份的自豪。到了戴布妮的父亲这一辈,丹尼斯死于第一次世界大战,沿袭了家族的英雄传统;乔治也在一战中受伤(很可能心理也遭受创伤)。丹尼斯死后,乔治自然而然成为家族的英雄。这些家族英雄或在暴力事件、决斗,或在战争中死亡,展现了家族男性英勇的男性气概，巩固了家族荣誉。詹妮弗·海托克(Jennifer Haytock)在研究战争对费尔柴尔德家族的影响时指出，家族的荣誉等级与男人在战争中的付出相关。男人在战争中的经历越危险，越接近死亡，他受到的家族的尊敬也越多；另一方面，男人为保护家族的女人付出得越多，就越受尊敬。[①] 而戴布妮的父亲巴特尔因为没有参加过战争，自然而然没有受到家族女性相应的对待。虽是一家之长，但他并没有成为家族的英雄。

荣誉在家族传统中处于核心地位。荣誉与高贵一样，是以一系列配置的形式存在于身体之中的；荣誉排斥一切外部限制，支配着有荣誉感的男人。荣誉借助一种力量指引着他的思想和行为。真正具有男子气概的男人会尽自己最大努力扩大自己的荣誉，在公共领域内赢得光荣和尊敬。[②] 在美国南方，荣誉是白人男性拥有权力、声望和自尊，并通过他们的后代使这些财富永久传承的决心和毅力。这些种植园主们或温文尔雅，或专横独断，或和蔼可亲，或性情急躁，他们都极度重视社会地位和身份的传承，对自己所处的阶层极度骄傲，最重要的是，对个人和家庭的荣誉非常敏感。可以说，维护家族和个人的荣誉是南方历史最重要的组成部分。根据伯特伦·怀亚特-布朗(Bertram Wyatt-Brown)的说法，"荣誉法则"在美国延续了二百多年，而在美国南方，它是除奴隶制度以外最为奇特的存在，其伦理规范和道德准则世代相传，并且随着时间的推移相当稳定，因为它与南方家族的统治紧密相连，相辅相成。南方荣誉从实质上讲，就是南方家长与家长之间的较量，他们在相互较量中捍卫自己的统治。家长行使权力的范围和巩固统治的方式也是家族荣誉的体现。财富因此加入父权统治，成为家族地位和威望的基础。此外，对性别角色的严格界定，以及对个人赞助、身体力量、尚武精神、男性气概等方面的仪式性展现都是荣誉的范畴。[③] 在费尔柴尔德家族，荣誉是家族传统的核心内容。戴布妮的祖父为了维护家族荣誉，死于与其他种植园主的决斗中。以英勇和骑士风范为核心的家族传统需要有一位家族英雄来承载家族荣誉。温文尔雅的乔治参加过第一次世界大战，拯救过莫琳，自然而然成为了承载家族荣誉的英雄。

另一方面，男权制发挥作用的主要机构是家庭。家庭是反映大社会的一面

---

① HAYTOCK J. At Home, At War: Domesticity and World War I in American Literature [M]. Columbus: Ohio State University Press, 2003: 110.

② 皮埃尔·布尔迪厄. 男性统治[M]. 刘晖，译. 深圳：海天出版社，2002: 68 - 69.

③ WYATT-BROWN B. Southern Honor: Ethics and Behavior in the Old South [M]. New York: Oxford University Press, 1982.

镜子,也是人们与大社会联系的纽带。家庭是男权制社会中的一个单元,处于个人与社会之间,在政治和其他权威不能施以完全控制和要求绝对顺从的地方发挥作用。① 在美国南方,家庭的作用尤其重要。事实上,家庭是塑造南方的重要力量。鲁珀特·万斯(Rupert Vance)指出:"在南北战争后的几十年里,家庭是南方社会的核心;在它的范围内,一切有意义的事情都会发生。"②一方面,家庭是种植园经济的核心结构。南方的种植园在美国历史上一直是一个比较独特的存在。无论规模大小(主要取决于种植园的奴隶的数量),种植园主都以家长的身份自居,作为一家之长,管理着整个家族,而奴隶也被视为家族的外围成员。种植园主从不把自己当成雇主,而是富有的家长,享有贵族阶级优越的特权。这种家庭结构掩盖了种植园经济中的压迫和剥削关系,把农业利益视为广泛的、整体的家族活动的聚合体,而非经济活动的结果。保持家庭结构的完整性成为种植园经济及其赖以生存的劳动制度的一个主要方面。种植园的家庭模式从外在结构上隐藏了种植园剥削模式,但这种外在的模式还不足以维持种植园的统治,它还需要道德和伦理上的支撑。白人男性借助欧洲中世纪骑士精神来证明他们在南方的统治地位在道德和伦理上的合理性,他们的统治来自英勇的男性气概,来自对家族荣誉的传承。在美国南北战争之前"所有南方种植园主都被吹捧为骑士贵族的后裔",③这种战前神话为南方的种植园主提供了道德和伦理上的优越感。南方的种植园主不仅是位绅士,而且还是一位英雄人物。他能够拨乱反正,使秩序和文化摆脱混乱;他注重家庭和种族传统,拥有家长式的仁慈和无可挑剔的品格;他珍视家族荣誉;他自我约束,恪守礼节。④

美国南北战争以后,奴隶制不复存在,南方社会发生巨大的变化。种植园的奴隶成为享有人身自由的佃农,种植园主的权威受到威胁。南方男人需要承担起保护他们的妇女、土地,维护南方生活方式的责任,使南方摆脱来自试图破坏他们文化传统的北方进步人士的影响。⑤ 对失去文化据点的恐惧促使南方男性

---

① 凯特·米利特. 性政治[M]. 宋文伟,译. 南京:江苏人民出版社,2000:42.

② VANCE R B. Regional Family Patterns: The Southern Family [J]. American Journal of Sociology, 1948,53(6):426 – 429.

③ FABRICANT D. Onions and Hyacinths: Unwrapping the Fairchilds in Delta Wedding [J]. The Southern Literary Journal, 1985,18(1):50 – 60.

④ FABRICANT D. Onions and Hyacinths: Unwrapping the Fairchilds in Delta Wedding [J]. The Southern Literary Journal, 1985,18(1):50 – 60.

⑤ WESTLING L. Sacred Groves and Ravaged Gardens: The Fiction of Eudora Welty, Carson McCullers, and Flannery O'Connor [M]. Athens: University of Georgia Press, 1985:14.

接受并维持中世纪的骑士制度，但正是来自英雄主义的奖励，加强了南北战争和重建时代以外对性别理想的崇敬和维护。在南北战争后的南方文化环境中，南方男性抓住旧南方的文化遗迹，保留了一些他们在战争前享有的权力的象征，骑士精神帮助他们维持了对妇女和黑人的社会控制。① 尽管在韦尔蒂的成长过程中，"旧南方的骑士法典正在衰落"，②但她的成长仍然受到"骑士理想文化"的影响。

费尔柴尔德家族女性的身份是由家族身份界定的，是从家族先辈那儿继承而来的，因而这些成年的家族女性，特别是老一辈的老香农姑妈和老麦可姑妈，还有父辈的两位未出嫁的姑妈普丽姆罗丝和吉姆·艾伦，由于她们的个人和社会身份完全融入了家族的身份之中，她们自然而然成了家族传统的捍卫者。老麦可姑妈和老香农姑妈是费尔柴尔德家族中的老一辈的女性，两位姑妈都是战争的遗孀，她们的丈夫都死于南北战争。她们的其他兄弟乔治、巴特尔和戈尔登也都在南北战争中丧生。她们的哥哥死于保护家族荣誉的决斗之中，她们把哥哥的 5 个孩子抚养长大。她们热爱家族，维护家族荣誉，因为她们的身份是与家族身份紧密相连的，或者说，她们的身份是家族给予的，这一身份使她们的观看行为去客观化，即她们只看到，或者说大多数时候只看到她们想看到的东西——体现家族荣誉的男性英雄。她们的观看是一种装上了滤镜的观看，自动过滤掉不符合家族传统的东西。家族的女性在家族传统的影响之下，为了维护家族统治的需要，形成统一的凝视目光，投向同一的凝视对象。

在女性的凝视中，乔治成为家族的灵魂人物，围绕着他，整个费尔柴尔德家族成为一个稳定的统一体，三角洲也成为一片似乎可以永恒存在的南方乐土，"在三角洲，你会有一种感觉，即使是有界限的东西也可以永远持续下去"。(100)费尔柴尔德家族以乔治为核心，以巴特尔为家长，形成了在亚祖-三角洲地区的统治。费尔柴尔德家族拥有统一的家族身份，珍视家族英雄传统和家族荣誉，这些成为了家族凝视的前存在。家族的女性以老一辈的姑妈为代表，把凝视的目光投向承载家族荣誉的英雄乔治。这种凝视掩盖了凝视主体的个体欲望，自动屏蔽了主体所不愿意看见的东西。乔治成为了承载家族希望的容器、对抗外界威胁的筹码。只要有了乔治这个家族英雄，所有的变化，所有来自死亡的威

---

① FABRICANT D. Onions and Hyacinths: Unwrapping the Fairchilds in Delta Wedding [J]. The Southern Literary Journal, 1985,18(1): 50 - 60.

② WESTLING L. Sacred Groves and Ravaged Gardens: The Fiction of Eudora Welty, Carson McCullers, and Flannery O'Connor [M]. Athens: University of Georgia Press, 1985: 39.

胁都可以不复存在。乔治成为了家族的核心和灵魂，承载着家族的荣誉。围绕这一核心，费尔柴尔德家族就像三角洲的这片土地一样自然存在着，不变而永恒。

然而，三角洲的世界，真的如费尔柴尔德家族眼中的世界一样，是永恒不变的吗？小说一开始，劳拉乘坐大黄狗火车来到三角洲，火车这一外界的势力已深入三角洲的腹地。很快，劳拉发现，费尔柴尔德家族虽然"外表没有变化，但内里已经变了"(18)。在三角洲，变化时时刻刻发生着。在所有的"外人"之中，韦尔蒂首先选择劳拉作为观察者，让亚祖-三角洲地区通过孩子的眼睛进入读者的视野。一则，九岁的劳拉本人并不生活在三角洲，受家族传统的影响甚少。二则，从孩子的眼光来看费尔柴尔德家族这个不变的世界，本身就缺少稳定和可靠性。随着故事的展开，我们发现所谓的不变，只是费尔柴尔德家族或有意抵抗，或无心忽视而已。无论他们对外面世界变化的抵抗有多么强烈，对家族外来者有多么抵触，穷白人罗碧还是嫁给了乔治，紧接着，家族庄园的监工特洛伊也即将和戴布妮成婚，进入这个家庭。随着变化的发生，家族女性对家族男性同一的凝视也开始发散，形成各自不同的焦点。这正如约翰·伯格在《观看之道》中所指出的那样："我们观看事物的方式，受知识与信仰的影响……我们只看见我们注视的东西，注视是一种选择行为。注视的结果是，将我们看见的事物纳入我们能及——虽然未必是伸手可及——的范围内……我们从不单单注视一件东西；我们总是在审度物我之间的关系。我们的视线总是在忙碌，总是在移动，总是将事物置于围绕它的事物链中，构造出呈现于我们面前者，亦即我们之所见。"①同样，在《三角洲婚礼》中，每一位女性的凝视也都受到其自身的年龄与认知，与家族中男性的关系，在家族中的身份、地位的影响。每一个个体，特别是戴布妮这一代，渐渐挣脱家族传统的束缚，看到了乔治不同于家族英雄的其他方面，可以说每一个人眼中都有一个不一样的乔治。

香农姑妈对家庭成员的观看总是带着"温柔和爱"(81)。在这种带着"温柔和爱"的凝视中，个人的个性无法显现，而只能像一颗小星星一样，在适当的时候静静地出现在天空，与群星一起默默闪耀。老麦可姑妈和老香农姑妈是南方家长制的代言人。香农姑妈经常搞不清楚自己生活的时间，她是费尔柴尔德家族身份最忠实的传播者和捍卫者。在她生活中，所有死去的人仍然活着并经常与她进行对话和互动。对于香农姑妈来说，家族的历史和身份，与那些已逝的费尔

---

① 约翰·伯格. 观看之道[M]. 戴行钺，译. 桂林：广西师范大学出版社，2005：2.

柴尔德家族成员和散落在家族中的传家宝一起深深地印在她的头脑中，她分不清现在和过去、现实和历史。① 维护家族荣誉的另外一位姑妈是巴特尔的姐姐坦佩，虽然她已经远嫁，但这位苛求、娇惯的姑妈保守的思想一点都没有改变，她把家庭看作一种坚不可摧的"堡垒"，既维护一个过去时代的社会秩序和骑士理想，也防止家族受到外来势力的威胁。这些姑妈们无法看到眼前的现实，而只看到她们自己愿意看到的东西。这种观看是一种去个性化的观看，男性作为一个整体被观看，家族中男性的个体情感和欲望被忽视。

戴布妮不顾家族的反对，决定与种植园的监工特洛伊结婚。她的行为挑战了费尔柴尔德的家庭准则，但她并不认为自己超越了三角洲世界的界限，也并不认为自己为自己、自己的姐妹或其他女性创造了一个新的秩序体系或符号系统，她不想改变三角洲地区男性或女性的性别角色。不论她有多么任性，多么抵制家庭准则，她还是待在三角洲，并与土地相连。戴布妮并不想与家庭传统决裂，但她需要有人支持她的决定，而这个人就是乔治叔叔。她在乔治身上找到变化的可能性和合理性。"实际上是乔治叔叔向她展示了另一种存在方式的可能性——另一种不一样的东西……乔治叔叔是父亲几兄弟中年纪最小的那个，他处在家族的中心，是家族的核心。他看起来和其他几个兄弟一样，但实际上，他和他们是不一样的。也许心脏总是由不同的物质组成，拥有着与身体其他部分不一样的生命。"(42)从乔治身上，戴布妮了解到一个人可以与另一个人截然不同。

在戴布妮的记忆中，乔治介入过黑人帮工曼森两兄弟的打架。丹尼斯只是一笑而过，自顾自地离开；乔治不但制止他们，还帮忙包扎伤口。(46)乔治和家族的人不一样，经历战争以后，他和家族之间的距离更远了。乔治离开了三角洲，去孟菲斯当了一名律师，而且他一直知道"死亡就在来的路上"(248)。但是战争的经历让乔治的视界更为宽广：目睹大规模的死亡让乔治意识到三角洲之外更大的世界，明白这个世界脆弱和冷酷的一面，更明白个人在其中的责任。乔治与不同阶层的人结婚也引发戴布妮的思索。戴布妮意识到，在婚姻方面，她可以有不同的选择。通过与家族种植园监工特洛伊的婚姻，她希望可以过上不一样的生活。

雪莉认为乔治叔叔比她的爸爸更理解她。巴特尔对雪莉的拘谨表示担忧，认为她自命不凡，但乔治叔叔觉得她并不是自命清高，只是不喜欢勉强自己做不

---

① CREWS C E. The Role of the Home in Eudora Welty's Delta Wedding and the Optimist's Daughter [D]. Atlanta: Georgia State University, 2012: 27.

喜欢的事情(111)。在雪莉看来,乔治能更好地理解世界在改变,或许只有乔治能让家族从梦幻般的生活中走出来,让他们意识到组成家族的每一个成员都是一个独立自主的个体,有其自己的个人生活,按自己的意愿行事,以自己的方式对事物做出反应。在乔治身上,雪莉意识到个人的自主性并不会威胁到整个家族的存在,①而这也鼓励她离开家庭的保护,离开三角洲,去看看外面的世界。

　　罗碧作为乔治的妻子,看到了乔治在谢尔蒙德迷失了自我。罗碧认为她必须把她丈夫从费尔柴尔德家族之爱中拯救出来,因为这种爱束缚了乔治,让他感到窒息,这种爱"说服他,比较他,乞求他,夸奖他,轻视他,向他证明,宽恕他,安慰他,欺骗他,向他忏悔和屈服,折磨他……那些微笑,还有那些费尔柴尔德并不神秘的方式,通过这些方式,他们躲避他们所惧怕的东西,有时也逃避他们真正想要的东西。"(195)在家族的控制中,乔治迷失了方向,在谢尔蒙德作为一个费尔柴尔德人迷失了方向(196)。罗碧把家族的传统看成是影响她与乔治共同生活的负担,她要把乔治带离费尔柴尔德家族。

　　在家族中,乔治和艾伦的关系比较亲密,或许是因为作为家族的女主人,她能很好地理解家族的传统,洞察家族中的每一个人;但同时,艾伦觉得自己不是真正的费尔柴尔德家族的人,很多时候,她都觉得自己是外来者。她的外来者身份让她摆脱家族的统一理念的束缚,能更为客观地看清和理解家族中的每个人。艾伦明白费尔柴尔德家族中的人,都只把乔治当成家族英雄,拒绝承认乔治的个性和需求。在整个家族中,只有艾伦能理解更为真实的乔治,理解其个性中复杂的其他方面——乔治有比家族英雄或是家族牺牲品更为了不起的方面,他也不再是丹尼斯的替代品,他是"一个真正的人,一个复杂的人"(82)。

　　在艾伦的眼中,乔治身上也隐藏着潜在的危险。一方面,乔治在家庭中不仅扮演着英雄和救世主的角色,很多时候他还是家族的替罪羊(sacrificial beast),在谢尔蒙德这座庙宇中为了家族献出自己,甚至是牺牲自己的生命。另一方面,乔治也受到来自谢尔蒙德外外面世界的压力,是家族了解外面世界的窗口。艾伦担心,在外面世界和费尔柴尔德家族、乔治的个体需求和家族需求两方面的拉扯下,乔治可能会被"拉成碎片"(214)。

　　无论费尔柴尔德家族如何尽力去维护家族的传统,维系一个不变的三角洲世界,变化都正在发生。尽管家族的成员一再强调乔治的英雄形象,一再讲述乔

---

① GLENN S. In and Out the Circle: The Individual and Clan in Eudora Welty's Delta Wedding [J]. The Southern Literary Journal, 1989,22(1): 50 - 60.

治拯救莫琳的故事，但故事的一次次讲述，本身就揭示了费尔柴尔德家族生活背后的不稳定性和令人恐惧的变化。故事的重复叙述赋予小说内容的连贯性、结构的完整性，但家庭成员对故事的重复叙述的着迷隐藏了对家族稳定的强烈愿望。这样的叙事表明，费尔柴尔德家族的基础，以及时间、空间和历史感，都是极其不稳定的，而且都会受到迫在眉睫的变化的影响。小说也隐约表明，三角洲的生活如镜花水月般脆弱，而生活在其中的人却总不自知。费尔柴尔德家族的人总是固守家族传统，完全忽略丹尼斯和乔治在战争中的经历，无视战争给世界、给三角洲带来的变化。

"我看之前，我已经先被光线照射而被看到，来自外部的凝视决定了我是谁，透过此凝视，我进入光亮，透过此凝视，我被照相显像为一幅图案。这个外部的凝视先于观看之前便已经存在了，观看被一种前置的凝视回望——我只看一个定点，而我被全面观看。"①乔治的英雄形象似乎只是一种家族构建，是为维护家族统治和稳定服务的。乔治的男性气概是被构建的，按家庭的需要被女性所构建，因而其英雄形象也应受到质疑。随着故事的发展，随着变化慢慢地进入费尔柴尔德的世界，男性的英雄气概，特别是乔治的男性气质也呈现出不真实的一面。

首先是最受大家喜爱和尊敬的丹尼斯：承载家族荣誉的丹尼斯的英雄的光晕不再那么耀眼。坦佩姑妈曾直截了当地说："家族的荣誉属于丹尼斯，而且也将一直属于丹尼斯。"(152－153)但是，丹尼斯并不完美。他酗酒，赌博，还沉迷女色，只是他的死亡让这些性格缺陷都不再重要，成为"纯洁不变的荣誉"(82)的化身。艾米琳·格罗斯就指出，丹尼斯的荣誉在于他是如何死的，而不是他是如何活的；丹尼斯为了获得英雄地位所做的最重要的事情就是在战争时期英年早逝。②费尔柴尔德家族对丹尼斯英雄主义的信仰比他的英雄主义事实本身更为重要。同样，乔治英雄主义的事实也不是那么可靠。

乔治在小说中第一次出场的时候，一袭白衣，骑着"战马"，像个屠龙英雄，但是很快，大家就发现，乔治骑的"战马"只是一匹小母马，而且他也无法很好地控制这匹小马(63)。乔治拯救莫琳这一体现乔治英雄主义的核心事件，在不同家庭成员的重复叙述和演绎中，呈现出英雄主义的另外一个方面。在圣乔治屠龙的神话故事中，圣乔治把少女从恶龙的手中解救出来。在神话/童话故事善与恶

---

① 刘纪蕙. 可见性问题与视觉政体[M]//刘纪蕙. 文化的视觉系统. 台北：麦田出版，2006：6.

② GROS E. Manhood in Eudora Welty's Delta Wedding (1946)：Masterly, or Simply Mastered? [J] Babel, 2015(31)：39－61.

二元对立的范式中,圣乔治始终是代表"善"的英雄,是中世纪时代英勇的男性理想;恶龙则代表着一种破坏力量。故事中的公主,即被拯救的对象,代表了理想的女性形象,她美丽,沉默,等待着男性英雄的拯救。而在乔治拯救莫琳的故事中,首先精神残疾的莫琳既不代表一个理想的苦恼少女,也不代表一个普通的女人,她只是精神上有缺陷的少数人;其次,乔治并没有成功地把莫琳的脚从栈桥上移开,相反,他放弃了努力,被动地等待着火车的接近,以及由此而带来的死亡;再次,黄狗火车也没有造成真正的威胁,它在接近乔治和莫琳的时候,主动停了下来。乔治试图拯救侄女莫琳的故事从多方面颠覆了圣乔治拯救少女的英雄叙事,讽刺了南方的英雄主义情结。约翰·艾伦断言,由于火车自动地停止,"这起事件……失去了任何悲剧或英雄主义的色彩"。[1]

　　韦尔蒂对圣乔治屠龙故事的指涉还隐含了更深层次的含义。在神话/童话故事中,公主是欲望对象,既是恶龙要毁灭的对象,同时也是圣乔治拯救的对象。在整个故事的叙事中,公主一直都是处在静默不语的状态。除非是为了推动故事情节发展的需要,公主基本上都很少说话。在整个故事发展过程中,她始终是一个一维的背景人物,被剥夺了能动性,而叙事的聚光灯都被留给了处于叙事前景的圣乔治。公主成为一个被客体化和物化的舞台道具:她只是恶龙的目标、圣乔治拯救的对象,同时也代表对圣人屠龙的奖赏。作为欲望对象,她的价值就是她的美丽和贞洁。在善与恶的二元对立中,女性被客体化,成为一个纯洁、美丽、无声、温顺的女人,需要男性的保护和拯救。而在《三角洲婚礼》中,莫琳并不需要乔治的拯救,相反,她以她自己的方式拯救了乔治,把乔治用力推下了栈桥。这也表明韦尔蒂的观点:女性并不需要被拯救,男性以英雄自居、试图拯救女性的做法是荒谬的。

　　在西方文化和艺术中,龙是邪恶的象征,因而英雄屠龙成为文学、艺术题材中常见的主题。在圣经中,"蛇"和"龙"这两个术语经常是可以互换的,因而龙与代表"恶"的撒旦常常联系在一起。在西方的视觉艺术家眼里,龙甚至成为撒旦的化身。中世纪的圣乔治屠龙的绘画中,龙的形象被女性化,有些绘画中的龙拥有人类女性生殖器,而有些龙则是以性暗示的姿势躺着被杀死。自此,女性性欲与邪恶的怪物画上了等号。恶龙代表一种特殊的女性特质,即性欲和凶残,这是中世纪晚期人们眼里女性最为糟糕的那一面。[2]女性化的龙似乎是中世纪对不

① ALLEN J A. The Other Way to Live: Demigods in Eudora Welty's Fiction [M]//PRENSHAW P W.
　　(ed.). Eudora Welty: Critical Essays. Jackson: University Press of Mississippi, 1979: 26 - 55.
② RICHES S. St. George: Hero, Martyr and Myth [M]. Stroud: Sutton, 2000: 177.

受约束的女性性欲的厌恶的结果。从这一方面来说，圣乔治屠龙的故事映射了男性借保护之名，扼杀女性的性欲，扼杀女性的能动性，以达到控制女性身体的目的。

神话故事中，圣乔治上演的是英雄拯救少女的故事，而在《三角洲婚礼》中，乔治没能真正拯救少女莫琳，却上演了一出"掠夺萨宾妇女"的闹剧(30)。春天的一个晚上，生机勃勃，月光如水。费尔柴尔德家族的人在格罗夫庄园河边的空地上野炊。罗碧和乔治你追我赶地嬉闹着，罗碧故意失足跌入亚祖河，乔治紧跟着罗碧跳进了河里。乔治脱掉了罗碧湿漉漉的长裙和衬裙，把只穿着连身内衣的罗碧抱出水面，扔在吉姆·艾伦和普丽姆罗丝姑妈的香豌豆地里。随后乔治也扑到她身边，伸出湿胳膊，把她拉到他呼吸急促的胸口上。乔治当着戴布妮和雪莉这两个未婚姑娘的面，肆无忌惮地享受嬉戏和欢愉，而两位未出嫁的老姑妈只能看着香豌豆在他们身体下颤栗，不敢想象乔治的生命是否受到了威胁。巴特尔嘲讽性地把这一事件称为"抢夺萨宾妇女"(75)。据罗马神话记载，罗马人和邻邦萨宾人之间曾冲突不断。相传有次罗马人劫掠了大批萨宾妇女为妻，萨宾人于是进攻罗马进行报复，已为人妻人母的萨宾妇女苦劝丈夫与父兄和好，最终促成两个部族融合。① 通过婚姻，充满敌意的萨宾人成为罗马的同盟者。在《三角洲婚礼》中，乔治既没有试图保护女性的贞洁，也没有压抑女性的性欲，而是尽情享受与罗碧求爱的美好。

其次，乔治英雄气概的构建依赖于被称为生物学的本质真理。在家族女性的眼中，乔治最大的特质是"和蔼"(sweetness)。戴布妮说到乔治叔叔的时候，用得最多的字眼就是"和蔼"(sweet)："他对她和蔼，对特洛伊也很和蔼"(43)；"他和丹尼斯一样，天生和蔼可亲"(46)；"他内心有不可摧毁，因而不惧挑战的和蔼"(60)。坦佩姑妈也把乔治称作"三角洲最和蔼可亲的人"(53)。家族的女性强调的是乔治的天然品质，而不是真正的英勇事实，因而乔治只是被捧到了用丹尼斯的英雄主义、理想男子气概等术语定义的英雄地位。苏珊·唐纳森就认识到，"乔治和他的费尔柴尔德家族的男性同胞被认为是历史舞台上的演员，他们是公共场所的居民，而他们的男性气质只是一种遗产，来自费尔柴尔德家族中男性人物在伏击、战争、火灾和决斗等重大事件中的丧生"。因此，男性英雄主义在传统的"真理"中通过诉诸男性过去充满英雄的现实而被追寻。②

① 盐野七生.罗马人的故事：罗马不是一天建成的[M].徐幸娟，译.台北：三民书局，2008：20.
② DONALDSON S V. Gender and History in Eudora Welty's Delta Wedding [J]. South Central Review，1997，14(2)：3–14.

再次,从女性的视角来展开英雄叙事本身就是对传统英雄叙事的破坏和颠倒。特雷莎·德·劳雷蒂斯(Teresa de Lauretis)认为,在传统的叙事中,英雄几乎不可避免地被塑造成男性,而标记英雄人物的物体和/或障碍,甚至背景本身往往被界定为女性。① 在《三角洲婚礼》中,历史上的男性英雄,特别是乔治,退到了舞台的后面,而他的妻子、侄女、姐妹和嫂嫂,原本那些通常充当背景的配角走到了舞台的前面。正如苏珊·哈里森(Suzan Harrison)提醒我们的那样,作为读者,我们从来没有进入乔治的意识,但我们确实进入了至少七位女性家庭成员的意识,她们都关心乔治的英雄形象、神秘性和幸福感。② 不管乔治在费尔柴尔德世界中的作用有多么重要,他都只是女性意识中的男性英雄而已,他最终只是女性意识聚焦的产物。

乔治并不具有真正的英雄气概,而是处在了家族英雄的位置。同时,作为英雄也意味着死亡,成为一种象征,就如费尔柴尔德家族先辈的英雄们一样,在家族后人眼中,他们已经无法被区分,唯独他们用过的枪还在提醒着家族英雄的存在。"是某人的枪,他每个星期六都用它杀十二只熊。有人的手枪放在女士的工具箱里;他为了自卫杀死了一个人。那是有人在吉布森港战斗中用过的燧发枪,还有人的猎枪,是他前往墨西哥时留下的……"(130)因此,乔治更多的时候是作为家族的英雄活着,扮演一个从家族先辈那儿复制过来的角色。

雪莉比家族中的大多数人都更内省,更明白自己所处世界的脆弱性。在戴布妮婚礼彩排的那晚,雪莉目睹了特洛伊和农场黑人帮工之间的一场激烈的武力争斗。当她跌跌撞撞地往回跑的时候,她意识到特洛伊在表演他的监工角色。在愤怒中,她明白了她身边所有的男人都是在表演,都是在模仿其他人的角色:

> 假如一个真正的三角洲人,一个种植园主,并不比这更真实。假如一个真正的三角洲人只是在模仿另一个三角洲人。假如所有男人的行为实际上都只是在模仿其他男人。她以前就想到特洛伊在模仿她的父亲。(假如她的父亲在模仿……噢,千万不要!)那么所有的男人都不知道自己在做什么。每个人都说乔治是第二个丹尼斯。(259)

---

① LAURETIS T. Alice Doesn't: Feminism, Semiotics, Cinema [M]. Bloomington: Indiana University Press, 1984: 143.

② HARRISON S. "The Other Way to Live": Gender and Selfhood in Delta Wedding and The Golden Apples [J]. Mississippi Quarterly, 1990, 44(1): 49-67.

雪莉意识到特洛伊的行为只是在模仿她的父亲，而她的父亲也是在模仿其他的男性，甚至乔治也只是在模仿丹尼斯，所有的男性只是在模仿其他的男性而已，那么我们可以假定白人男性权威和父权制只能被视为一种表演，男性英雄也是在表演或模仿某种性别，通过这种不断重复的扮演或模仿，"我"把自己构建为一个具有这一性别的主体。① 男性英雄是一种表演，白人男性的权威也仅仅只是一种表演，一种对其他男性的模仿，这就提出了关于权威和从属的深刻问题，以及关于男性气质和女性气质之间假定差异的问题，并最终把问题指向了历史主体与历史背景、公共领域与私人领域的界限。如果特洛伊，甚至雪莉的父亲，仅仅是在模仿别人，那么费尔柴尔德家族所塑造的他们世界的权威和等级的概念就失去了支撑的根基，白人男性的权威可以像演员在戏剧中穿的衣服一样被假定或抛弃。如果男性的权威可以像特洛伊想象的那样容易地被假定，那么所有费尔柴尔德家族的女性置于家族男性身上的信仰就变得极不稳定，而且极易发生变化。在性别表演中，主体不可能建立起任何稳固的性别身份，就连性别规范本身也在反复不断的"引用"——"再引用"中松动瓦解，丧失统治的效力。

在家族女性的凝视中，乔治成为观看的对象，他的主体性成为女性构建的对象，因而很大程度上受到女性主体的个性、女性主体在家族中的位置，以及女性主体与乔治的关系的影响。因此，乔治的主体性受到女性主体的欲望和她所处的观察位置影响。在女性对男性的凝视中，乔治作为家族英雄的形象被解构，乔治个性的不同侧面展现在读者的眼前。同时，在英雄传统的解构过程中，家族的同一性被破坏，进而家族的永恒不变的种植园生活模式也遭到了挑战。不变的南方社会已成为历史，美国南方最后一方抵制变化的领域开始瓦解。韦尔蒂在回忆南方社会美好时光的同时，通过女性的眼睛，传达了变化才是永恒的主题。

第二节　镜像之看：主体的生成

自古以来，视觉在人类认识世界的过程中就占据相当重要的地位，古希腊的先哲们对视觉的探索充斥于哲学、艺术和宗教的诸多领域。柏拉图强调视觉在

---

① 严泽胜.性别表演[M]//汪民安.文化研究关键词.南京：江苏人民出版社，2007：414-417.

感官中的突出地位："诸神最先造的器官是眼睛。它给我们带来光。"①亚里士多德认为人们通过用视觉感知世界的方式来满足自己的求知欲。② 古希腊先哲对视觉的强烈偏好甚至开启了"视觉中心主义"的传统。在西方的文明史和思想史中，尽管对视觉的维护与对视觉的质疑一直相伴相生，但对视觉真理性的孜孜以求一直是绝大多数哲人的追求。笛卡尔、开普勒、伏尔泰等人始终将视觉置于其他感觉之上并呈现出对视觉的独特信任。启蒙运动时期的学者对可视性、透明性的追求，将光和可见性的隐喻推向极致。③ 进入现代社会，光学理论和技术迅猛发展，技术化视觉增强了肉眼的观看能力。在思想、理论界，萨特、梅洛-庞蒂启发我们开启对视觉新的本体论的追求。在他们那里，视觉一定程度上与人的生存、与意义的产生有关。萨特的注视揭示了个体的存在维度，注视的主体明确了我与他人存在的关系，这一关系是冲突且流转的，注视的主体-我可以逆转为对象-我，而注视的对象-他人也可逆转成主体-他人。萨特的注视揭示了观看的行为在"主体和客体的身份建构上具有重大的作用"。④ 在拉康的精神分析学中，主体的形成、无意识的运作、欲望的投射等似乎都与"看"有关，而在其主体身份的确认、强化或质疑、分裂的过程中，视觉始终是一个随行的观念。在拉康的精神分析学中"对自我与主体的构成的说明都与某个特别的结构性时刻关联在一起……自我的完形是通过观看即镜像之看完成的"。⑤ 拉康认为在主体对镜像的观看中，"不仅有属于想象界的自恋性认同，还有属于象征界的他者认同，前者形成的是理想自我，后者形成的是自我理想，前者是自己对自己或与自己相似的对体的看，后者则是以他者的目光来看自己，按照他人指给自己的理想形象来看自己，以使自己成为令人满意的、值得爱的对象"。⑥ 福柯终其一生都在研究知识和权力的相互扭结，他所探讨的权力运作机制揭示了"观看"中所携带的权力如何自动作用于身体。权力就如同"眼睛"，自动实现对个体的监视，而这种监视是无所不在的，这也就构成了一种可见性与不可见性编织起来的独特建制。基于知识和权力的监视无处不在，它成为一种生产性的机制，构成了社会的运作法则。总的来说，主体的形成和构建中，视觉起着至关重要的

---

① 柏拉图. 蒂迈欧篇[M]. 谢文郁，译. 上海：上海人民出版社，2005：30.
② 亚里士多德. 形而上学[M]. 吴寿彭，译. 北京：商务印书馆，1959：1.
③ 沃尔夫冈·威尔什. 走向一种听觉文化？[M]//陆扬、王毅. 大众文化研究. 北京：上海三联书店，2001：258.
④ 朱晓兰. "凝视"理论研究[D]. 南京：南京大学，2011：41.
⑤ 吴琼. 雅克·拉康——阅读你的症状[M]. 北京：中国人民大学出版社，2011：545-546.
⑥ 吴琼. 雅克·拉康——阅读你的症状[M]. 北京：中国人民大学出版社，2011：547.

作用，"在萨特那里，主体的意识与他人的确认联系在一起，在福柯那里，主体与权力是对等的概念，在拉康那里，主体是永远的镜中之像，在后现代主义的身份政治那里，主体是永不完结、永远流动和生产的文化主题。可以说，凝视确认了主体，但也在看与被看的辩证法中将主体带到了永不完结的理论探讨中。"①

在男权制社会，女性一直是作为男性的他者存在的，她并不是一个完整的主体。对女性的非主体性的论述可见于社会学家、女性主义作家、电影理论家、艺术史家等诸多研究者的作品中。法国社会学家、当代最具国际影响的思想家皮埃尔·布尔迪厄在其著作《男性统治》中，把女性称为"作为被感知的存在的女性存在"，认为"在女性习性起源中，在它现实化的社会条件中，一切都导致从身体的女性经验中得出'身体为他人'的普遍经验的界线，这个身体不断承受他人目光和言语所实施的客观化"。② 男性统治将女人视为一种被感知的存在的象征客体，"它的作用是将女人置于一种永久的身体不安全状态，或更确切地说，一种永久的象征性依赖状态：她们首先通过他人并为了他人而存在，也就是说作为殷勤的、诱人的、空闲的客体而存在。人们期待她们是'女人味儿的'，也就是说微笑的、亲切的、殷勤的、服从的、谨慎的、克制的，甚至是平凡的。而所谓的'女性特征'通常不过是一种满足男人真实或假想的期待的形式，特别是在增强自我方面。所以，对别人的依赖关系倾向于变成她们存在的组成部分。"③这种被感知的存在通过统治的范畴也就是男性的范畴看待自身。女权主义作家西蒙娜·波伏娃也明确地指出在性别二元对立的父权制世界中女性相对于男性的"他者"地位，"男人并不是根据女人本身去解释女人，而是把女人说成是相对于男人的不能自主的人……定义和区分女人的参照物是男人，而定义和区分男人的参照物却不是女人。她是附属的人，是同主要者（the essential）相对立的次要者（the inessential）。他是主体（the Subject），是绝对（the Absolute），而她则是他者（the Other）。"④用劳拉·马尔维的话来说，在父系文化中，"女性作为男性的他者的能指存在着"，她"被束缚在作为意义的载体、而非意义的创造者的位置上"。⑤ 女性

① 朱晓兰. "凝视"理论研究[D]. 南京：南京大学，2011：99.

② 皮埃尔·布尔迪厄. 男性统治[M]. 刘晖，译. 深圳：海天出版社，2002：86.

③ 皮埃尔·布尔迪厄. 男性统治[M]. 刘晖，译. 深圳：海天出版社，2002：90-91.

④ 西蒙娜·德·波伏娃. 第二性（第一卷）[M]. 陶铁柱，译. 北京：中国书籍出版社，1998：11.

⑤ 劳拉·马尔维. 视觉快感与叙事电影[OL]. 殷曼婷，译. 1975：1-9. https://max.book118.com/html/2019/0928/5243324341002132.shtm.

是客体，是他者，是被感知的存在。而在女性被他者化、客体化和物化的过程中，女性自己也参与了非主体性的构建，这就是女性对男性的依赖性。对他人的依赖性，也被皮埃尔·布尔迪厄称为"他律性"，即女性取悦于他人的愿望或希望引人注目、人见人爱的倾向。在萨特看来，"他律性"原则才能让人在自身存在，且首先在身体存在最无关紧要的特点中，感到自己得到了证明。由于不断处于男性目光注视之下，她们被迫经常体验她们被束缚其中的真实身体和她们不懈努力试图接近的理想身体之间的差别。因为她们需要别人的目光来构造自身，所以她们在实践中不断被某种价值所做的预先评价所左右，这种价值会从她们的外表、行为方式和展示身体的方式中得到。① 正如约翰·伯格指出的那样，"女人必须不断地注视自己，几乎无时不与自己的个人形象连在一起……从孩提时代开始，她就被教导和劝诫应该不时观察自己。于是，女性把内在于她的'观察者'和'被观察者'，看作构成其女性身份的两个既有联系又是截然不同的因素……她把自己变作对象——而且是一个极特殊的视觉对象：景观。"②

　　在美国南方社会，女性是作为非主体的他者存在的。尽管各州在地理、历史、人口和种族等各方面差异很大，但一种共同的家庭文化、一个共同的女性形象在 19 世纪 30 年代和 40 年代期间逐渐形成，并延伸到美国南部的各个地方。美国南北战争期间，南方女性的性别角色发生了一定的改变，但是在 20 世纪 20 年代，美国南方各州的女性仍然遵循相同的行为准则。③ 韦斯特林观察到，南方男性把南方淑女置于保持其贞洁的底座之上，使南方白人女性处于"寒冷的孤立"之中。南方男人想把他们的女人关在笼子里，成为男性的附属品。她们被要求顺从、温柔，任何走向独立的运动都遭到强烈反对。④ 女性退居家庭，她们被期望在社会和政治上尊重男性。除此以外，对女性来说，"她们的智慧是一个可怕的威胁，因为它可能会透过古老南方、南方淑女和骄傲的南方绅士的多愁善感的外表窥探出事物的真相"。⑤

① 皮埃尔·布尔迪厄. 男性统治[M]. 刘晖，译. 深圳：海天出版社，2002：91.
② 约翰·伯格. 观看之道[M]. 戴行钺，译. 桂林：广西师范大学出版社，2005：46 - 47.
③ WESTLING L. Sacred Groves and Ravaged Gardens：The Fiction of Eudora Welty, Carson McCullers, and Flannery O'Connor [M]. Atlanta：University of Georgia Press, 1985：xi.
④ WESTLING L. Sacred Groves and Ravaged Gardens：The Fiction of Eudora Welty, Carson McCullers, and Flannery O'Connor [M]. Atlanta：University of Georgia Press, 1985：20 - 23.
⑤ WESTLING L. Sacred Groves and Ravaged Gardens：The Fiction of Eudora Welty, Carson McCullers, and Flannery O'Connor [M]. Atlanta：University of Georgia Press, 1985：27.

《三角洲婚礼》描绘了美国南方一个富裕、悠闲的种植园家庭对业已到来的20世纪的现代主义做出的回应，它是19世纪最后一代南方绅士和20世纪第一代新人对现代主义的回应。① 费尔柴尔德的家族长辈们仍然生活在一个与世隔绝的庄园中，恪守家族传统，珍视家族身份，竭力去保留一个业已逝去的浪漫时代；年轻的一代，特别是年轻一代的女性，主要是劳拉、戴布妮和雪莉走向了一个更真实的生活，这让这部小说有了一种现代的感觉。同时，旧南方的骑士制度正在衰落，南方也不再是女人的伊甸园。小说中的女性，一类是以香农和麦可姑妈为代表的老一辈妇女，她们经历过美国南北战争，承受着家族中的男性在战争中一个个离她们而去的痛苦。她们维护男权统治，守护家族荣誉，恪守"南方淑女"准则。香农和麦可姑妈是南北战争时期抚养兄弟孤儿的寡妇。这两位年长的女士仍然保持着南方淑女的态度和举止，她们的社会地位取决于她们能否充分扮演自己在家庭中的角色。老一代的费尔柴尔德女性成功地扮演了这个角色，并顺应了其他女性高度性别化的生活方式，正如愤怒的罗碧·里德所说，"那些女人知道该向她们的男人要求什么。首先是崇拜——但至少如此。接着是一个一个小小的牺牲，然后是整个身体的小碎片！"(146)这一代人认同崇高而强大的家族理想，同时对家族的忠诚使她们获得权威。她们非常巧妙地利用了基于性别的特权，同时又不违反家庭生活观念对她们施加的限制。她们在家族中的权力扩展得如此之大，以至于罗碧把它看作是一种母权制。女人们首先属于家族，属于家族的男性，她们在此基础上界定自己的身份。作为玛丽·香农（Mary Shannon）的后人，她们继承了玛丽·香农于19世纪30年代带至密西西比荒野的高贵的女性传统。虽然年长一代的费尔柴尔德女性获得了控制和主动权，但她们从来没有想过要去做任何不体面的事情，去公开挑战南方社会的性别公约。对她们而言，能界定女人身份的仍然是家庭，她们只是为在战争中丧失性命的男性管理好一个家庭而已。她们自我的轨迹被限定在女儿、妻子和母亲、姐姐、表妹、侄女、姑姑、祖母和寡妇等等女性角色之中，这些角色是与生俱来的，是上帝赋予的。这种一致的认知表明女性个体特权的缺失，女性的荣辱与家族的荣辱息息相关，她们受信奉白人男性至上原则的意识形态支配，而这也为家族女性角色奠定了基调。戴布妮母亲这一辈，作为生长在美国南方重建时期的女性，受到社会的双重束缚：对男人，她要顺从、温柔；对孩子、奴隶和家庭的管理，她应该

---

① FABRICANT D. Onions and Hyacinths: Unwrapping the Fairchilds in Delta Wedding [J]. The Southern Literary Journal, 1985,18(1): 50-60.

表现出能力和活力。她被称为是"家庭的女王"，但她仍然是一个影子，总是在那里，但很少显示出充分的力量。① 大多数时候，她们按家族指给女性的身份行事，践行南方淑女的传统。坦佩姑妈竭力回避性问题，因为她成长的年代正是维多利亚主义在西方上流社会扎根的时代。对于这一代人来说，"任何与性或身体有关的事情……变成了令人厌恶的对象，一件令人羞耻的事情。"②坦佩姑妈的两个未结婚的妹妹，也就是戴布妮居住在格罗夫的吉姆·艾伦和普丽姆罗丝姑妈，不能忍受任何与性有关的事情，即使是最隐晦的性暗示也足以让她们局促不安。普丽姆罗丝把"生孩子"称作是一种"严峻的考验"；英蒂仅仅是提及了戴布妮的蜜月，她和吉姆·艾伦就批评英蒂的早熟；当两个姑妈把代表家庭传统的小夜灯送给戴布妮作为结婚礼物时，她们希望戴布妮能好好保管小夜灯，就像她们保管自己的贞洁一样。小说中最具活力的女性人物是以戴布妮、雪莉、罗碧和劳拉为代表的年轻一代。她们审视自己的家族身份，开始探索自我的界限。伊丽莎白·克尔指出，在韦尔蒂的小说中，她最感兴趣的是探索"女孩和年轻女性生活中的关键阶段，这一阶段她们选择的道路取决于她们自己的选择或环境的力量"。③ 芭芭拉·拉德（Barbara Ladd）还认为，韦尔蒂最感兴趣的是这些人物，"她们思考着这样的问题：作为人类意味着什么，在社群获得一席之地意味着什么。"④琳达·泰特（Linda Tate）认为《三角洲婚礼》是一部揭示女性家庭空间、女性创造力、女性与女性之间的相互关系以及女性与土地之间的关系的作品。⑤ 丽贝卡·马克以《三角洲婚礼》中的艾伦为代表，认为费尔柴尔德家族的年轻女性"永远不会让任何人剥夺她们自主的声音，她们是为生活，为激情和性而奋斗的女人"。⑥ 劳拉·斯隆·帕特森（Laura Sloan Patterson）认为这部小说不仅仅是一部地区性的作品，她认为三角洲是"当代美国文化的缩影，被关于女

① KING R H. A Southern Renaissance: The Cultural Awakening of the American South, 1930-1955 [M]. New York: Oxford University Press, 1980: 34-35.

② KING R H. A Southern Renaissance: The Cultural Awakening of the American South, 1930-1955 [M]. New York: Oxford University Press, 1980: 36.

③ KERR E M. The World of Eudora Welty's Women [M]//PRENSHAW P W. (ed.). Eudora Welty: Critical Essays. Jackson: University Press of Mississippi, 1979: 132-148.

④ LADD B. "Coming Through": The Black Initiate in Delta Wedding [J]. Mississippi Quarterly, 1988 (41): 341-351.

⑤ TATE L. A Southern Weave of Women: Fiction of the Contemporary South [M]. Athens: University of Georgia Press, 1994.

⑥ MARK R. As They Lay Dying: or Why We Should Teach, Write, and Read Eudora Welty Instead of, Alongside of, Because of, and Often as William Faulkner [J]. The Faulkner Journal, 2004, 19(2): 107-119.

性不断变化的性别角色和家庭角色的新声音所轰动"。① 尽管早期的评论家批评这部小说描述了一个"没有发生任何事情"的故事，但事实上，在整部小说中似乎发生了太多事情，因而要理解文本的所有内容显得非常困难。②

《三角洲婚礼》中看的场景极其丰富，可以说每一个女性都在观察着周遭的一切。在格罗夫庄园的客厅里，悬挂着曾祖母玛丽·香农的一幅肖像画，画是曾祖父在拓荒时代为曾祖母画的。画中的曾祖母身穿黑色的衣服，双臂交叉放在胸前，脸上露出梦幻般的神情，而她的眼睛下面有黑眼圈。那一年黄热病肆行，曾祖母除了照料家人和邻居，还照看了很多人，其中有两个猎人，几个陌生人还死在了她的怀里。小说中，费尔柴尔德家里的年轻一代的女性观看和凝视这幅画的场景时有出现，但她们眼中的玛丽·香农却各不相同。雪莉认为，曾祖母之所以双臂交叉，把手藏起来是因为她的双臂上曾有人死去；英蒂却认为那是因为曾祖父不会画手，因为她自己也不会；戴布妮在结婚前去格罗夫庄园拜访住在那儿的两位姑妈时，她看到的却是曾祖母很快就会有自己的第一个孩子了，所以她会双手抱在胸前。据此，有评论家推论，很可能，此时的戴布妮已经身怀六甲，这也是为什么家族会选在九月份，在整个家族忙着棉花采摘的时候匆忙举办婚礼。戴布妮凝视画像的时候，她发现曾祖母也在看着她，凝视着客厅，凝视着客厅里那些"愚蠢、易碎的小东西"(52)。她看上去非常孤单，眼睛疲惫至极。戴布妮继而想到当你离开家人，只有你的丈夫和你住在一起，那该是有多孤独啊！"戴布妮突然想打碎客厅里那些刚刚还很珍视的小东西！"(53)当罗碧看到这幅画时，她却觉得玛丽是在满怀怨恨地看着她的丈夫。美国学者玛格丽特·奥琳(Margaret Olin)从艺术批评的视角探讨凝视理论，她的论文《"凝视"通论》(Gaze)于2006年被翻译成中文发表在《新美术》上。玛格丽特·奥琳试图要说明的是，在艺术鉴赏的活动中，我们的观看并非仅是单纯的视觉行为，而是社会化的观看。我们对艺术作品的解读远非只是形式的理解那么简单，而是受制于观看身份乃至权力关系的社会化行为。③ 同样，在《三角洲婚礼》中，观看主体的观看行为也受到她们各自在家族中的身份、她们在家族中所处的位置的影响。费尔柴尔德家族的女性在家族中拥有不同的身份，在家族中亦处于不同的位置，她们有的是"自己人"(insiders)，比如雪莉、戴布妮；有的是"外人"，比如罗碧；有

---

① PATTERSON L S. Sexing the Domestic: Eudora Welty's Delta Wedding and the Sexology Movement [J]. Southern Quarterly, 2004, 42(2): 37-59.

② TRILLING D. Fiction in Review: Review of Delta Wedding [J]. Nation, 1946(May): 60.

③ 玛格丽特·奥琳. "凝视"通论[J]. 曾胜，译. 新美术，2006, 27(2): 59-67.

的介于"自己人"和"外人"之间，比如艾伦和劳拉。而位置赋予她们在家族中不同的权力和地位，这也影响着观看主体的观看行为，进而影响观看的结果。作为南方女性，她们无法摆脱来自父权制以及南方淑女文化的凝视，而作为携带欲望的凝视主体，她们有的恪守传统，有的挣脱传统的束缚，发现和构建一个不一样的自我。

戴布妮是《三角洲婚礼》中的新娘，从外表上看，她美丽、优雅，是典型的南方淑女，但在面对自己的婚姻的时候，戴布妮不顾家族的反对，决定下嫁给家族的监工特洛伊。戴布妮自我身份的构建与她在婚礼的准备过程中的几个凝视的关键时刻相关。戴布妮在对自己身份、对她婚后将要入住的马尔米恩庄园以及对自己与特洛伊婚姻的凝视中，构建起有别于费尔柴尔德家族其他女人，特别是老一辈的女性，有别于南方淑女的独特的自我。

在美国南方的三角洲地区，女性的身份是和家族息息相关的。在费尔柴尔德家族，所有的家庭成员只有一个共同的身份，作为一个集体存在。但在乔治舅舅的影响下，戴布妮发现，"还有另外一种方式——成为别的……"（42），戴布妮开始对自己的身份有了不一样的理解。在去格罗夫拜访两位姑妈的路上，戴布妮开始觉得自己不像一个真正的费尔柴尔德家族的人：

> 戴布妮不太确定自己是一个费尔柴尔德人，而且她也不是很在乎，事情就是这样。生活中的某些时刻，她是谁——甚至她在哪里都不重要。有些东西，比如幸福——和特洛伊在一起，但也不一定是和特洛伊在一起，即使是来自晴朗天气的幸福——似乎从身份中跳脱了出来，仿佛那是一张旧皮肤。费尔柴尔德家族的身份，对她来说，不会比现在挂在树上的蝗虫壳对唱歌的蝗虫更重要的了。（40）

费尔柴尔德家族身份对戴布妮来说，就像挂在树上的蝗虫的壳，并不是那么重要，甚至根本就不重要。就像那些把自己的壳留在树上的蝗虫一样，戴布妮会在附近以一种新的身份开始新的生活。她甚至想象着结婚以后，特洛伊也会发生类似的变化。"他还没有向她透露太多。她希望她的黑暗骑士会把此时此刻的皮肤扔回去……那儿会有一个完全不同的世界，就连棉花也不一样"（42）。戴布妮去拜访两位未出嫁的姑妈吉姆·艾伦和普丽姆罗丝，这是戴布妮结婚前所要经历的一个重要仪式。这两位姑妈在家族中的身份就如同是家族的处女女祭司，她们将女族长玛丽·香农的故事传给家族的孩子们。这位一百多年前跟着曾祖父乔治在密西西比荒野中拓荒的曾祖母是位奇女子，两位姑妈继承了她的传统并保留了烹饪、缝纫等女性艺术。她们守护着家族老宅和老物件，也守护着家族中神圣的文本——玛苏拉·海因斯（Mushala Heins）的食谱和玛丽·香农的日记，里面写满了"要做的事情，如何剪枝、剪枝适当的时间，以及她所有的烦恼和她所受到的挑战"（51）。夏天的时候，这两位姑妈所居住的房子也有一种永恒的凉爽，"就像一片浓密的天鹅绒绿的树木，它以静谧的心情抚摸着你的额头"。（51）在房子的外面，阴凉的亚祖河水沿着蜿蜒的河岸流动，河岸两边的柏树遮挡着阳光的照射；侧边院子里长满了齐膝深的薄荷。家族的老旧物件几乎都保留在格罗夫。曾祖母和祖母们所珍视的东西都保存在了这儿，连那个写满了故事的爱尔兰花边窗帘也还好好地挂在那儿。在房子的大厅里，两幅玛丽·香农的画像俯视着客厅里那些在戴布妮看来"愚蠢、易碎的小东西"，而这些东西正代表着家族的历史与传统。面对家族的传统与故事的传承，加之在来时路上产生的这种对自己崭新未来的兴奋感，戴布妮在拜访吉姆·艾伦和普丽姆罗丝时有些烦躁不安。当姑妈们问起一些比较严肃的问题，她的回答显得有些鲁莽和无礼。当吉姆·艾伦问她的伴娘是谁时，她回答说："那些和我一起跑得很快的女孩。那些整夜光着脚跳舞的人。"（55）戴布妮和姑妈们坐在客厅里谈着话，有那么一个时刻，她突然有一种冲动，想把她身边所有的小古董都打碎。临走时，戴布妮大声说："我希望我马上有一个孩子。"（62）她出乎意料的话语让她的姑妈们大惊失色。小说中的另一个场景中，戴布妮打破了家族珍视的小夜灯，但她并没有哭，而是显得很平静。拜访完两位姑妈，戴布妮回到谢尔蒙德。当她得知乔治舅舅已经从孟菲斯赶回来参加她的婚礼时，她着急跑去找他。不经意间，她手里的小夜灯掉在了地上，摔成了碎片。（68）小夜灯是两位未出嫁的姑妈送给戴布妮的结婚礼物。对两位姑妈来说，小夜灯是家族最为宝贵的物品，因为小夜灯自打她们记事以来，尤其是在父母双亡以后，就一直陪伴着她们，"那一点点的灯光，是陪伴"（57）。在她们之前，小夜灯也曾是带给老麦可姑妈和老香农姑妈希望的东西。在南北战争时期，两位老姑妈的兄弟老巴特尔、老戈尔登、老乔治和她们的丈夫都去参加了战争，在等待他们归来的煎熬中，是小夜灯给了她们渺茫的希望。虽然等来的最终都是死亡的讯息，但小夜灯一直陪伴她们度过了那段艰难的岁月。老玛苏拉姑妈尤其喜欢小夜灯，一直到她去世，她每个晚上都会点上小夜灯，等待着她的爱人平安归来。在那段岁月里，只有小夜灯能给她安慰（58）。普丽姆罗丝姑妈甚至认为玛苏拉的灵魂都附在了小夜灯上。在家族的历史中，小夜灯是希望，是安慰，更是陪伴，

"它是家族图腾"，①代表了家族的历史和传统。吉姆·艾伦和普丽姆罗丝两位姑妈把小夜灯作为结婚礼物送给戴布妮，是希望小夜灯能带给戴布妮安慰和陪伴，希望戴布妮能传承家族的历史。小夜灯打碎后，戴布妮并没有像英蒂一样哭泣，于她而言，那只是一片她"永远都不会惦记的旧玻璃"(68)。从这个场景可以看出，戴布妮对传承家族的历史并没有多少兴趣。戴布妮无意保留家族的老物件，也不愿意继续保持旧有的生活方式，或是对事物的看法，她迫不及待地想开始新的生活。当戴布妮不小心打破了小夜灯，她将自己从家庭的传统和婚姻观念中解放了出来，并渴望在与特洛伊的关系中获得不一样的陪伴和身体上的满足。戴布妮或许会因放弃家族传统而受到批评，但她兴致勃勃地继续她的结婚计划，并表现出对婚后新生活的强烈期盼。

小夜灯的破碎预示着戴布妮踏上了从家族传统身份中解放出来的路途，这是她寻找自我的第一步，但主体的形成还有赖于对镜像的凝视，在对镜像的凝视中，主体携带着自我理想构建起理想自我。在小说中，这一重要时刻发生在戴布妮婚礼的前一天。黎明时分，趁家里的其他人还没醒过来之前，戴布妮骑着乔治叔叔送的小马，独自一人偷偷地出去，饥饿地注视着她婚后将要居住的马尔米恩宅邸。从字面意义上看，戴布妮的确是饥肠辘辘的，因为她几乎没有吃早餐就离开了家；从象征意义上来说，马尔米恩代表了她所渴望的财富，以及她期望通过婚姻向她展开的新的生活体验。她迫不及待的心情从几个动词可见一斑，她颤抖地"冲过"夜晚织在门上的蜘蛛网，双手一把"推开"后门，"跨上"小马，"穿过"潮湿芬芳的田野，向亚祖河边"奔"去(156-157)。马尔米恩就矗立在河的对岸。在那里，随着戴布妮的视野，马尔米恩的全貌第一次展现在读者的眼前：

> 戴布妮低着头从矮树枝底下穿过，然后就看到亚祖河河面房子的倒影，像一只被催眠了的沼泽蝴蝶降落在那儿，白色的翅膀向两边伸展开来。这时，房子从倒影中站立起来，笔直的塔楼矗立着，显得既精致又壮观。戴布妮贪恋地注视着，数着房间。(157)

福柯曾说过："如果目视能够沉默地停留在事物上，如果在它所观看的对象周围一切保持沉默，那么目视将能真实地实现自己，将能接近对象的真理。"②戴

----

① WELLS I. Anxiety and Orange Blossoms: Sexual Economics in Wedding Texts by Grace Lumpkin, Eudora Welty, and Alice Childress [D]. Baton Rouge: Louisiana State University, 2000：132.
② 米歇尔·福柯. 临床医学的诞生[M]. 刘北城，译. 南京：译林出版社，2011：119.

　　布妮在早晨的静谧中，凝视着她结婚后的居所，抑制不住内心对新生活的渴望。马尔米恩是 1890 年，戴布妮的祖父詹姆士(James)为戴布妮的祖母劳拉·艾伦(Laura Allen)建造的，它代表着家族的浪漫过去。但更为重要的是，她也代表了家族为保护荣誉所做出的牺牲。同一年，祖父詹姆士为了保护棉花，保护家族的利益死于与一位种植园主罗纳德·麦克班恩(Ronald McBane)的决斗中。不久，奶奶劳拉·艾伦伤心过度，也撒手人寰，留下八个还没长大的孩子。老麦可姑妈和老香农姑妈带着八个孩子返回格罗夫庄园，把"荣誉、荣誉、荣誉"一遍遍刻进丹尼斯、巴特尔、乔治、坦佩、安妮·劳丽(Annie Laurie)、罗韦娜(Rowena)、吉姆·艾伦和普丽姆罗丝的耳中。庄园的名字"马尔米恩"来自英国浪漫时期作家沃尔特·斯科特(Walter Scott)的叙事长诗《马尔米恩》，这首诗主要颂扬了英格兰贵族的骑士精神，因而马尔米恩庄园也成为家族荣誉的象征。戴布妮在凝视庄园的时候，回忆起家族的这段伤心的历史，感到非常愤慨，"她憎恨祖父的这场决斗"(158)，并发出了对恪守家族荣誉传统的抗议——"我决不会放弃任何东西！……决不会！决不会！因为我是快乐的，放弃什么都不能证明。我决不会放弃任何东西，决不会放弃特洛伊——或屈从于特洛伊！"(159)戴布妮不会为了家族荣誉而放弃自己的生活，也不会把自己完全交付给自己的丈夫特洛伊，在对新生活憧憬和向往的同时，她宣扬了自己的自主意识，表达了自己拥有对生活的控制能力。

　　戴布妮也不惧怕马尔米恩与家族的死亡历史相连。祖父詹姆士逝世以后，老麦可姑妈和香农姑妈觉得"马尔米恩太让人心碎了"，(157)就带着哥哥的八个孩子回到了格罗夫这所更古老、更质朴的房子生活。马尔米恩在它建成的那一年就被空置了。随着孩子们渐渐长大，长子丹尼斯一家成为马尔米恩的主人，但是丹尼斯一家也与死亡相连。丹尼斯是家族的英雄，是家族中最受崇拜和尊敬的人，但他死于一战，而他的妻子维姬·李(Virgie Lee)也精神失常。他们的女儿莫琳继承了这座庄园，但莫琳因为小时候被她母亲摔坏了头，她的精神和智力也存在问题。莫琳毫不留恋地把马尔米恩"交给"戴布妮。这座承载家族死亡历史的庄园，这座被家族遗弃的庄园，在戴布妮的眼中，在早晨的阳光里熠熠生辉，闪烁着新的光芒。戴布妮一个人静静地站在马尔米恩之前，用眼睛吞食了那座庄园，贪婪地凝视马尔米恩：

　　　　那宏伟的神殿般城堡似的房子！柱子从地上光溜溜地矗立起来，
　　瞭望塔，二十五个房间，以及里面奇妙的独立式楼梯，杯状花型的枝形吊灯闪着金色的光芒，像百合花垂下的雄蕊。花园——游乐场——迷宫——甚至是她的登船处，当她完全是一个人的时候，都展现在她的面前。(160)

福柯认为，"观察的目视只是在双重沉默中才会显示它的能力：理论、想象以及其他能够成为感知直接事物的障碍的东西的相对沉默；一切在可见事物的语言之前的语言的绝对沉默。在这种双重沉默之余，被观看的事物最终能被听到，而它们之所以能被听到，只是由于它们被看到。"[1]戴布妮内心的欲望在对房子的静静凝视中已经表露无遗，对她来说，没有什么能比真实的生活更具诱惑力：

> 她的渴望——现在去马尔米恩，和特洛伊一起进入真实的生活——已经说明一切：世界上所有的棉花都不值得一刻的生活！这让她知道，没有什么能挑战她，让她抛弃生活。生活是多么美好，她能够好好地握住它，摘下它，吃掉它，把脸贴在它上面——哦，没人知道！生命的汁液和滚烫的、令人愉快的味道，还有芬芳的面颊和温热的嘴巴。(158)

在这个场景中我们发现，戴布妮并不打算遵守三角洲的家庭传统，成为一位屈从、取悦于丈夫的家庭主妇，她要充分享受生活的甜蜜。戴布妮渴望"真实的生活"，这是一种活色生香、充满活力和欲望的生活，是一种对生活的全方位掌控。在对马尔米恩的凝视中，她的自我占有梦想的欲望和她对性欲满足的感官渴望跃然纸上。家族的身份、家族的荣誉于她而言，并没有多么重要，她对自己生活的控制欲望使她站在了家族传统和南方淑女文化传统的对立面上。

当戴布妮在饥渴地凝视着马尔米恩的时候，这座象征着家族荣誉、承载着家族历史的房子也在凝视着她，这也是拉康称之为"来自对象 a 的凝视"。拉康认为，当观者立足于主体的位置，从他的角度来观察客体世界时，这种观看就是"眼睛"，但是，当观看主体在看客体世界的时候，被观看的对象也会以它的方式对观看主体发出"看"的目光，这种来自客体世界的折返性目光就是凝视。它属于事

---

[1] 米歇尔·福柯. 临床医学的诞生[M]. 刘北城，译. 南京：译林出版社，2011：119.

物的一边，也即事物也在看世界。[①]

来自物的凝视揭示了主体戴布妮的欲望。一方面是对摆脱家族传统、自由生活的向往，另一方面是对财富的向往。在很多方面，韦尔蒂把马尔米恩描绘成W. J. 卡什（W. J. Cash）所称的"古老南方传奇"[②]大厦的原型。它是费尔柴尔德家族中最大、最宏伟的一处庄园，足足有谢尔蒙德的两倍大。谢尔蒙德庄园是目前这一代费尔柴尔德家族，包括戴布妮的父母、他们的八个孩子和两位老姑妈的住所，对于年轻的劳拉·麦克雷文来说，这个庄园已经是无限大了，这足以看出马尔米恩的宏伟和壮观。

事实上，象征界和实在界之间只是隔着一个脆弱的边界。在戴布妮对马尔米恩庄园贪婪地注视的同时，戴布妮也承受着实在界不经意间的凝视。而这实在界的凝视，是白人上层社会财富积累的实质。所谓的家族统治，所谓的上流社会的特权，所谓的家族荣誉的传承，所谓的家族英雄主义，不过是用来掩盖对黑人奴隶或劳工的剥削的东西而已。白人贵族阶层的生活，无论是在种植园里，还是在家庭之内，都离不开这些作为背景存在的黑人的付出。经济利益才是种植园主追求的目标，这也是戴布妮的祖父詹姆士会为了所谓的家族荣誉和别的种植园主发生决斗的根本原因所在。马尔米恩作为费尔柴尔德家族最大的庄园，作为家族荣誉和历史的象征，正以戴布妮所无法看到的视点令人不安地凝视着作为观看主体的戴布妮，同时也凝视着整个费尔柴尔德家族。

很快，戴布妮进入了一个更令人不安的场景。在从马尔米恩往回走的途中，戴布妮停下了脚步，像是被什么神秘的力量吸引一样，她要抓住结婚前的最后一次机会，看一眼亚祖河神秘而又最令人恐惧的"漩涡"：

> 她骑马经过一片茂密的树林，那儿有一个漩涡，有什么东西让她从马上下来，爬到河岸上，往里面看——她几乎从来没有这样做过，这真是令人毛骨悚然！这是婚礼前最后一次机会。她拨开那粗如大腿的野葡萄藤，往里看。漩涡就在那儿。她凝视着那黑暗的、微微晃动着的水面，心中充满了恐惧。
>
> 这儿有很多双眼睛——青蛙眼睛？——蛇眼睛？她静静地听着，然后听到水面被微微搅动，在清晨翻动起来。她看到蛇在水里面翻来

---

① 朱晓兰."凝视"理论研究[D]. 南京：南京大学，2011：29.

② CASH W J. The Mind of the South [M]. New York：Alfred A. Knopf, 1941：ix-x.

覆去,在水面下互相穿行,不时地有一个头冒出水面,令人不寒而栗。藤蔓和柏树的根在岸边和水中缠绕着。这些根,灰色的和红色的,比任何树根都要粗壮;也有些根像头发一样飘动着。在河的对岸,一只乌龟蹲在树根上,张着嘴,伸出了舌头。(161)

评论界对戴布妮独自一人去亚祖河口直视漩涡的场景有不同的理解。艾达·麦克斯韦·威尔斯(Ida Maxwell Wells)认为亚祖河口的漩涡是小说中死亡的最为生动的象征,是最令人"毛骨悚然"的东西。戴布妮对漩涡的恐惧代表了她对即将来临的婚姻的恐惧,也传达了戴布妮对婚姻所带来的限制的焦虑。[①] 莎莉·马林斯·格伦(Sharlee Mullins Glenn)认为这个漩涡的形象暗喻了费尔柴尔德家族潜在的破坏力和束缚力。戴布妮对漩涡的凝视是戴布妮挑战家族束缚的行为;乔治也在挑战漩涡的恐怖。[②] 苏珊娜·马尔斯认为戴布妮对漩涡的观看颇具有性暗示的意味。她把她的爱情视为一条未经驯服的河流,这条河流中缠结的藤蔓和危险的漩涡与婚姻和性的神秘联系起来。[③]

戴布妮对漩涡的凝视场景,既是戴布妮正视内心恐惧,又是她女性性欲苏醒的历程。韦尔蒂把这一场景与戴布妮凝视马尔米恩的场景并置并不是随意为之。在戴布妮贪婪地注视着"她的房子"(159)的时候,马尔米恩承载了戴布妮对结婚后新生活的欲望,神秘地代表了爱情和婚姻的本质,但是有些东西还是滑脱了。就如拉康所言,"在我们与物的关系中,就这一关系是由观看方式构成的而言,而且就其是以表征的形态被排列而言,总有某个东西在滑脱,在穿过,被传送,从一个舞台到另一个舞台,并总是在一定程度上被困在其中。"[④]戴布妮对新生活的向往中,还有对新的、完全不同的生活,特别是和一个来自不同社会阶层人的婚姻的恐惧。它一直存在于戴布妮的潜意识之中,只是一直被戴布妮抑制了,然后这一被抑制的恐惧终归会以某种形式返回。事实上,在戴布妮离开马尔米恩之前,她突然想到马尔米恩门前面的河段水流比其他地方都要湍急(159),对未来不确定的情绪已经慢慢进入戴布妮的意识。当她来到漩涡时,像是被什

① WELLS I M. Anxiety and Orange Blossoms: Sexual Economics in Wedding Texts by Grace Lumpkin, Eudora Welty, and Alice Childress [M]. Baton Rouge: Louisiana State University, 2000: 148-149.

② GLENN S. In and Out the Circle: The Individual and Clan in Eudora Welty's Delta Wedding [J]. The Southern Literary Journal, 1989,22(1): 50-60.

③ MARRS S. "The Treasure Most Dearly Regarded": Memory and Imagination in Delta Wedding [J]. The Southern Literary Journal, 1993,25(2): 79-91.

④ 拉康. 论凝视作为小对形[M]//吴琼. 视觉文化的奇观. 北京:中国人民大学出版社,2005: 17.

么神秘的力量吸引一样，不得不去看这"令人毛骨悚然"的漩涡。戴布妮在漩涡中所看到的景象十分令人恐惧：树根和蛇在黑暗的水中相互缠绕在一起，难分难解，难以辨别。然而，水中的很多双眼睛也在凝视着她。当戴布妮向里面看的时候，一种"眩晕"开始抓住了她，她感到自己被漩涡吸引过去，"向漩涡慢慢倾斜"(161)。但她稳住了自己，继续往里面看，数到一百，然后跑回了谢尔蒙德。在路过特洛伊居住的房子的时候，她大胆地在窗下唱起了唤醒爱人起床的歌谣。这是戴布妮战胜恐惧、内心解脱后发出的快乐的呼喊，也是戴布妮经历恐惧后寻求家人、爱人安慰和保护的呼喊。无论如何，于戴布妮而言，这是一种大难后的解脱。难怪当她回到谢尔蒙德的时候，还没进门就大喊："妈妈！ 罗克西！ 罗克西！ 爸爸！"(162)经历愤慨——向往——恐惧——解脱各个阶段后，戴布妮早已饥肠辘辘了。

在女性作家的作品中，女性的性欲往往与自然或植物联系在一起，它们可以是象征性的美丽和温柔的感官暗示，也可以明目张胆地将风景描绘成丰饶的性欲。在这儿，大自然反映并体现了戴布妮的性欲，当她穿过谢尔蒙德的田野和树林时，她的性欲苏醒了。当她把"粗如大腿"的藤蔓分开，看着满是眼睛和"冒出水面"的蛇头时，戴布妮凝视着"那黑暗的、微微晃动着的水面"，内心充满恐惧，但也被其吸引。在小说中，"漩涡"是一个颇具暗示意味的场景：翻来覆去的蛇，相互缠绕的树根，有的粗壮，有的又如头发般细软婀娜。这些相互缠绕的树根和蛇是对人类错综复杂关系的一个启示，更是对婚姻生活中亲密关系的一个暗示。对于这一未知的领域，戴布妮很难相信她自己的直觉。漩涡的场景是对戴布妮即将到来的婚姻生活的性启蒙，在戴布妮凝视漩涡的时候，她能克服晕眩，说明她虽害怕，但更向往之。

雪莉是巴特尔和艾伦的长女，相比较于对婚姻满腔热情、憧憬着婚后独立生活的戴布妮，雪莉是一个更为复杂和矛盾的个体。有时，她看起来像个时髦女郎(flapper)，跳快舞，直言不讳地嘲笑婚姻，偶尔她又有些焦躁不安。面对戴布妮即将到来的婚礼，雪莉表现得有些情绪化，有时甚至有想要哭的感觉，而一提及性欲和生育的问题，她又会浑身不自在。她似乎喜欢更为隐秘的生活，她喜欢和弟弟、妹妹们一起玩，喜欢待在房间里写日记。雪莉是一个聪慧而又内心隐秘的人，但在她的父亲巴特尔看来，她拘泥谨慎又自命清高(111)，她违抗她父亲的意愿，拒绝在家庭成员面前讲述乔治叔叔拯救莫琳的故事。女性主义作家埃莱娜·西苏(Hélène Cixous)认为，在公众场合讲话对女性来说是一种折磨，"她心跳，常常慌乱得说不出一个字，道理和措辞都不知踪影。对妇女来说，讲话就是一件如此英勇之举，一件如此伟大的侵越雷池之举，哪怕只是让她当着众人开口。"①西苏鼓励女性用自己的语言进行书写，发出自己的声音，因为写作"将不但'实现'妇女解除对其性特征和女性存在的抑制关系，从而使她得以接近其原本力量；这行为还将归还她的能力与资格、她的欢乐、她的喉舌，以及她那一直封锁着的巨大的身体领域；写作将使她挣脱超自我结构，在其中她一直占据一席留给罪人的位置（事事有罪，处处有罪：因为有欲望和没有欲望而负罪；因为太冷淡和太'热烈'而负罪；因为既不冷淡又不'热烈'而负罪；因为太过分的母性和不足够的母性而负罪；因为生孩子和不生孩子而负罪；因为抚养孩子和不抚养孩子而负罪……）。"②一直以来，女性被剥夺了发出自己声音的权利，她们面前总有层层的限制。同时，西苏也强调了书写的凝视功能。在书写中，"我就是你要我变成的我，在你注视我的那一刻你想要我成为那样，而你在任何时刻都用一种过去从未见过的方式注视我。当我写作时，从我身上写出的是我们不知道自己会变成的一切，不加排斥，没有契约。我们将成为的一切，呼唤着我们对爱进行不屈不挠的、令人沉醉的和压抑不住的追求。在相互之中，我们永远不会感到匮乏。"③

相比较于说话，雪莉选择书写。雪莉是费尔柴尔德家族里唯一一个对阅读和写作感兴趣的人。一方面，雪莉具有强烈的家庭意识，甚至是自封的"家庭珠宝保管人"（尽管她无论如何都不会戴这些珠宝）（107），她对来自不同阶层的罗碧和特洛伊都怀有一定程度的敌意，把他们当成是入侵家族的外来者。另一方面，即使她在方方面面获得家族的保护，她也意识到了家族的局限性和排外性。她在日记中写道：

> 概括来说，我们筑起一堵墙，傲慢地对抗那些来敲门的人。对于外面的世界，我们是牢不可破、坚不可摧的。外面的世界是否也认为我们都是十分私密的人？我想我们一个个都比孤单更孤独，比自给自足更寂寞。（110）

---

① 埃莱娜·西苏. 美杜莎的笑声［M］//张京媛，主编. 当代女性主义文学批评. 北京：北京大学出版社，1995：194.

② 埃莱娜·西苏. 美杜莎的笑声［M］//张京媛，主编. 当代女性主义文学批评. 北京：北京大学出版社，1995：193－194.

③ 埃莱娜·西苏. 美杜莎的笑声［M］//张京媛，主编. 当代女性主义文学批评. 北京：北京大学出版社，1995：210.

雪莉意识到家族的排外性也建立在信息的隔离上，家族内部成员拥有自己的语言来传达讯息，表达爱意。通过婚姻进入家族的特洛伊并没有真正成为家族的一员，家族的很多信息是不会传递到他这儿的。雪莉在日记中写道："还没人告诉特洛伊任何事，也许我们永远不会告诉他任何事。"(111－112)尽管特洛伊马上就会成为戴布妮的丈夫，但他实际上还是和家族保有一段距离，而且家族的人永远不会允许特洛伊跨越这段距离。雪莉对家族的做法隐隐感到不安，但她也不会告诉特洛伊任何事情。家族的每一位女性都很清楚如何保持沉默、如何保持家族的完整性，和特洛伊谈论家庭将是一种背叛，雪莉还没有足够的力量去勇敢地采取这样的行动。

此外，雪莉也意识到费尔柴尔德家族作为一个群体生活在一起，他们无视个体的想法和欲望，如果家族中有某一个人有私人的想法，他的想法也往往会被选择性遗忘。正如雪莉在她的日记中所写，"有时我相信当事情都挤在一块的时候，我们的生活才最私密，就比如在三角洲，就比如为了婚礼在做准备。"(173)在写作中，雪莉的自我意识慢慢显现。在小说中，韦尔蒂往往采用第三人称有限叙述来展示艾伦、戴布妮、坦佩等其他女性角色的想法和感受，而雪莉的叙述则主要以她的日记的形式出现。韦尔蒂选择让雪莉在没有第三者阻碍的情况下为自己说话。雪莉急于开始写作。起初，她的作品很短，但一旦开始，她就发现自己无法在拥有的每一个自由时刻停止写作。

福柯认为写作是一种陪伴，是对冲动想法的应用，并具有检验真理的作用。福柯在《自我书写》一文中指出写作是自我与灵魂之间的一种交流：它缓和了来自孤独的危险；它把一个人所做的或所想的提供给一个可能的注视；强迫自己写作的过程与对得不到赞同的恐惧和羞耻之情感相伴相生。① 因此，写作是一种凝视自我的手段。福柯还指出写作对于主体构建自我、发现真实自我的作用。福柯认为写作"连同阅读所构成的一切，构建一个身体"。写作"成为作家自己理性行动的原则……作家在作品中所说的话的集合构成自己的身份。"②雪莉的书写也是她凝视自我、探索自我身份和家族身份的过程。

在日记中，雪莉写道："我认为我们每一个人都应该被珍视，而不是被一窝蜂似的挤在一起对待。"(84)尽管她还无法与家族的传统和影响抗争，但她的日记

---

① FOUCAULT M. Self writing [M]//RABINOW P. (ed.), HURLEY R. (trans.). Ethics： Subjectivity and Truth. New York：The New Press，1997：208.

② FOUCAULT M. Self writing [M]//RABINOW P. (ed.), HURLEY R. (trans.). Ethics： Subjectivity and Truth. New York：The New Press，1997：213.

是一个明确的尝试,她试图通过写一个可以与熟悉的轶事相抗衡的故事来与自己的家庭保持一定的距离。在写作中,她抵制过去的牵引力,因而她的日记也是一种构建和维持自我叙述的方式,是构建她自我身份的手段。作为家族的长女,雪莉本可能是继承家族传统的最合适人选,而这意味着她最有可能成为一个地地道道的费尔柴尔德家族的女人,但雪莉对这种继承和她自己的家族身体特征持谨慎态度。艾伦曾担心雪莉不够"温暖",这种温暖正如同家族的女人在乔治叔叔身上所发现的"和蔼可亲"一样,是家族遗传的一大特征,这意味着为了家族愿意放弃自我。艾伦甚至认为,如果雪莉身上确实缺乏"温暖",这说明自己不知为何未能恰当地养育她。在整个家族为戴布妮的婚礼忙得不可开交的时候,雪莉待在房间里,把自己的名字刻在手提箱上,准备去欧洲远行。更多的时候,雪莉迫不及待地打开日记,写下她身边所发生的事情。在写作中,雪莉开始探索自我的界限,接受自身的弱点,而这也预示着她日后的进一步独立。

> 乔治叔叔能理解她,理解她所惧怕的东西,而她的爸爸只是为此感到羞耻。他珍视我们的缺点,认为缺点也是我们身上不可或缺的一方面。雪莉认为当你足够坚强的时候,缺点就会自己后退,而当你软弱的时候,你会与缺点半路相逢。(113)

西苏曾坦言她用身体写作——"我个人而言,我以身体书写小说……我紧依着身体和本能书写……以身体构成文本""妇女必须通过她们的身体来写作,她们必须创造无法攻破的语言,这语言将摧毁隔阂、等级、花言巧语和清规戒律"。[1] 当然,西苏的所谓用身体进行写作,主要是指女性作家应该摆脱男性传统和男性写作的束缚,遵循自己的内心感受,使用女性自己的语言进行写作。在《三角洲婚礼》中,韦尔蒂借助雪莉的写作,传达了女性的写作态度。

雪莉渴望在床上阅读,喜欢穿着连衫衬裤写日记(106),这强调了阅读尤其是写作给她带来的自由,尤其是心理上和身体上的自由。在她的房间里,雪莉穿着连衫衬裤,坐在雪松箱子上,打开她的出国旅行日记本,点燃一支法蒂玛香烟,开始写作(106)。"桃色的鸵鸟拖鞋在她的脚上,她一边写,一边不时地提起她赤裸的脚跟,绷紧地停一会儿,然后继续写下去,就像一只在草地上伸展的知更

---

① 埃莱娜·西苏. 美杜莎的笑声[M]//张京媛,主编. 当代女性主义文学批评. 北京:北京大学出版社,1995:201.

鸟。"(109)在韦尔蒂的笔下,女性只有在一个私密的空间进行创作,才能获得一定的自由,才能从写作中获得极大的乐趣。然而,雪莉在她的房间里写作和阅读却很困难,因为雪莉的房间没有灯光,她的父亲不允许她把另一盏灯带进房间。对于雪莉把灯带进房间的要求,巴特尔回应道:"房间里有足够的光线进行穿着,你可以像其他人一样穿好衣服在楼下看书。"(83)因此,即使在这个私密的空间,女性写作仍然无法实现真正的自由,仍然要受到诸多的制约,但雪莉坚持写下去。西苏认为写作是女性发出自己声音的最有效手段:"只有通过写作,通过出自妇女并且面向妇女的写作,通过接受一直由男性崇拜统治的言论的挑战,妇女才能确立自己的地位。这不是那种保留在象征符号里并由象征符号来保留的地位,也就是说,不是沉默的地位。妇女应该冲出沉默的罗网。她们不应该受骗上当去接受一块其实只是边缘地带或闺房后宫的活动领域。"①雪莉的确有毅力,她拒绝接受父亲强加于她的沉默女人的角色。当她的父亲认为她要穿衣服去跳舞时,她设法把日记写满了六页(84 - 86)。

此外,雪莉的写作与她母亲的生活形成了鲜明的对比,她母亲的生活显然是雪莉不想要的。艾伦曾对坦佩说:"我从不'读'任何东西。"(104)然而,雪莉永远找不到足够的时间或光线来阅读和写作。艾伦是典型的南方种植园家族的女主人。和巴特尔的二十年左右的婚姻中,她为家族养育了 9 个孩子。同时,她也管理着家里的黑人帮工,甚至在经济方面,她比巴特尔更为明智一些,但艾伦的生活并不是雪莉想要的。

小说中一个令人印象非常深刻的情节是雪莉在费尔柴尔德商店里撞见了正在大声哭泣的罗碧。为了避免尴尬,雪莉只得带着她身边的孩子们匆忙撤离。这时,她不得不跨过"一只老母狗……它气喘吁吁,破旧的乳头上下拍打着"(181)。在雪莉看来,这条可怜的老母狗是她母亲自我牺牲的象征,为了家族的繁荣,她的母亲无休无止地怀孕,一个接一个生孩子。另外一个场景是在婚礼前一晚,艾伦让雪莉去办事时把钥匙托付给雪莉,雪莉说:"妈妈,它们是世界上最重最多的钥匙。"(240)对雪莉来说,钥匙是管家权威的象征,也是母亲的责任的代表,而这些都不是雪莉想要的。后来,戴布妮的婚礼结束之后,雪莉穿着透明的白色睡衣走进母亲的卧室,她冲着父亲巴特尔大喊大叫,因为他又让母亲怀孕了。她的母亲只是简单地把她当成一个小孩子来对待(228 - 229),而这进一步

---

① 埃莱娜·西苏.美杜莎的笑声[M]//张京媛,主编.当代女性主义文学批评.北京:北京大学出版社,1995:195.

激怒了雪莉。当她意识到一次一次地怀孕并没有困扰她的母亲,母亲也没有像她自己那样责怪父亲,雪莉接受了母亲是一个传统女性的现实。

在年轻的一代中,雪莉是最能看清事物本质的那一个,而写作也增强了她洞悉事物的能力。雪莉曾拒绝在家族面前讲述乔治叔叔拯救莫琳的故事,而在日记的写作过程中,雪莉看清了事情的真相。乔治舅舅并没有拯救莫琳,相反,莫琳用强有力的手把乔治推下栈桥,在兰尼(Ranny)和老西尔瓦努斯(Sylvanus)的尖叫声中,仰面而下掉进藤里(111)。乔治使尽全力也无法解决的问题就这样轻而易举地被莫琳解决了。乔治不顾自己的生命去救莫琳,他的这种为了家族可以不顾一切的做法伤害了罗碧,这是罗碧离开乔治的原因,而罗碧对乔治的不理解也伤害了乔治,这也是乔治不去寻找罗碧的原因(117)。在写作中,雪莉成长为一个发现事物本质的人。

在婚礼准备的过程中,很多时候雪莉都处在一个相当情绪化的状态。作为这一辈中家族的长女,她的妹妹却比她先结婚,因而很多时候,雪莉都有要哭的冲动。但是一旦婚礼结束,她发现自己还是满足于眼前的状态。在戴布妮的婚礼结束之后,雪莉问自己:"当你往前看的时候,你为什么认为什么都不会再发生了呢?为什么你认为你的那一排树就是世界上最不可磨灭的东西?你要走的路还很长,你要和坦佩姑妈一起出去,只是你现在还看不清以后的日子而已。即使闭上眼睛,你也只能看贝谢尔蒙德的那一排树。难道这就是整个世界吗?"(219-220)在谢尔蒙德,她看到了戴布妮和特洛伊之间的爱、罗碧和乔治之间的爱,雪莉也渴望着拥有戴布妮和乔治所拥有的感情。然而,在谢尔蒙德,雪莉只能感受到一种封闭的感觉,没有办法找到爱的自由。小说结束时,雪莉不再哭泣,开始对未来充满希望,她期待着冒险,期待着离开三角洲,进入未知的欧洲世界,也进入性欲和爱恋自由的世界。

罗碧·瑞德在费尔柴尔德镇长大。从地域上来讲,她是地地道道的三角洲人,但是她曾经是费尔柴尔德商店的店员,而且他的爷爷老斯旺森(Old Man Swanson)说话结巴,是镇上的笑柄。罗碧原本是镇上小学里的老师,但是她的姐姐和一个酒鬼私奔,她也被教育委员会开除。罗碧的社会地位决定了她在费尔柴尔德家族中"外人"的身份,因而她与乔治的婚姻很难被家族成员接受。乔治的姐姐坦佩姑妈表达了她对罗碧的不满,这是典型的费尔柴尔德家族人的意见:

"我想见她?她不会受到我的欢迎的,轻浮的东西!"(139)

"……没有人比我更了解他——作为长姐！他很任性。没有人能对他产生一点儿影响！但那个老斯旺森的孙女，她凭什么让乔治倾心？我现在就可以把她的眼睛挖出来。"（140）

罗碧用身体当作武器，与家族展开争夺乔治之战。罗碧向艾伦坦言："我来这儿就一定是为了和费尔柴尔德家族战斗的。"（214）欲望的身体是性欲的、感官的，也是具有认知欲与窥视欲的身体，它意图认识或占有某物，并以此确认身份，获得存在意义。① 西苏认为："妇女的身体带着一千零一个通向激情的门槛，一旦她通过粉碎枷锁、摆脱监视而让它明确表达出四通八达贯穿全身的丰富含义时，就将让陈旧的、一成不变的母语以多种语言发出回响。"②对于罗碧而言，她用自己的整个充满激情的身体向家族传统，特别是南方淑女文化传统发出抗争，她正视自己的身体欲望，拒绝成为沉默的、纯洁的理想女性形象。罗碧以一己之力，与费尔柴尔德的家族展开争夺乔治的斗争。

罗碧与家族的战争的第一回合发生在那年春天的一个晚上，也就是费尔柴尔德的家人在格罗夫庄园烧烤的那个晚上。乔治和罗碧你追我赶，双双跳入亚祖河，在河里欢闹和嬉戏。月光洒在他们身上。水花四溅，乔治脱掉了罗碧的长裙和衬裙，把它们扔到柳树丛中。乔治抱着罗碧，嘴里咬着她掉落的丝带。罗碧在他的怀里尖叫，水珠闪着光芒，从她扑腾着的腿上流淌下来。她把脸埋在乔治的胸口，骄傲地笑着。乔治把浑身滴水的罗碧扔在吉姆·艾伦和普丽姆罗丝姑妈的豌豆田里。紧接着，"乔治扑到她身边，伸出湿胳膊，把她拉到他呼吸急促的胸口上。他们躺在那里，面露微笑，精疲力竭，但却紧紧地缠绕在一起——令人着迷，在月光下闪闪发光，而且几乎——不知何故——充满威胁。"（31）罗碧和乔治在家族的集体凝视中，上演了一出男女求爱和欢闹的情景剧。当罗碧欲拒还迎，欢笑着允许自己被乔治"侵犯"的时候，戴布妮从河岸上看着，"怯生生地"牵着费瑟斯通（Featherstone）的手，而两位未出嫁的姑妈普丽姆罗丝和吉姆·艾伦则不安地坐着，"为他们的甜豌豆颤抖"。艾伦也感受到了来自罗碧的威胁——在费尔柴尔德家族这么多双眼睛的注视下，眼前的这对夫妇是"如此毫无遮掩地快乐"。来自费尔柴尔德家族的注视并不愿意正视乔治和罗碧这出情景剧中所

---

① 欧阳灿灿. 叙事的动力学——论身体叙事学视野中的欲望身体[J]. 当代外国文学，2015（1）：146 - 153.

② 埃莱娜·西苏. 美杜莎的笑声[M]//张京媛，主编. 当代女性主义文学批评. 北京：北京大学出版社，1995：201.

表露无遗的两性之间的性关系，特别是罗碧的女性性欲的展现。如费尔柴尔德家族一贯的做法那样，他们不愿意正视问题的实质，而是遇到麻烦时就选择逃避，于是他们开始转移注意力，来自罗碧的危险被转移到乔治的物质身体上。乔治因为在战争中受过伤，无法很好地游泳，因而罗碧的做法很显然让乔治处在危险之中。罗碧迫使他们来直视她的凝视，承认她对乔治的欲望，承认她在情感和身体上试图抓住乔治的性力量："艾伦相信，从罗碧睡眼惺忪的双眼和她躺在乔治湿漉漉的胳膊上的笑容中我们可以看出，没有人能像一个获救的女人那样，更加疲倦和迷人地回视。"(31)莎莉·穆林斯·格林(Sharlee Mullins Green)认为，罗碧通过展示自己既是受害者又是诱惑者，既是渴望者又是欲望者的形象，把自己的性欲与乔治的矛盾表现出来。她希望自己能宣称对乔治的所有权，与乔治建立一种独立于费尔柴尔德家族之外的两性关系，以此作为一种表明自己是主体的手段。① 斯蒂芬·富勒从两性中的权力角度来分析乔治和罗碧之间的这场游戏，认为在这场比赛中，乔治似乎迎合了罗碧的游戏规则，他认识到了罗碧的技巧和目的：获得他的爱和关注。罗碧故意把自己放在一个没有权力的位置上，实际上获得了对这场游戏的临时控制权，这个游戏重新呈现了婚姻的权力结构。② 艾伦也意识到，从那晚之后，乔治就为他的妻子着迷，那时候事情就显得非常明显了。在整个过程中，罗碧欲拒还迎的态度彻底征服了乔治。从小说的叙事中，我们知道罗碧和乔治很快步入了婚姻的殿堂，他俩半夜三更把牧师吵醒，让他为他们举行了婚礼。之后，乔治和罗碧离开谢尔蒙德，去孟菲斯开始了他们自己的生活。在这一回合中，罗碧和费尔柴尔德家族之间的战争，罗碧稍占上风。

在美国南方，女性的价值，正如历史上一直以来公认的那样，是由一个女人的美丽和她的性纯洁来衡量的。③ 南方的文化过分看重女性的贞操，将女性的性属特性商品化，并把女性身体物体化。南方白人妇女成了受人崇拜的财产，南方白人男性应保护财产不受贬值威胁，因此，他们被期望以社会可接受的方式表现自己，以保持这种财产的价值。罗碧和乔治之间的欢闹嘲弄了费尔柴尔德家

---

① GREEN S M. In and Out the Circle: The Individual and Clan in Eudora Welty's Delta Wedding [J]. The Southern Literary Journal, 1989, 22(1): 50-60.

② FULLER S. "Making a Scene": Some Thoughts on Female Sexuality and Marriage in Eudora Welty's Delta Wedding and The Optimist's Daughter [J]. The Mississippi Quarterly, 1995, 48(2): 291-318.

③ WESTLING L. Sacred Groves and Ravaged Gardens [M]. Athens: University of Georgia Press, 1985: 27.

族的彬彬有礼、古老南方的法典以及家族所依附的南方白人妇女纯洁的形象。不仅如此，罗碧不单单只是引诱了乔治，在他们的婚姻生活中，罗碧正视自己的身体欲望，也强烈渴望乔治的身体。罗碧渴望那种"纯洁的、动物般的爱"，当她观看、倾听的时候，当她走出房间舒展筋骨的时候，甚至是当她沉睡的时候，当她看着乔治赤裸着身体睡着的时候，"她能感觉到他那沉重的胳膊的热度，也知道他把胡茬掠过她身体的感觉"（194）。对罗碧来说，乔治不仅仅是她的丈夫，他的身体对她有着极大的吸引力，她很高兴世界上除了睡着的乔治之外，什么也没有，什么都不存在，除了这个"真实的，健忘的，令人激动的身体"（195）。罗碧强烈地渴望"真实"，渴望就像来自乔治身体的冲击一样真实的世界，但她知道触摸"真实"的世界"既困难又直接"。对她来说，这意味着"要在谢尔蒙德这个梦幻的世界里去爱乔治，去触摸真正的，实实在在的世界"（195）。

罗碧欲望的身体与费尔柴尔德家族对女性的要求格格不入，也与南方淑女文化传统相去甚远。女性欲望的身体一直被视为邪恶的身体，女性的身体应该是纯洁的——真正的女人不惜一切代价保持着她的美德（对于未婚女性是贞操；对于已婚女性是忠诚）；女性的纯洁是最能使她神化的成分，因为女性的纯洁使她与男性的低级本能相区分。女性的身体与道德相连，她是种植园制度的"灵魂之心"，是仁慈的"女王"，种植园主人承认她的道德和精神优越性。罗碧通过身体来直接表达她在性欲方面的感觉，这挑战了费尔柴尔德家族以及三角洲地区的社会规范。

罗碧与家族的战争的第二回合是乔治冒着生命危险拯救莫琳后，罗碧内心受到伤害，离开了乔治。"乔治，回来""乔治，你没有为我这样做……"在读小说的过程中，罗碧对乔治绝望的呼喊一直在耳边回响，不仅仅是因为一个为爱嫁入费尔柴尔德家族的女人对丈夫发出撕心裂肺的呼喊，更是因为家族的成员因嘲弄罗碧而做的模仿，我们仿佛看到罗碧在面对一个不欢迎她的大家族时孤身一人的孤独和绝望。这儿，我们又回到了乔治拯救莫琳的故事。在罗碧看来，乔治因拯救莫琳差点儿丢了性命，是一种危险的举动，而在费尔柴尔德家族看来，乔治拯救莫琳是高尚的英勇之举，罗碧的呼喊是荒谬可笑的。在这一个回合中，罗碧身（心）受重伤，落荒而逃。回到孟菲斯后，罗碧离开了乔治。但罗碧的离开只是为了她的回归做好准备，在这之前她需要好好思考她与乔治之间的关系。罗碧来自费尔柴尔德外部的世界，即她来自与种植园贵族阶层有天壤之别的下层社会。作为一个外人，她敏感地感知到"费尔柴尔德家族面具的作用"——"所有费尔柴尔德的女人都戴着面具，一个恳求面具，一种比给予和慷慨更虚假的面具，因为她们已经得到了一切——每一样可以给予她们的东西——所有的牵挂和男人的关爱。"(192－193)罗碧也知道费尔柴尔德家族的问题是他们对自己家族神话的错误认知，家族对乔治的爱充满控制和要求，也充满危险。罗碧下定决心保护乔治，让他从家族的爱和控制中解脱出来，而她对乔治的爱就是最好的武器。

女性"在自己的历史中始终被迫缄默，她们一直在梦境中、身体中（尽管是无言的）、缄默中和无声的反抗中生活"。当女性的力量重返身体，"带着一股从未被释放过的力量，它可与最可怕凶险的镇压力量相匹敌。"①罗碧与家族的战争的第三回合是罗碧回归谢尔蒙德时与家族的语言大战。

晚餐时分，罗碧历经长途跋涉，终于披头散发、跌跌撞撞地走进了谢尔蒙德的餐厅。她已经筋疲力尽，疲惫至极，然而乔治并没有在家。在这种尴尬的境地，罗碧不得不独自一人，去面对围坐在一起进餐的费尔柴尔德的全家人。

戴布妮首先发难："你差点毁了我的婚礼！"

紧接着，坐在对面的坦佩姑妈责难道："你为什么这样对乔治·费尔柴尔德？除了丹尼斯·费尔柴尔德，他可是出生在三角洲的最温柔可爱的男人。"(207)

雪莉眼泪汪汪地责问道："你怎么可以？"(208)

面对一家人的责难，罗碧压抑着心中的怒火，气愤地盯着眼前滑溜溜的黄桃，一口也咽不下去。她进屋的时候还把一只鸟带进了屋子里。其中一个黑人女仆叫嚷道："鸟儿进屋了！罗碧小姐进屋的时候让鸟飞了进来！"另外一个黑人女仆说："鸟儿进屋意味着死亡！"鸟进屋是不吉祥的征兆，很可能意味着死亡，而这也预示着罗碧与家族的斗争很难取得胜利。一家人从椅子上跳起来，把这只鸟当作不吉利的预兆，开始了一场对鸟儿的追逐和驱赶，而艾伦留下来和两位老姑妈一起来面对罗碧。在谢尔蒙德庄园，一场喧嚣的狂欢正在上演。一面是家族的人在屋子里追逐画眉鸟，兴奋的叫喊声此起彼伏；一面是罗碧和两位老姑妈的唇舌之战。母画眉猛击墙壁和窗户，试图摆脱家人的追逐，它正犹如被困的罗碧，与费尔柴尔德家族进行着绝望的斗争。

麦可姑妈毫不留情地嘲笑罗碧："当然，你嫁给乔治只是为了他的钱。"罗碧反驳道："不，夫人，我嫁给他是因为他恳求我！"(211)

然后是艾伦独自面对罗碧，用平静的声音提醒罗碧，她们之间确实发生了一

① 埃莱娜·西苏. 美杜莎的笑声[M]//张京媛，主编. 当代女性主义文学批评. 北京：北京大学出版社，1995：201.

场战斗，但这场战斗不是为了争夺乔治，他不应该因为他所做的非常光荣的事而被撕扯得支离破碎。艾伦觉得："我们的内心在争斗——世界上的每个人内心都会发生一场斗争，但是这场斗争不是发生在人与人之间，而是在自己的内心。乔治的内心也在发生一场斗争，这是活着的一部分，尽管你可能认为他不可能被撕成碎片。"(214)罗碧站起来，反驳艾伦道："如果乔治内心真有争斗的话，我想是当他爱我的时候，他真的很恨你们——恨他所属的费尔柴尔德家族。"

麦可姑妈用折叠好的扇子在椅子上不停地敲着，她甚至让罗碧离开谢尔蒙德，回到她该待的地方去："如果你要在这时候说难听的话，你就得回去了。"麦可姑妈说道："你现在是在谢尔蒙德，罗碧小姐，但我知道你是在哪里长大的，我也知道你的爸爸和你的妈妈是什么人。你说的任何话都没有任何意义。"老麦可姑妈从来就没有把来自下层社会的罗碧当成家族真正的一员。

面对费尔柴尔德家族的势利、他们的自以为是和孤立外人的自我保护，罗碧感到无比愤怒，她提高声音，反击道：

> "你们一个个都是被宠坏了的，自以为是的人，认为世界上除了你们自己就没有其他人了！但他们都是人！你们只不过有一个种植园，家里还有一个发疯的小女孩，你们都对香农小姐唯命是从。你们甚至都算不上富有！你们只是中等而已。你们的房子只有四个门，还需要再刷一层油漆！你们甚至连个在门口牵马的小黑鬼也没有！"(215)

丹尼斯·巴伦(Denis Baron)在《语法和性别》一书中指出，西方历史中女性一直被要求保持沉默："自中世纪以来，有关礼仪的书籍就建议夏娃的女儿们避免因语言的陷阱导致亚当的堕落：建议妇女们少说几句话，如果可能的话，一直保持沉默。"[①]戴尔·斯宾德（Dale Spender）在《男人创造的语言》一书中指出："在一个男性至上的社会……[女人的]语言被无限贬低直至到她们必须保持沉默的程度。"[②]罗宾·拉科夫（Robin Lakoff）描述了女性在谈话中受到的对待情况："她们总是被打断，她们提到的话题往往被忽视；在群体讨论中，她们总是不被邀请讲话，即使她们被邀请讲话了，她们的贡献也不会被认可或者被错误地归因于他人(男人)。"[③]

---

① BARON D. Grammar and Gender [M]. New Haven：Yale University Press, 1986：5.

② SPENDER D. Man Made Language [M]. London：Pandora Press, 1990：42-43.

③ LAKOFF R. Language and Woman's Place [M]. New York：Harper and Row, 1975：22.

　　长久以来,女性一直被剥夺了自己的声音,剥夺了表达自己观点的机会,结果就是女性失去了表达自己想法的能力。说话对女性来说变成了一种折磨,成为侵越雷池之举,而且即便当她们鼓足勇气开口表达自己的观点,她的话语几乎总是落入男人们听而不闻的耳朵。①罗碧与家族女性之间的唇枪舌剑是家族外人与家族统治者之间的战争,虽然对话的对象也都是女性,但她们代表的是费尔柴尔德家族的利益,因而仍然代表了家族男性的统治。罗碧用自己的声音,用自己的身体在抗争,就如西苏所言:"她不是在'讲话',她将自己颤抖的身体抛向前去;她毫不约束自己;她在飞翔;她的一切都汇入她的声音,她是在用自己的血肉之躯拼命地支持着她演说中的'逻辑'。她的肉体在讲真话,她在表达自己的内心。事实上,她通过身体将自己的想法物质化了;她用自己的肉体表达自己的思想。从某种意义上说,她在铭刻自己所说的话,因为她不否认自己的内驱力在讲话中难以驾驭并充满激情的作用。"②罗碧与家族的战争,虽然最终以妥协告终,但她在整个家族面前勇敢地发出了自己的声音,她也成为用激情的身体抗争的典型。

　　《三角洲婚礼》是一部关于南方家族英雄的小说,但同时也是一部关于南方女性发现自我的小说。小说中的女性人物获得自己的声音,成为观看的主体。她们把目光投向家族中的男性人物,用同一的目光观看家族中的男性,构建起家族英雄的男性气概。她们重视家族荣誉,传承家族英雄传统,维护男权统治和家族稳定。同时,每一位女性的凝视也都受到其自身的年龄与认知,与家族中男性的关系,在家族中的身份、地位的影响。随着变化的发生,家族女性对家族男性的凝视同一的目光也开始发散,形成各自不同的焦点。每一个个体,特别是年轻的家族女性,渐渐挣脱家族的传统的束缚,看到了家族男性不同于家族英雄的其他方面。在凝视家族男性的同时,女性也把目光投向自我,投向包含着人的物,在对自我和物的凝视中,探索自我欲望,书写自我感受,发出自己的声音,谱写了一曲不同于南方淑女故事的自我之歌。

---

① 埃莱娜·西苏. 美杜莎的笑声[M]//张京媛,主编. 当代女性主义文学批评. 北京:北京大学出版社,1995:194.
② 埃莱娜·西苏. 美杜莎的笑声[M]//张京媛,主编. 当代女性主义文学批评. 北京:北京大学出版社,1995:195.

第四章

视觉力量:《金苹果》中的监视社会

1946年,韦尔蒂的长篇小说《三角洲婚礼》发表。之后的几年,韦尔蒂一直在写作短篇小说。这些小说慢慢向同一个地点靠拢,里面的人物之间也具有了相互之间的联系,最后形成了《金苹果》①这部由七篇相互独立,又相互联系的短篇小说组成的作品集,并在1949年以书的形式出版。在所有的作品中,韦尔蒂认为《金苹果》"最接近她的内心"。② 韦尔蒂本人也把《金苹果》当成一部小说,认为小说能"最明确、最直接、最多样化、最全面"地讲述真理。③ 尽管每一个故事都可独立成篇,但小说集中的每一个短篇都相互指涉,韦尔蒂在《一个作家的开端》中曾写道:"……他们(小说中人物)触及生活的各个方面。他们通过已知的或预示的人物身份、亲属关系、亲密关系或附属关系紧密相连。从一个故事到另一个故事,人物与人物之间的联结已存在于他们的生活中、他们的动机和行为中,或是在他们的梦境中,等待读者去发现。"④

在韦尔蒂创作《金苹果》的过程中,她的家乡密西西比州正经历着巨大的变化,韦尔蒂把密西西比这种过去和现在之间的转变和融合都写进了她的小说。韦尔蒂的研究专家苏珊娜·马尔斯在《一个作家的想象》中就总结指出,在小说写成的1946至1949年的二战后的岁月里,韦尔蒂自身的生活正经历重大的变化,她见证了第二次世界大战后的美国南方小镇业已发生的巨大变化,也能预见

---

① 尤多拉·韦尔蒂. 金苹果[M]. 刘洊波,译. 南京:译林出版社,2013.(本书中有关《金苹果》的引文均出自这一版本,文中以页码标明。)

② MANN S G. The Short Story Cycle: A Genre Companion and Reference Guide [M]. Westport: Greenwood Press, 1989:141.

③ WELTY E. The Eye of the Story: Selected Essays and Reviews [M]. New York: Random House, 1978:117.

④ WELTY E. One Writer's Beginnings [M]. Cambridge MA: Harvard University Press, 1984:107.

即将到来的变化。她的家乡密西西比的南方乡村性质的改变、自南北战争以来南方人生活态度的改变、妇女性别角色的改变,以及她个人生活的改变都对韦尔蒂的小说创作造成多方面的影响,因而韦尔蒂的新小说既着眼于过去,更关注未来。① 美国历史学家雷伊·斯盖特(Ray Skates)认为,在密西西比州的历史上,第二次世界大战是一个便捷且易于辨认的分水岭,在此之前密西西比有长达一个世纪的基本历史的连续性,但在此之后,再也没有什么是与之前完全相同的。② 斯盖特还指出 1945 年之后,密西西比在农业、工业、人口、收入等方面都发生了巨大的变化,而最大的变革发生在种族关系方面,佃农和吉姆·克劳主义(美国统治阶级对黑人实行种族隔离和种族歧视的一套政策和措施)的历史结束,密西西比州作为棉花王国的霸权地位走到了尽头,密西西比州与整个国家的隔离也从此画上了句号。③《金苹果》中的故事主要发生在第一次世界大战和第二次世界大战前后的近半个世纪,始于 19 世纪末 20 世纪初,终于 20 世纪40 年代末。故事主要发生在密西西比州的摩根纳小镇,一个介于杰克逊和维克斯堡(位于亚祖河与密西西比河交汇处,美国南北战争期间曾在此发生过著名的维克斯堡战役)两个真实地点之间的虚构小镇。小说集既是对第二次世界大战前密西西比相对稳定的社会,及其价值观念和社会习俗的叙写,同时也从战后的角度对这种所谓的稳定提出了质疑。在小说集中,韦尔蒂尤其关注密西西比州的小城镇。它们的传统美德及其局限性,它们缓慢的演变历程,这一切都体现在摩根纳镇的方方面面。韦尔蒂也非常关注种族问题,密西西比白人对白人至上主义的信仰,以及这种信仰对白人和黑人之间关系的影响在小说中都有所体现。在对这些公共社会问题的关注中,韦尔蒂把关注的焦点放在小镇人与人之间的私人空间,主要侧重于南方社会转型时期性别角色的问题。一方面,面临社会的巨大变革,密西西比社会的男性英雄正经历着性别角色转型中深刻的焦虑和不安;另一方面,韦尔蒂的故事考查了女性在南方社会中所扮演的角色,探查了男女两性关系的本质,并探索了女性在战后世界中实现独立、充实、自主生活的可能性。用马尔斯的话来说,在《金苹果》中,过去和现在之间的相互评论交织在一起;在这部相互指涉、相互联结的作品中,传统的美德和来自传统的束缚、当代南方可能的发展趋势和发展可能带来的危

---

① MARRS S. One Writer's Imagination: The Fiction of Eudora Welty [M]. Baton Rouge: Louisiana State University Press, 2002: 109.

② SKATES R. Mississippi: A History [M]. New York: Norton, 1979: 150.

③ SKATES R. Mississippi: A History [M]. New York: Norton, 1979: 154.

险汇聚在一起。①

《金色阵雨》是作品集的开篇小说，韦尔蒂创作于 1947 年的下半年，彼时，她去旧金山看望她的恋人约翰·罗宾逊。1947 年 10 月，韦尔蒂的经济人迪尔米德·罗素（Diarmuid Russell）先是把这篇小说送到《时尚芭莎》（*Harper's Bazaar*）杂志，但没能刊登，然后又送到《大西洋月刊》（*The Atlantic*）杂志。《大西洋月刊》买下了这篇小说的版权，并刊登在 1948 年 5 月刊。② 故事的背景是1904 年的美国南方密西西比州杰克逊县的摩根纳镇。小说的叙述者是凯蒂·雷尼，她是摩根纳镇上传统女性教条的最忠实的拥护者。小说名《金色阵雨》是对希腊神话的指涉，意指宙斯化身为黄金雨，使阿克里西俄斯（Acrisius）与欧律狄刻（Eurydice）之女达娜厄（Danae）怀孕并生下帕修斯（Perseus）的故事。在《金色阵雨》中，金·麦克莱恩和斯诺蒂·赫德森结婚后，像宙斯一样，行踪飘忽不定，时而消失，时而又出现在摩根纳镇。有一次，消失了许久的麦克莱恩重新出现在摩根纳，但他并没有回家而是约斯诺蒂在摩根纳的树林里碰面。之后，金再次消失，斯诺蒂生下了双胞胎兄弟尤金·赫德森和卢修斯·兰德尔。斯诺蒂独自抚养儿子，但她并没有表现出被抛弃的女人应有的伤心和沮丧，而是像被金色阵雨击中一样，脸上泛着红光，一如既往地欢快和勇敢。

《六月演奏会》是小说集中篇幅最长，也是最为核心的一篇小说。从故事中的主要人物可以推断出小说所描述的是摩根纳镇 1915 年前后的事，此时，在小说集的第一个短篇《金色阵雨》中刚出生的维尔吉·雷尼已经 16 岁了，而且小说中还提及了第一次世界大战的爆发。这篇小说不仅围绕摩根纳镇的钢琴教师艾克哈特小姐展开叙述，摩根纳镇的主要女性成员维尔吉·雷尼和卡西·莫里森也是小说中的主要人物。艾克哈特小姐是小镇的外来者，自始至终，她都没有被小镇接纳；卡西·莫里森来自小镇的主要家族，她循规蹈矩，谨小慎微，是南方淑女的代表；维尔吉·雷尼也来自小镇的主要家族，但是她我行我素，叛逆不羁，始终游走在小镇的边缘，她和艾克哈特小姐一样，成为了小镇关注和谈论的对象。

艾克哈特小姐很可能来自德国，她租住在斯诺蒂·麦克莱恩家，为摩根纳镇的孩子们上钢琴课。除了维尔吉·雷尼，她对她的学生大多不太满意，但维尔吉

---

① MARRS S. One Writer's Imagination：The Fiction of Eudora Welty [M]. Baton Rouge：Louisiana State University Press，2002：100.

② POLK N. Eudora Welty：A Bibliography of Her Work [M]. Jackson：University Press of Mississippi，1994：373.

并没有如艾克哈特小姐所期待的那样成为钢琴家,也没有离开摩根纳去外面的世界,而是浪费了自己的天赋,在小镇的电影院弹钢琴,给电影伴奏。艾克哈特小姐似乎对她的个人生活也不太满意。她对小镇的售货员,也是大提琴手赛瑟先生似乎有好感,但赛瑟先生不久就淹死在大黑河里;她和她的母亲关系看起来也不太好,她的母亲经常坐着轮椅在她的钢琴课上随意出现,模仿她说话,讥讽她上课的样子。每年的六月,艾克哈特小姐都会竭尽全力为小镇举办一场演奏会,也给孩子们一次展现自己的机会。六月演奏会成为了小镇的盛事,给小镇带来了很多的变化,但小镇的人们并没有真正接受艾克哈特小姐,而是抵制她,排斥她,驱逐她,直至她被送进杰克逊的精神病院。

《兔子先生》是小说集中的第三个短篇,韦尔蒂写于 1948 年 2 月,那时她刚从旧金山探望约翰·罗宾逊返回杰克逊。罗素把《兔子先生》送到《大西洋月刊》等多家期刊,《哈德逊评论》(Hudson Review)最终接受了这个故事,并在 1949 年春刊出。[①] 韦尔蒂主要是从马蒂·威尔的视角来写她与金·麦克莱恩先生在树林里邂逅的故事,当然也有评论家认为这个故事并没有真正发生过,纯粹只是马蒂·威尔的幻想。从她与金的遭遇中,马蒂·威尔看到了一个与传说中的摩根纳的国王相去甚远的金·麦克莱恩先生。

《兔子先生》由两部分组成,两部分的故事都发生在摩根纳镇的一片林子里。在第一部分故事中,马蒂把树林另一侧的麦克莱恩兄弟误认为他们的父亲金·麦克莱恩先生,幻想麦克莱恩先生从树林中走出来,把她带走。麦克莱恩兄弟捉弄了马蒂,他们三个少不更事的少年一起在春天湿漉漉的田地上打滚。彼时的少男少女都只有 15 岁。韦尔蒂没有言明麦克莱恩两兄弟对马蒂的恶作剧中是否存在对马蒂身体上的侵害,但这种恶作剧中的性暗示显而易见。在这一部分中,少女马蒂对传奇人物麦克莱恩先生充满了幻想,她既期待被他带走,又害怕他真的出现。在故事的第二部分,马蒂·威尔已嫁为人妇,成为尤里奥尔·霍利菲尔德的妻子。一天,她和她的先生以及黑人帮工布莱克斯通在林子里打猎,他们与真正的金·麦克莱恩先生相遇。尤里奥尔警告马蒂不要靠近金·麦克莱恩,而金开枪吓唬尤里奥尔。尤里奥尔由于惊吓过度而失去了意识,马蒂被金扛走,她少女时代对金的幻想变成了现实,"金压在她身上,用他的身体和感官侮辱了她"(100)。在韦尔蒂的叙述中,马蒂并不像是这一事件的受害者,她在很大程

① KREYLING M. Author and Agent: Eudora Welty and Diarmuid Russell [M]. New York: Farrar Straus Giroux, 1991: 141 - 142.

度上促成了这一事件的发生，特别是当金睡着以后，金处在马蒂的凝视之下，失去了他的光环，成为一个普普通通的中年男性。

　　从旧金山回到杰克逊后，在写《兔子先生》的同时，韦尔蒂也开始着手《月亮湖》的写作，①并于1949年春季最终发表在《塞万尼评论》(*Sewanee Review*)上。《月亮湖》讲述的是发生在离摩根纳镇三英里远的月亮湖上的故事，主要围绕吉尼·洛夫·斯塔克、尼娜·卡迈克尔和伊斯特尔三位女孩展开叙述。吉尼和尼娜来自摩根纳的上层社会，伊斯特尔是一位孤儿。摩根纳镇上的女孩和杰克逊县里的孤儿们一起参加月亮湖的夏令营活动，夏令营由格伦瓦尔德夫人和帕内尔·穆迪小姐监管，而《六月演奏会》里的洛克·莫里森则是夏令营的童子军兼救生员。起初，吉尼·洛夫看不起这些孤儿，但尼娜却被伊斯特尔的不同所吸引，和她成了朋友。从那以后，三个女孩经常在一起度过她们的空闲时间。她们经常一起在湖边徒步，还乘着一艘废弃的小船在湖上泛舟。故事的高潮部分是，游泳课上，伊斯特尔站在湖面之上的跳板上，一个名叫埃克莎姆的黑人男孩用柳条触碰到她的脚后跟，伊斯特尔"像脑袋被投石器投出来的石子击中似的"掉进了湖里(134)。洛克潜入水中，找回了显然已溺水的伊斯特尔。露营者聚集在一起看着洛克给伊斯特尔做人工呼吸，而在这些女孩子的眼中，这似乎像是在模仿暴力的性行为。伊斯特尔最终苏醒过来。这个夏天，这些露营的女孩子们告别了童年，跌跌撞撞地进入了青春期。

　　《世人皆知》是《金苹果》中的第五个短篇，写于1946年，是小说集中最先完成的作品。故事主要围绕兰德尔·麦克莱恩展开叙述，讲述他在面对妻子对婚姻的不忠时所经历的焦灼和绝望。兰德尔是摩根纳镇上银行的职员，他的妻子是斯塔克家族的吉尼·洛夫。吉尼与兰德尔的同事伍德罗·斯派兹发生了婚外情；兰德尔离开妻子，搬到弗朗辛·墨菲小姐经营的寄宿公寓里居住。在夏天的闷热中，兰德尔既欲求重回吉尼的身边，但又无法轻易原谅吉尼对婚姻的不忠。兰德尔内心饱受折磨，更让他无法忍受的是，他的一举一动都在摩根纳镇的密切关注之中。这种无时无刻不被关注、被报道、被谈论的状态加剧了兰德尔的焦灼，引发了兰德尔的暴力幻想。在幻想中，兰德尔用槌球棒把伍德罗·斯派兹打倒在地；在幻想中，兰德尔用他父亲的手枪把吉尼的乳房打出一个个透着光亮的孔洞。兰德尔身处焦虑和绝望之中，他一次次向他的父亲金·麦克莱恩发出呼

---

① KREYLING M. Author and Agent: Eudora Welty and Diarmuid Russell [M]. New York: Farrar Straus Giroux, 1991: 125.

喊,既想向父亲倾诉,又希望从父亲那儿获得指引,但他的父亲金·麦克莱恩只是虚无缥缈的存在。兰德尔几近崩溃,带着梅登·萨默罗尔——一个 18 岁,与吉尼长得很像的乡村姑娘——去了维克斯堡幽会。在维克斯堡,兰德尔又一次被暴力幻想所控制,他试图用枪打死梅登,也打死自己。但他最终没有打死梅登,也没有自杀,而是很快占有了梅登的身体。在作品集的最后一篇小说《漫游者》中,我们了解到这个事件发生不久后,梅登在她工作的地方自杀身亡。《世人皆知》以 20 世纪 30 年代大萧条时期的美国南方为背景,整个故事的基调相当压抑和昏暗。一方面是来自南方小镇的传统道德和文化对男性的预期和制约,一方面是女性拥有对自我的更多把控,面对社会的巨大变迁,南方的英雄正经历着深刻的气质危机。

《来自西班牙的音乐》是小说集中的第六个短篇,韦尔蒂完成于 1947 年在旧金山停留期间。故事的主人公是兰德尔·麦克莱恩的双胞胎兄弟尤金·麦克莱恩。尤金离开了密西西比的摩根纳,和他的妻子埃玛生活在大都市旧金山。那天早上,和往常一样,尤金一边吃早饭,一边看报纸,他的妻子埃玛也坐在桌子的对面吃早餐。不知出于什么原因,尤金探过身子,打了埃玛一巴掌。这是在过去 12 年的婚姻中,尤金第一次动手打了妻子一巴掌。之后,尤金离开家,但他并没有去上班,而是在旧金山的街头闲逛了一整天,像是在找寻什么东西。尤金就像詹姆斯·乔伊斯的《尤利西斯》中的利奥波德·布卢姆一样,彷徨而苦闷,自己也不知道自己在追寻什么。

尤金在街上偶遇了西班牙吉他手,他和埃玛在前一天晚上刚刚去听了他的音乐会。从那儿开始,尤金和西班牙人开始一起在街头漫游,但西班牙人不会说英语,所以在整个漫游途中,尤金进行了大量的内心独白。他们沿着集市大街走,沿途路过兜售吸引眼球的廉价商品的店铺、破败的房子、肮脏的玻璃窗、怪人秀埃玛的海报,来到仕女街。尤金邀请西班牙人去一家餐厅用午餐,眼前的这个"艺术家、外国人、流浪者"(196)唤起了他对小时候跟着艾克哈特小姐学习钢琴的记忆,也唤起了他对密西西比的回忆、对父亲金·麦克莱恩的想象。离开餐馆的时候,尤金和西班牙人目睹了一个矮个胖女人被车撞死的车祸,然后他们穿过城市广场,乘电车,来到旧金山的西区。两个人走过一山又一山,来到海边,在轻柔、美丽的大海面前,尤金的感觉慢慢复苏。之后,尤金和西班牙人沿着海滩步行,爬上海边的悬崖。在那儿,有一瞬间,尤金差点把西班牙人推下悬崖,但又及时把他拉了回来,而西班牙人则把尤金高高举过头顶。在一整天中,尤金一直深感内疚,思索自己打妻子巴掌的原因,他内心阴沉的想法与这座城市的肮脏污秽、丑陋灰暗、令人窒息紧紧相连。在海边攀登陡崖、仰望落日余晖时，尤金的知觉完全复活。在极度的兴奋中，尤金有一种顿悟，他能够逃离时间，也从女儿死亡的悲伤中走了出来，重拾对生活的激情。尤金的漫游成为一次富有启发意义的经历，使他能够回到自己的家，接受他们沉闷的婚姻，忍受他的悲伤，恢复他在旧金山令人窒息的工作的日常，并有勇气面对陌生人的嘲笑。

《漫游者》是《金苹果》中的结尾小说，1949 年以《蜂鸟》(The Hummingbirds)的题名发表在《时尚芭莎》的三月刊上。[①] 在小说的写作过程中，韦尔蒂就已经很清楚，这篇小说和业已完成的几篇小说是相互联系的。[②] 小说在收录进《金苹果》、成为其结尾篇时，韦尔蒂改其名为《漫游者》，为整部小说中那些追寻生命中的金苹果的漫游者们画上了一个句号。在《漫游者》中，凯蒂·雷尼——小说集的开篇小说中故事的叙述者——去世，她的葬礼把摩根纳镇的漫游者，那些离开摩根纳的追寻者，还有那些身处摩根纳，精神却在漫游的追寻者都聚集到了一起。

整部小说集围绕摩根纳镇的人和事展开叙述，各个故事相互关联，但叙述并不连续，各个故事之间有时间间隔，而且也没有明显、单一的叙事中心，但整个小说集还是一个统一的整体。几乎所有的作品都以摩根纳镇为背景，主要的家族成员在各篇小说中不断重复出现。第一个故事《金色阵雨》和最后一个故事《漫游者》首尾呼应。在《金色阵雨》中，雷尼太太，也就是在小说集的其他篇章中的凯蒂小姐，讲述斯诺蒂·麦克莱恩与金·麦克莱恩的故事。在《漫游者》中凯蒂小姐去世，小镇的人们来参加她的葬礼。麦克莱恩家族在第一个故事中作为小镇的主要家族出现在小说中，之后会以各种不同的方式出现在小说集中的各个故事中，构成小说集很重要的组成部分，也为小说集中后面故事的发展奠定了基调。在《金色阵雨》中，金·麦克莱恩以诡异的方式让他的妻子斯诺蒂怀上了双胞胎儿子，但之后，他又消失得无影无踪，然后在不同的小说中不时出现。他的两个儿子兰德尔·麦克莱恩和尤金·麦克莱恩分别是小说集的第五个故事《世人皆知》和第六个故事《来自西班牙的音乐》中的男主人公，一个生活在摩根纳镇，一个已远离摩根纳生活在大都市旧金山。可无论生活在哪一个空间，他们俩都备受折磨，逃脱不了被摩根纳监视的命运。从小说集的第一个故事延伸开来，

① POLK N. Eudora Welty: A Bibliography of Her Work [M]. Jackson: University Press of Mississippi, 1994: 373.

② KREYLING M. Author and Agent: Eudora Welty and Diarmuid Russell [M]. New York: Farrar Straus Giroux, 1991: 143.

凯蒂小姐的女儿,当时还是婴儿的维尔吉·雷尼是小说集第二个故事《六月演奏会》中的主要人物,当然,这个故事的主人公还应该是与维尔吉关系不一般的钢琴老师艾克哈特小姐。艾克哈特小姐作为小镇的外来者,依靠教授钢琴养活自己和她的母亲。她受到小镇的监视和排挤,无法获得在摩根纳的立足之地,最后死在了杰克逊的疯人院里。虽然生前没有被接纳,但她去世以后,斯诺蒂小姐把她安葬在麦克莱恩镇的墓地里,最终也成为小镇的一部分。维尔吉·雷尼还是小说集最后一个故事《漫游者》的主人公,她一直在留在摩根纳还是离开摩根纳,去发现外面的世界之间徘徊。小说集的第三个故事《兔子先生》中金·麦克莱恩神秘出现,强奸了马蒂·威尔,尤里奥尔·霍利菲尔德的妻子。尤里奥尔·霍利菲尔德同《世人皆知》中被兰德尔·麦克莱恩强奸的梅登·萨默罗尔一样,都不是出身自摩根纳镇的主要家族,他们的存在,为小说中两性关系的逆转设定了必要的人选。伊斯特尔是小说集的第四个故事《月亮湖》中的主人公,她是镇上的孤儿,但很有可能是金·麦克莱恩的私生子。而在故事中充当救生员的洛克是摩根纳镇的主要家族莫里森家族的成员。七个故事既相互独立,又相互联结,起于 20 世纪初,终于 20 世纪 40 年代,以摩根纳主要家族成员的故事为主线,入木三分地刻画了小镇中的人物百态、世事变迁。纵观整部小说,韦尔蒂关注的是在摩根纳镇这个封闭的社会中,不同的人物如何与小镇的传统和固有观念和规范作斗争,如何摆脱传统观念的束缚,摆脱他人对自我的可见和不可见的监视,同时也摆脱自我强加的监视。在平凡的日常中,在人与人的交往中,故事中的人物以自己的方式探寻自我,追逐生命中的"金苹果"。

在《金苹果》中,韦尔蒂创造了一个神话般的三角洲小镇摩根纳(Morgana),这和威廉·福克纳在更大范围内建立了约克纳帕塔法县(Yoknapatawpha County)有异曲同工之妙。她解释说:"我之所以被这个名字吸引,是因为我一直喜欢法塔摩根纳(Fata Morgana)的概念,这是指海市蜃楼、虚幻的东西。在三角洲,所有地方的名字都来自人名,所以用摩根家族的名字来为这个地方命名是合适的。[①] 路易丝·韦斯特林和其他一些评论家认为,摩根纳也暗示了凯尔特神话中掌管战争和死亡的复仇女神莫瑞甘(Morrigan)。在爱尔兰史诗《泰恩》(*The Tain*)中,莫瑞甘追求英雄库丘兰(Cuchulain),并之与战斗。[②] 从整部小说

① PRENSHAW P W. (ed.). Conversations with Eudora Welty [M]. Jackson: University Press of Mississippi, 1984: 98.

② WESTLING L. Sacred Groves and Ravaged Gardens: The Fiction of Eudora Welty, Carson McCullers, and Flannery O'Connor [M]. Atlanta: University of Georgia Press, 1985: 129.

的蛛丝马迹，我们可以推断出韦尔蒂把这个虚构的小镇安置在离维克斯堡十九英里的地方——从摩根纳去维克斯堡，"要在碎石路上开十九英里，要经过十三座小桥，还要跨越大黑河"(166)。从客观的地理位置上来看，摩根纳是一个与外界隔开的世界。镇的一边是摩根纳森林和月亮湖，另外一边是大黑河。从抽象的城市边界来看，摩根纳是一个封闭的社区。大部分摩根纳人会一直生活在那儿，按照摩根纳成文或不成文的规范生活，很少去了解外面的世界。有很少一部分摩根纳人会在他们生命中的某个时刻离开他们的家乡，离开它的限制性规范，去了解他们自己和他们被压抑的情绪，但几乎所有人都会回来。那些穿过城镇边界进入摩根纳的外人会觉得自己来到了一个完全未知的地区，他们很难被这个社区接纳，成为真正的摩根纳人。社区对这些外人也很少提供保护，更多的是对他们的一举一动进行监视，做出判断和评价。

在《金苹果》中，韦尔蒂关注的是社区中的家庭、家庭中的个人，特别是处在家庭和社区关系中的两性之间的关系。生活在摩根纳的人，无论是来自小镇的主要家族，比如麦克莱恩家族、斯塔克家族和莫里森家族，还是来自小镇的次要家族，比如霍利菲尔德家族、萨默罗尔家族和索杰纳家族，甚或是小镇的外来者，如艾克哈特小姐，都必须要按照小镇固有的规范行事。这些规范和习俗，尤其是那些不成文的规则，为每一个生活在摩根纳的人设定了行为标准，规定了在摩根纳，什么是可以接受，什么是不可以接受的。比如在《六月演奏会》中所传达的规则之一就是，如果一个白人女性被一个男性侵犯，特别是被一个黑人男性侵犯，她应该羞愧地离开摩根纳，以帮助其他人忘记这个事件。在《世人皆知》中，韦尔蒂描绘了一个最大胆、最不礼貌的密西西比州社区形象。摩根纳社区严重限制了向其成员开放的选择，不允许隐私，并要求严格的一致性，而所有的这些都被涂上了礼貌和关怀的涂层，比如兰德尔·麦克莱恩和他的妻子吉尼·斯塔克之间的矛盾和较量暴露在所有人的注视之下。在《漫游者》中，镇民的本性表现在绝对的残忍，比如凯蒂小姐在弥留之际，在心里听到了层层的流言蜚语。她想象自己听到了教堂、商店、邮局甚至理发店里"低俗男人的谈话"，她思考着世界上缺乏"骑士精神"，但她背后所有的高谈阔论都只有一个目的，那就是要确保她在死前一定要听到关于她离经叛道的女儿的谣言。凯蒂小姐在摩根纳住了一辈子，社区在她心中是一个永恒的存在。她知道镇上的人总是愿意停下来闲聊，他们的声音穿透了她最私密的思想。她不得不承认闲聊的话题常常是她鲁莽的女儿过去和现在的生活，以前是关于维尔吉未剪和未洗的头发；现在是关于维尔吉和男人的流言蜚语。在摩根纳，大家都相互熟识，所有的一举一动都逃不了小镇人们的眼睛，继而成为大家茶余饭后的谈资。生活在这样一个空间，没有人是自由的。

第一节　他者的凝视：焦灼不安的南方英雄

"无论如何，他者的体验对我来说并不是乌有，因为我是相信他者的——而且这个体验和我自己是相关的，因为它作为投射于我的他者眼光而存在着。这张熟悉的面孔就在这里，这笑容，这嗓音的抑扬也都在这里，我很熟悉它们的风格，就像熟悉我自己一样。在我生命的许多时刻，他者对我来说也许都化入了这个可能是一种诱惑的景象之中……不知从什么样的空间双重背景开始，另一个私人世界透过我的世界之薄纱而隐约可见。一时间，我因它而活着……至少，我的私人世界不再仅是我的世界……是被引入到我的生活中的一般生活的一个维度。"①摩根纳社区就像边沁所描述的圆形敞视监狱那样，人人处在自我监视之中，按社会规范行事，否则就成为众人讨论的焦点。曾经是一家之长的南方绅士们，曾经是充满控制力量和以荣誉为核心的南方英雄们也逃脱不了这种监视。在小说集中，摩根纳镇的传奇人物金·麦克莱恩的男性气概受到一次次审视，而他的两个双胞胎儿子兰德尔·麦克莱恩和尤金·麦克莱恩完全失去了对生活的控制。面对社会的变迁，他们焦灼不安，痛苦不堪。

金·麦克莱恩是第一篇小说《金色阵雨》中的男主角，也是第三篇小说《兔子先生》中的主要男性人物。除此之外，金还不停地出现在小说集的其他故事中，就如同他在《金色阵雨》中呈现的那样，时而出现，时而消失，是一个来无影去无踪的存在。即使是在小说集的第四个故事《月亮湖》中，金并未直接现身，但是故事还是与他有诸多的联系（他很可能是县里的多个孤儿的父亲）。金是摩根纳镇的传奇人物，因而他本身也成为摩根纳传说的一部分。

在小说集的开篇《金色阵雨》中，金是一个具有无限男性魅力的人物。韦尔蒂把麦克莱恩家族的这个男性人物命名为金·麦克莱恩（King Maclain），"King"本身就是"国王"的意思，意指他是摩根纳镇的国王，同时小说以《金色阵雨》为名，金与希腊神话中的诸神之王宙斯就建立了某种联系。在小说中，金和

---

① 莫里斯·梅洛-庞蒂. 可见的与不可见的[M]. 罗国祥, 译. 北京: 商务印书馆, 2017: 20-21.

斯诺蒂结婚后，行踪飘忽不定。离开家三年后的某一天，他约斯诺蒂在摩根纳的树林里见面。那之后，斯诺蒂就怀上了他的双胞胎儿子。在凯蒂·雷尼太太的叙述中，斯诺蒂的怀孕就如同"一阵什么雨击中了她"①。凯蒂虽然只是说"a shower of something"，但小说的题名就是"A Shower of Gold"，很明显，这是对希腊神话中达娜厄与黄金雨故事的指涉。在希腊神话中，达娜厄是阿尔戈斯国王阿克里西俄斯的女儿，她是阿尔戈斯王国最为漂亮的女人，但她的父亲并不满意，希望有一个儿子来继承他的王位。阿克里西俄斯去请示获得儿子的神谕，但神谕显示，他不会有儿子，而他的女儿达娜厄将会有一个儿子，而且他会被达娜厄的儿子杀害。国王为避免自己的不幸，命人造了一座铜塔，埋在地底下，只有屋顶的一部分向天空敞开，这样光线和空气就可以进入铜塔内。达娜厄被关进塔内，她除了仰望天上的白云，什么也做不了。一天，天神宙斯经过，爱上了美丽的达娜厄，他化身成黄金雨，金色的水滴通过屋顶渗入屋内，落在了达娜厄的身上。不久，达娜厄生下一个儿子，取名为帕修斯，这也是希腊神话中著名的英雄人物。② 在《金色阵雨》中，斯诺蒂把她怀孕的消息告诉凯蒂时，就像黄金雨落在她身上一样，浑身闪着光芒，"仿佛有无数好消息让她陶醉，让她沉浸在美好的事情中"（6）。在希腊神话中，宙斯是权力和力量的代表，他同时也是好色之徒，垂涎女子的美色，也因此而臭名昭著。他四处留情，造就了许多神圣而英勇的后代，包括雅典娜、阿波罗、阿耳特弥斯、赫耳墨斯、珀尔塞福涅、狄俄尼索斯、帕修斯、赫拉克勒斯、特洛伊的海伦、米诺斯以及缪斯女神。在《金色阵雨》中，金也是到处拈花惹草，留下后代，"他的孩子在县里的孤儿院慢慢长大"（4）。范德·基夫特（Vande Kieft）也认为"金·麦克莱恩在希腊神话中对应的人物是宙斯，他与许多凡间的女人发生了一系列的风流韵事"。③ 对神话的指涉中，斯诺蒂处在达娜厄的位置，普通的金拥有了宙斯的光环，魅力无限。

除了神话故事以外，在摩根纳有关金的传说也赋予金以光晕。首先是金选择与白化病人斯诺蒂结婚，婚后又不辞而别，这让摩根纳镇的人大跌眼镜。一别数年后，金回到摩根纳，像对待情人一样，邀请斯诺蒂在摩根纳树林里幽会，之后又在大黑河边留下自己的标志性物件巴拿马帽子，制造了一起被淹死在大黑河的事故现场，消失得无影无踪。金抛妻弃子的行为并没有被小镇所谴责，而是成

---

① 原文是"It was like a shower of something had struck her, like she'd been caught out in something bright."刘浍波老师的译文采用了意译的方法，因而译文中没有直接体现黄金雨的神话故事。

② HAMILTON E. Mythology [M]. New York: Warner Books, 1999: 197-198.

③ KIEFT V. Eudora Welty [M]. New York: Twayne, 1987: 90.

为他传奇经历的一部分；他如宙斯般到处拈花惹草，留下自己后代的所作所为也不曾被小镇所唾弃。相反，他的这些经历却成为他的男性气质的佐证，"无论金做什么，总是有人仿效他"。(3)他也成为小镇上很多女人爱恋与欲望的对象：故事的叙述者凯蒂对金有不一样的情感；《世人皆知》中的珀迪塔小姐直接对金的儿子兰德尔说"我了解你父亲，我曾经疯狂地爱过你父亲"(157)；而《兔子先生》中的马蒂·威尔可以说是在对金的迷恋中长大。在小说的第一部分，已嫁为人妇的马蒂一边搅拌着黄油，一边回忆起她15岁时对金·麦克莱恩的幻想：

> 她从没这么近距离地看过他，也从没想过会跟他说话，这让她感觉非常奇妙。她似乎应该保持矜持，但她所有的矜持都被拂面而来的春风吹走了……她顾不上害怕，一心只想让金·麦克莱恩知道他的事她全都听说过。(91)

马蒂·威尔对金的幻想代表了摩根纳镇上很多女性对金的看法：充满魅力又令人惧怕。《金色阵雨》中神话故事和摩根纳的传说构建了金的男性气概，而这些故事和传说都出自凯蒂的叙述，因而金的男性气质实质上是依靠凯蒂的叙述构建起来的，但凯蒂的叙述并不完全可靠。斯蒂芬·富勒认为凯蒂作为第一人称叙述者，"既不完全可靠，也不完全诚实，她在摩根纳镇传递小镇历史、家庭成员关系等各方面的信息，常常是一种令人厌烦的娱乐性工具"。① 同时凯蒂与金的关系也决定了她的叙述不可靠，她对金的评论中隐约暗示了金对她的引诱，她还很可能怀上了维尔吉·雷尼——小说中另外一个从多方面继承了金的传统的漫游者。金约斯诺蒂在摩根纳的树林里见面，凯蒂的描述就如同她也经历过类似的场面。此外，她对金拈花惹草、到处留情的方式也相当清楚。在小说的结尾部分，雷尼信誓旦旦："不过，我敢拿我的泽西乳牛打赌，金停留的时间足以让他在别的什么地方再添一个孩子。"而且她还透露，这些事"连我丈夫我都不会告诉的"(16)，劝告读者，听了就赶紧忘记。凯蒂·雷尼絮絮叨叨的叙述使她无法否认在她语言表面下暗藏的对金的迷恋。

在凯蒂·雷尼对金·麦克莱恩故事的叙述中，摩根纳镇的父权制现状通过女性的凝视展现出来，从而激活了男性和女性两种声音之间的主体间性。实际上，在《金色阵雨》的后半部分，金滑稽可笑、胆小懦弱的一面就已经显露出来。

① FULLER S. Eudora Welty and Surrealism [M]. Jackson：University of Mississippi Press, 2013：175.

万圣节那天，在外飘荡多年的金回到摩根纳，可能是回来看望斯诺蒂，也可能是给他的两个从未见过面的双胞胎儿子带来礼物。尤金·赫德森和卢修斯·兰德尔正在院子里滑旱冰。他们戴着面具，挥舞手臂，张牙舞爪，围着这个陌生人打转。金被围得团团转，他惊慌失措，像被魔鬼附体似的落荒而逃。从这之后，在后面的几个故事中，金的男性气概就走上了消解之路。在《六月演奏会》中，金被洛克误认为沃特先生。沃特先生和艾克哈特小姐都曾是斯诺蒂小姐家的房客，沃特为了阻止斯诺蒂上钢琴课，曾站在楼梯口，对着艾克哈特小姐和上钢琴课的孩子们暴露自己浴袍内一丝不挂的身体。此处把金与那个扇着浴袍的"老火鸡似的"(43)沃特并置，金的男性气概的衰落不言而喻。在《兔子先生》中，金仍然像天神宙斯一样靠近了马蒂，全身闪着熠熠的光辉，但在马蒂·威尔与金的正面接触中，金从神坛上跌落了下来。

《兔子先生》是发生在过去和现在两个不同时间段的两个故事的并置。在小说的第一部分，马蒂·威尔一边搅拌黄油，一边回想起她15岁的时候对麦克莱恩先生的迷恋。彼时，真正与她在树林里遭遇的不是麦克莱恩先生，而是麦克莱恩家的双胞胎兄弟尤金·赫德森和卢修斯·兰德尔，他们捉弄她，抱在一起，在刚刚翻过的田垄上打滚。时隔多年，马蒂又回到这些充满攻击性和色情意味的场景中。在马蒂的回忆中，她的性欲苏醒，并慢慢开始了探索和掌握自己的性欲主动权之旅。在小说的第二个部分，叙事的时间回到了现在，马蒂和她的先生尤里奥尔·霍利菲尔德、黑人帮工布莱克斯通在树林里打猎。在同一片树林里，马蒂与金·麦克莱恩先生不期而遇。金开枪吓晕了尤里奥尔，攫取了马蒂。

与《金色阵雨》中金与斯诺蒂在摩根纳树林里约会相似，金和马蒂·威尔在树林里的邂逅与神话故事中《丽达与天鹅》的故事相互呼应。金仍然扮演了神话中宙斯的角色，马蒂·威尔则处在丽达的位置。在神话故事中，宙斯幻化成天鹅，引诱了凡人女子丽达(Leda)，丽达之后生下了宙斯的子女海伦(Helen)和波利德乌斯(Polydeuces)，同时也生下了她和她的丈夫斯巴达国王廷达鲁斯(Tyndareus)的女儿克莱泰涅斯特拉(Clytemnestra)。① 在小说中，金侵犯了马蒂之后，马蒂看到了空中飘落的羽毛："烟雾般金黄的阳光下，一根鸽子的羽毛盘旋着从天上落下。她猛地伸手抓住那根羽毛，用它轻拂下巴。不管天上掉下什么东西，她都乐意抓住。只是现在除了羽毛别无他物。"(101)羽毛的存在进一步指明金与马蒂的邂逅是对神话中《丽达与天鹅》的指涉。在《兔子先生》中，金"猛

---

① Wikipedia. Leda. https://en.wikipedia.org/wiki/Leda_(mythology).

地抓住她的头发，把她按倒在地"（100），马蒂感觉自己像被一根棍子重重地砸到身上。像宙斯侵犯丽达一样，金"用他的身体和感官侮辱了她"（100），而这个过程与叶芝的诗歌中宙斯对丽达的攻击遥相呼应：

> 猝然一攫：巨翼犹兀自拍动，
> 扇着欲坠的少女，他用黑蹼
> 摩挲她双股，含她的后颈在喙中，
> 且拥她无助的乳房在他的胸脯。
> 惊骇而含糊的手指怎能推拒，
> 她松弛的股间，那羽化的宠幸？
> 白热的冲刺下，那扑倒的凡躯
> 怎能不感到那跳动的神异的心？①

在叶芝的诗歌中，丽达"被自天而降的暴力所凌驾"，毫无招架之力。她完全处在父权的控制之下，其中包括来自丈夫的控制、来自恋人的性欲的控制，她自己的命运掌控在男性的手中。在《兔子先生》中，马蒂·威尔不像《金色阵雨》中的斯诺蒂那样温顺，听从金的吩咐，去森林里赴约，她对故事的进展掌握了主动权。韦尔蒂修改了叶芝的诗，实现了权力的反转。马蒂·威尔不顾丈夫的警告，一个人朝麦克莱恩所在的河岸走去。被金攫取之后，刚开始时，她同那个时代的南方女性别无二致，感到惊恐万分，但很快她冷静下来，恢复了意识，"她慢慢睁开眼睛，看到一双明亮、坚定、冷酷的眼睛，那眼睛对于她来说，就像树上的花儿一样离她很远"（100）。丽达被天鹅侵犯的情节重新上演，金像他儿子们早些时候那样蹂躏马蒂，但马蒂即刻就对这种性行为做出了失望的评价，认为这"毫无快乐可言"（100）。之后，马蒂又开始主动在树林里漫游，寻找金的踪迹。马蒂一改被动的女性角色，充分发挥她的听觉和视觉感官，近距离观察他，这次，她看到的只是一个再普通不过的男性。如果说在《金色阵雨》中，凯蒂的叙述构建了金的男性气概，同时也为他的男性气概的不可靠性埋下了伏笔，那么在《兔子先生》中，金经历了从天神降格到凡人的过程。在马蒂的凝视下，金成为一个普通人，睡着的时候鼾声如雷，"好像春天里所有的青蛙都钻到了他的体内"，而他的身体就像被榨干了汁液的甘蔗一样毫无用处（102）。在马蒂对金的凝视中，无论是小

① 余光中，编译. 天真的歌（余光中经典翻译诗集）[M]. 南京：江苏凤凰文艺出版社，2019：76.

说第一部分对金的幻想性凝视，还是小说的第二部分，在与金的实实在在的交锋中对金的身体的凝视，都让金·麦克莱恩的身体成为女性凝视的对象，也成为女性的欲望对象。同时，通过将过去和现在的事件并置，马蒂对关于金的男性气概的错觉有了深刻的理解。

在《金色阵雨》和《兔子先生》中，韦尔蒂通过凯蒂·雷尼的叙述对金·麦克莱恩实施了讽刺性的升华，通过马蒂·威尔的叙述对金实行了贬低和抛弃，并对凯蒂·雷尼的叙述提供了必要的纠正。摩根纳的"国王"成为了一个滑稽可笑的人，即使是年轻而涉世不深的马蒂也可以成功地嘲弄他。韦尔蒂伙同雷尼太太和马蒂·威尔一起构建了金的男性魅力，同时也在嘲讽他的男性作为。透过神话来阅读韦尔蒂的小说，我终于能明白所谓的男性气概其实也只是如神话般虚幻的东西，进而我开始揣测摩根纳男权社会存在的根由，很可能也是虚幻的、不真实的。当然，这并不是故事的全部，韦尔蒂在金·麦克莱恩的身上蕴藏了更多的层面。金还是一个漫游者，一个不按传统南方英雄行事、摆脱传统束缚、与传统相抗争的人物。吉姆·欧文（Jim Owen）指出金是摩根纳神秘的漫游者。神话赋予金·麦克莱恩在密西西比州摩根纳镇众所周知的传奇力量。在神话的使用中，韦尔蒂化普通为神奇，"将摩根纳梦幻般的环境与神话的文化真理并置，在改变神话的本质的同时揭示摩根纳社会的现实"。① 帕特里夏·耶格尔认为金不仅是传说中摩根纳镇婴儿的制造者，而且是社区指派的流浪者，为社区生活制造了更具情欲和活力的情节。金成为寓言中的"缪斯"、叙事中的主体，是摩根纳女人们一边干活一边谈论的对象。② 诚然，金是一个典型的流浪者，他从不过久地在一个地方停留，也从不感到满足，他总是在追求一个更充实、更强烈的存在。他和白化病患者斯诺蒂·哈德森结婚违背了社区的期望，但即使是违背社会期望而缔结的婚姻，对金来说也是一种约束。他需要摆脱小镇的监视，一次次消失，去追寻生命中的金苹果。

在金离开摩根纳的那些年里，有许多关于他的下落的报道。有人看到他在新奥尔良，也有人看到他在莫比尔，有人看到他在得克萨斯州理发，也有人看到他在杰克逊瓦达曼州长就职游行的队伍中。摩根纳人一次又一次地看见他，通过他们的叙述，金不曾真正离开摩根纳。他成了一个活生生的传奇人物，每一篇

---

① OWEN J. Phoenix Jackson, William Wallace, and King MacLain: Welty's Mythic Travelers [J]. The Southern Literary Journal, 2001,34(1): 29-43.

② YAEGER P S. "Because a Fire Was in My Head": Eudora Welty and the Dialogic Imagination [J]. PMLA, 1984,99,(5): 955-973.

关于金的报道都有助于摩根纳镇社区意识的建立。尽管我们并不知道，或许连金自己也未必知道他真正追寻的是什么，但他追逐的精神被摩根纳年轻的一代所继承。维尔吉·雷尼是小说集中另一个漫游者，金的双胞胎儿子尤金和兰德尔也继承了他的漫游精神，并且这种精神也在伊斯特尔和艾克哈特小姐身上得到体现，而这也是韦尔蒂自己一直所追寻的东西——追寻每个人自己生命中的金苹果，这或许也是小说集最终被命名为《金苹果》的原因。在小说集形成的过程中，《金苹果》原本是《六月演奏会》的篇名，[①]最终成为整部小说集的名字，因为金苹果是小说中主要人物都在追寻的东西。在小说集中，韦尔蒂既着眼现在，也时不时回到过去，去给这些在生活中不断追寻的人物找到他们追寻的精神源头，而这个源头，应该就是金·麦克莱恩这个充满神秘气息的人物。他不是整部作品的最重要的人物，但他却贯穿作品的始终，成为摩根纳社会的传奇，成为一种精神，引领摩根纳的人藐视传统，摆脱摩根纳镇的监视，去追求生命中美好的东西。

兰德尔·麦克莱恩是金·麦克莱恩和斯诺蒂·赫德森的儿子，也是尤金·麦克莱恩的双胞胎兄弟。在《世人皆知》中，兰德尔的妻子吉尼·斯塔克与兰德尔的同事伍迪·斯派兹（伍德罗）有染，整件事成为摩根纳镇谈论和关注的焦点。兰德尔离开妻子，搬到弗朗辛·墨菲小姐的寄宿公寓居住。八月的天气，酷暑难当。兰德尔的内心焦灼不安，就如同弗朗辛·墨菲小姐家得了癌症的小母狗贝拉，痛苦不堪，而母亲斯诺蒂喋喋不休的询问和催促，以及摩根纳镇的监视和谈论加剧了他的焦灼，他渴望向父亲金倾诉，向金寻求问题的解决办法，但金却根本不知踪迹。兰德尔深受折磨，几近疯狂，在幻想和现实的双重打击下，他引诱了无知的少女梅登·萨默罗尔。兰德尔试图通过像父亲一样的举动来构建自己的男性气概，但梅登最后选择了自杀，故事在焦灼中结束。评论界普遍认为《世人皆知》是尤多拉·韦尔蒂最为压抑的一篇小说。[②] 兰德尔的极度欲求与无能为力之间的矛盾被刻画得淋漓尽致，在令人窒息的压抑中，他借助幻想和暴力来实现他的欲望满足。小说的题名《世人皆知》大胆地唤起了妄想狂的谵妄信念，即整个世界合谋制造和加剧他的痛苦，他处在全世界的监视之下。整篇小说中充斥着兰德尔深深的压抑和无力反抗的绝望。一个无力控制自己婚姻（即女性

---

① MARRS S. One Writer's Imagination: The Fiction of Eudora Welty [M]. Baton Rouge: Louisiana State University Press, 2002: 110.

② MARK R. The Dragon's Blood: Feminist Intertextuality in Eudora Welty's The Golden Apples [M]. Jackson: University Press of Mississippi, 1994: 145.

性欲）的南方英雄在小镇的监视之下走向崩溃的边缘，男性的理性、控制荡然无存，甚至是南方英雄所诉诸的暴力报复也只能是在幻想中进行。

小说的第一个情节是，兰德尔带上搭车的梅登·萨默罗尔去吉尼·斯塔克的家。自他从吉尼家搬离以后，这是他第一次回去看吉尼。吉尼的母亲莉齐小姐从卧室的窗户探出头，用钩针敲打着窗户询问。兰德尔没有回答莉齐小姐，而是闻到了百合花的香味："附近一定有百合花开了，我深深吸了一口百合花乙醚般的香味：也许知觉就会消失。"（154）兰德尔忽视莉齐小姐的打探，而是把关注点转向附近的百合花，他的这种顾左右而言他的行为，无形中透露了他内心的无奈与害怕。借助百合花，他成功躲开了与吉尼母亲的正面交锋。在南方传统的父权制文化中，女性同大自然一样被剥夺了发出自己声音的权力。虽然大自然似乎并不总是有自己的声音，但它更像一个促进者，帮助人们发现和倾听女性的声音。女人通过大自然发出自己的声音，并通过大自然获得自身的解放。女性似乎总是和大自然相连，在与大自然的联系中找到自己的身份，找到自己的声音。① 在《世人皆知》中，焦灼无助的兰德尔却经常和自然相连。在百合花乙醚般的香味中，兰德尔希望自己的知觉会消失，这样他所受的煎熬就会减轻。逃过了莉齐小姐的探寻后，兰德尔与吉尼正面相遇。吉尼正对着大厅的镜子一绺一绺地剪着头发，她双腿叉开，脚上穿着草鞋，身上穿着男式的短裤。在兰德尔对吉尼的凝视中，吉尼的传统女性气质丧失，取而代之的是她男性化的女性特质，这也构建了她的主体性。这是兰德尔所无法直视的吉尼，他开始有些神志恍惚，觉得自己"飘了起来，飘了起来，飘了起来"（155）。再一次，兰德尔败下阵来，把目光转向外面的蕨菜："我望着外面——外面一片白光。他们周围的蕨菜刚浇过水，全部低着头。女人们在闲聊，在说我们的事，但我没有听见她们说了什么，我在听蕨菜上的水往下滴。"（155）兰德尔忽视了女人们闲聊的内容，而是把注意力转向蕨菜，在滴水的蕨菜上寻求保护。但是，无论听见与否，一直都有闲言碎语，一直都有人说着他和吉尼的事。

兰德尔的一举一动都在小镇的监视之中，他和吉尼的生活毫无秘密可言："他抛弃了她，抱着衣服到了街的另一头。大家都在看他多久才会回去。他们说，吉尼·麦克莱恩邀请伍迪出去吃饭。他比她小一岁，我记得他们的生日。就在她母亲的眼皮底下邀请他。没错，她邀请的就是伍德罗·斯派兹。"（155 -

---

① PRENSHAW P W. (ed.). Conversations with Eudora Welty [M]. Jackson: University Press of Mississippi, 1984: 97.

156)小镇于兰德尔是一个无法逃脱的圆圈(circle)，无穷无尽又令人窒息："在摩根纳这样的小镇,你怎么逃避得了呢？在摩根纳,那是避无可避的。你知道,没有什么事能避得开。"(156)

珀迪塔·马约小姐是摩根纳镇的女裁缝,同时也是摩根纳镇圈子的代表,她唠唠叨叨,喋喋不休,打探着镇上每一个人的事情。珀迪塔小姐充分代表了小镇的氛围及其流言蜚语。珀迪塔小姐和她的圈子对兰德尔的私生活也了如指掌："我听说你昨天回去了,但什么话都没有说又走了。"(157)她也经常把她的圈子对他和吉尼私生活的评论传达给兰德尔："我的朋友都说吉尼要跟你离婚,要嫁给伍德罗。"(158)她还公开嘲笑吉尼的主张"那(和伍德罗有婚外情)是我的事"(158)。更让兰德尔忍无可忍的是,她们完全忽视他的个人感受和想法,要求他回到吉尼的身边："赶快回到你宝贝妻子身边吧。赶快回去,生几个孩子……无论是你还是我,不管是谁,只要还有尊严,都不应该在弗朗辛·墨菲小姐家楼上那间酷热难耐的小房间里睡觉,更别说是在八月了！……别毁了一个乡下姑娘。好好珍惜吧。"(157-159)

摩根纳小镇是一个"监视社会",[①]就如同福柯在《规训与惩罚》中所描述的全景敞视建筑那样,监视无所不在,而且被监视的意识主体清楚地知道自己被监视,因而成为权力控制和规训的对象,并按照权力主体的意志和意愿来改造和规训自我。身处摩根纳镇的兰德尔时时处处都处在这种凝视之中,而且他明了这种凝视的无所不在、无孔不入。在小镇的监视下,兰德尔的个人欲望被压抑。小镇的人们并没有把他想要杀死伍迪的欲望当真,更没有把伍迪当回事,他们只是一再要求兰德尔"赶快回到你妻子的身边去",希望他明白吉尼所做的事男人一直都在做,这只是"肉体的事,不是精神的事"(152),并要求兰德尔像他母亲一样学会宽容,而不是对吉尼的不忠耿耿于怀。兰德尔意识到小镇的女性要求他用他人的眼光来看待自己,并按照他人指给自己的理想形象来改造自己,这种意识让兰德尔的主体性进一步丧失。处在崩溃边缘的兰德尔只能通过幻想来实现自己的欲望满足。兰德尔又一次去看吉尼时,威廉斯家的小姑娘半开玩笑地说了一句："碰到伍迪你就完了。"再一次,兰德尔没有直接回答她的话,而是举起了手里的球棍:

---

① 米歇尔·福柯.规训与惩罚:监狱的诞生[M].刘北成,杨远婴,译.北京:生活·读书·新知三联书店,2007:243.

> 我举起手里的球棍时，觉得头晕目眩。我并非当真，只是想吓吓小孩。但我用那根球棍把伍迪·斯派兹打倒在了地上。他倒在地上，遍地打滚。我怒火中烧，追着他打。我没有放过他任何一个地方，把他那长着女人般柔顺的头发、满是点子的脑袋砸成两半。我不停地打，直到把他从头到脚的每一根骨头，数也数不清的小骨头全打断成两节。（159）

兰德尔的内心已千疮百孔，濒临崩溃，而伍迪却安然无恙、完好无损地站在那儿，没有丝毫痛苦的表情，对兰德尔发出藐视的挑衅："你等着瞧。"伍迪就如同他父亲的替身，充满男性魅力，兰德尔无力解决他和伍迪的冲突，想要放声大喊这"太丢人了！"他又一次把思绪转到大自然，他渴望像后院草地上的蝗虫那样大叫——"如果这样的夜晚有足够多的蝗虫在后院的草地上齐声高叫的话——人类的叫声也能响彻云霄"。（160）兰德尔声嘶力竭，渴望发出振聋发聩的声音，然而八月的草地就像海底一样淹没所有，吞噬一切（160），无论他有多么迫切的愿望，多么痛苦地想呐喊，可他发不出任何声音，只能再一次在谵妄中向父亲述说自己的痛苦："父亲，正如你所知，天黑前天空变成了绿色。我汗流浃背，汗水沿着胳膊和大腿直往下流，就像一棵倒过来的树。"（160）在与他妻子的情人伍迪的交锋中，兰德尔完全被击垮，就像一棵被连根拔起的树。他汗流成河，神志不清，在恍惚中离开了斯塔克家。（160）

在幻想报复伍迪·斯派兹的同时，兰德尔也无法轻易原谅吉尼对他的不忠。当兰德尔第三次去看吉尼，吉尼帮他缝衬衣上的纽扣时，他被压抑的欲望又一次复活了，他再一次陷入暴力幻想之中：

> 我直接朝吉尼开枪——不止开了一枪。我们面对面，突然靠得太近，近得连枪都举不直。她什么也没有说，皱着眉头站在那里，看着针。我忘了拿针来是做什么的。她的手不偏不斜，完全没有受噪音的影响而发抖。壁炉架上的钟响了，发出模糊的声音。手枪的声音并没有压过钟声。我望着吉尼，看见她孩童般的乳房上到处都是子弹打穿后留下的弹孔，弹孔透着光。但是，吉尼并没有注意。她在穿针，穿进去后露出成功的笑容。（163，译文略有调整）

兰德尔用手枪击碎了代表吉尼女性特质和性欲的乳房，然而吉尼丝毫没有察觉——压根儿没有觉得悲伤和痛苦。

兰德尔无论在身体上还是精神上都遭受着无形的压抑和控制，仿佛被困在"笼子"之中一般。他离开吉尼之后，住在弗朗辛·墨菲小姐的寄宿公寓里，这里曾经是麦克莱恩家的老宅，阁楼里甚至还存放着兰德尔的母亲斯诺蒂的婚纱。房间狭小、闷热，他暂时逃离了吉尼，却还是逃脱不了他母亲的影响。此时，兰德尔所处的火炉似的公寓是他饱受折磨的内心状态的隐喻。在整篇小说中，无论兰德尔身处何处，母亲斯诺蒂总是如影随形。母亲与兰德尔的对话，或真实发生，或是只是存在于兰德尔的想象中，贯穿小说的始终。母亲的绵绵之音不绝于耳，成为禁闭和束缚的代表。与此同时，作为摩根纳镇银行的职员，他整天坐在银行柜台之后的狭小隔间，被迫接受这儿每一个爱管闲事之人的窥探、劝说和建议，如同被囚禁在银行的"牢笼"中一般。他从一出生就生活在摩根纳镇，镇上的每一个人都认识他，对他的一举一动都了如指掌，横加评论。德鲁斯·卡迈克尔每天下午都会劝说兰德尔跟他回家："走吧，孩子，跟我一块儿回家吧。你没有理由不开着电扇凉爽地睡觉。你大热天在我们街对面那栋房子里受罪，玛米很生你的气。你只需五分钟就可以搬过来的。哦，兰，听着，玛米有话要对你说，我没有什么要说的。"(154)虽然德鲁斯说没有什么话要和兰德尔说，但是他手里举着手杖，像是给兰德尔以保护，但兰德尔感觉到了威胁。珀迪塔·马约小姐、德鲁斯·卡迈克尔先生和杰斐逊·穆迪小姐会随时出现在兰德尔的柜台前，向兰德尔提出解决问题的办法，但没有人考虑他的内心状态，他们的劝说对兰德尔来说更是一种控制和监视，让他陷入长期的偏执状态。炙热狭窄的空间是兰德尔内心焦灼、苦闷的象征，他既无力逃脱家庭的影响，也无力逃离小镇的监视。

兰德尔无法承受社区监视的眼睛，也无法忍受母亲的一再劝诫，他选择跟随他父亲和他兄弟的脚步，带上梅登，离开了摩根纳。他们跨过了大黑河，来到维克斯堡。他要暂时摆脱摩根纳的限制，摆脱小镇为他书写的剧本，按自己的意愿进入一个神秘而未知的世界。实际上，维克斯堡距离摩根纳镇只有不到 20 英里，但兰德尔感到所有的感官都复活了。(166)在小说的这一部分中，兰德尔的所有行为都发生在狂乱之中，这种狂乱是通过反复利用对睡眠的暗示、对风景和人物的幻觉描述，以及通过建立一种错杂、混乱和恐慌的危险氛围而造成的。例如，兰德尔反复地提及梅登的麻醉性状态，从斯塔克家的纸牌派对开车回家时，她"开始昏昏欲睡"(166)，在开车去维克斯堡的路上，梅登"睡得跟死猪一样"(171)。他们先是在碎石路上开上 19 英里，然后乘渡船跨过大黑河，之后再沿着盘山公路继续往前开。梅登无精打采地坐在车里，半睡半醒。兰德尔狂乱地开着车,时而把车开上陡峭的山丘,时而又沿河疾驶,河里面漂浮着"死鱼、爬行动物的尸体、连根拔起的树木,还有人们扔掉的杂物",散发出难闻的气味,仿佛"来到了世界的最底层"(169)。这儿肮脏、混乱,但是没有摩根纳的彬彬有礼的探查。穿过一条高速公路后,他们来到了一间小屋。梅登脱掉衣服准备睡觉,兰德尔警告梅登:"别靠近我。"兰德尔故意让梅登看见他的手枪,在他混乱的视觉里,梅登"身上血迹斑斑,血迹斑斑、蒙受耻辱"。(171)显然,兰德尔在幻觉中看到的是吉尼,梅登只是处在吉尼的位子,她身上的"血迹"和"耻辱"是男性叙事中女性对男性不忠的阐释。兰德尔先是把枪对准梅登,继而把枪收回来,掉转枪口,对准了他自己的嘴。面对兰德尔的行为,梅登就像他母亲一样,咄咄逼人地说道:"你现在知道了,枪哑了。把枪给我。把那破玩意儿给我,我来处理。"(172)被收缴了武器后,兰德尔被逼到绝境,侵犯了梅登,"我很快便拥有了她"(172)。在他的报复行为中,他至少暂时摆脱了摩根纳社区对他的控制,获得了些许自由。不久之后,梅登自杀,兰德尔痛苦地把过错推给了梅登:"我怎么知道她会离开,还会自残呢?"(173)

兰德尔为什么选择了梅登？18岁的梅登是一个乡下姑娘,在穆迪老人的种子饲料公司上班。她渴望成为摩根纳社区的一员,但对摩根纳的事知之甚少。她的天真可以从她的名字 Maideen 略知一二,也可以从小说中她对兰德尔所说的第一句话看出：她举起新的白手套,说："瞧! 变成城里人了。"(152)梅登来自萨默罗尔家族。在《金苹果》扉页,韦尔蒂一一列数了摩根纳镇的主要家族,而萨默罗尔家族并不在摩根纳主要家族之列,因而梅登处在主要家族之外,不受社区的保护,成了兰德尔报复吉尼的替罪羊。[①] 兰德尔选择梅登,是因为梅登长得很像吉尼。按照勒内·吉拉德的观点,所有的受害者都必须与他们的替代物有一定的相似性,否则暴力的冲动将不会得到满足。[②] 兰德尔第一次带梅登去斯塔克家,他就意识到："她长得很像吉尼,简直就是吉尼小时候的翻版……这让我很满足。我不是说梅登的小脸上带着嘲笑,不是,我是说,吉尼身上有某种梅登的影子。"(156)在梅登的身上,兰还看到了他母亲斯诺蒂的影子。和斯诺蒂一样,梅登老是沉默不语。同斯诺蒂一样,梅登是所有传统女性气质的代表。梅登翻看杂志的时候,也让兰想到他的母亲:"她像我母亲那样,把手指打湿,偶尔翻动

---

① BLOOM R L. "Don't Touch Me": Violence in Eudora Welty's Fighters [D]. Denver: University of Denver, 2003: 94.

② GIRARD R. Violence and the Sacred [M]. GREGORY P. (trans.). Baltimore: John Hopkins University Press, 1977: 11.

一页。"(165)另外，梅登试图引诱兰德尔陷入另一轮的期望之中——去见她的家人："这样妈妈就可以见见你了。你留下来吃晚饭，她会很高兴的。"(161)尽管他知道他从未向梅登保证过他会去吃晚饭，或去见她妈妈。斯诺蒂代表着约束和压抑，梅登的人云亦云则加剧了这种压抑。小说一开始，斯诺蒂那带着病态的哀伤、温和的控诉的声音就入侵了读者的耳朵，而且这种带有侵入性的母性声音一次次地返回，给出不请自来的建议，并不断敦促兰德尔回麦克莱恩镇和她一起恢复到原来的生活状态。对兰德尔而言，梅登本身越来越像摩根纳喋喋不休的圈子。在斯塔克家的后院，女人们在闲聊，但兰德尔只听到梅登的声音，她在说着兰德尔和吉尼的事，但她只是在重复别人的话。她从不怀疑所说的话，滔滔不绝地重复着镇上人的闲言碎语。(155)

梅登渴望着被摩根纳社区所接受，她慢慢地变成了社区的传话筒，进而变成了社区本身。梅登向街上的每个人挥手，她只谈论社区话题，她所有的知识、她对这个世界的一切了解都来自摩根纳社区。

因此，梅登是兰德尔最恰当的选择。在兰德尔几近疯癫的认知中，梅登是他的妻子吉尼、他的母亲斯诺蒂，还有摩根纳整个圈子的化身，这三个方面层层叠加，加剧了他的焦灼和压抑，加剧了他的痛苦。为了减轻家庭和社区的压力，打破摩根纳日复一日地重复谈论他们的节奏，同时逃避窥探的目光，释放某种强烈的压抑，兰德尔决定跟随他的父亲和兄弟的脚步，成为一个真正的战士，来恢复他的男性气概。他离开摩根纳的限制，带上梅登，进入模糊和神秘的世界，跨过大黑河，来到维克斯堡，在那儿他侵犯了梅登。

小说一开始，痛苦不堪的兰德尔就迫切地向父亲寻求帮助："父亲，我多么想和你谈谈啊，不管你现在在哪儿。"(151)之后的故事中，每个事件发生之后，兰德尔都会向父亲倾诉或忏悔。兰德尔欲求回到吉尼身边，但是又无法原谅吉尼的不忠："父亲，我多么希望我能回去啊。"(155)小镇的议论回荡、萦绕在兰德尔的耳边，挥之不去，成为兰德尔自言自语的一部分，他迫切需要对父亲倾诉："父亲，你没有听我讲!"(156)在他想象自己枪打吉尼之前，他又一次寻找父亲的肯定："父亲，我不知道我出了什么问题，也许你知道。"(163)范德·基夫特认为，在兰德尔的祈求中，韦尔蒂创造了一种封闭的压迫感、一种令人窒息的情绪，迫使读者紧紧地跟随兰德尔，挣扎着呼吸空气，挣扎着逃离一个"半是忏悔，半是祈祷，就像是在对牧师甚或是对上帝说话一样"的梦魇。① 尽管兰德尔的母亲也一再

---

① KIEFT V. Eudora Welty [M]. New York: Twayne, 1987: 104.

敦促兰德尔回到她的身边，每一次兰德尔向父亲求助，他的母亲都会站出来问询，或给出自己的意见，但兰德尔并没有遵从母亲的安排。对兰德尔而言，回到母亲身边，意味着回到童年的依赖。如果他离开摩根纳，他妻子的不忠留下的阴影就会完全被抹去。曾有一刻，他想象着他母亲的提醒："她干了什么，世人皆知。这跟男人干了同样的事不一样。"(170)由于无法掌控配偶的忠诚度，兰德尔对母亲的话感到报复性的刺痛，这宽恕并巩固了双重标准。母亲也一再希望能和兰德尔交流，但他每一次的倾诉对象都是父亲。因为尽管兰德尔的母亲斯诺蒂・麦克莱恩也是男权社会的代言者，但只有父亲才是男权社会最有力的代表。在摩根纳镇，兰德尔的父亲金・麦克莱恩是一个拥有无限男性魅力的传奇式人物。他在《金色阵雨》中抛妻弃子的行为并没有被小镇所谴责，而是成为他传奇经历的一部分；他如宙斯般到处拈花惹草，留下自己后代的所作所为也不曾被小镇所唾弃。父亲就是兰德尔的欲望对象——兰德尔想像他的父亲金・麦克莱恩一样成为小镇人们的欲望对象。

来自社区的监视让兰德尔走向崩溃，也迫使兰德尔采取行动来重构自我，重建他在摩根纳镇的主体地位，进而构建起如同他的父亲一般的男性气质。在《世人皆知》的结尾部分，梅登自杀后，兰德尔从心底里发出对父亲和他的双胞胎兄弟尤金的呼喊："父亲啊，尤金啊！你们在外面找到的比这里还好吗？"(173)

尤金・麦克莱恩离开了密西西比的摩根纳小镇，几乎横跨整个国土，来到了西海岸大都市旧金山生活。韦尔蒂的经纪人罗素曾担心这个发生在旧金山的故事和摩根纳没有太大的关系，并不能成为小说集中一个融合的部分。对此，韦尔蒂的解释是"我本就应该预见到这将是(整个故事)的一部分，因为在我所做的所有工作中，最令我担心的就是故事的主角缺乏根。"①韦尔蒂的言下之意是，在她的写作过程中，她也有过类似的担忧，但她已经很好地处理了故事的主要人物与摩根纳的关系问题。那么在小说中，韦尔蒂是如何建立起尤金和摩根纳之间的联系的？在旧金山，尤金能完全摆脱摩根纳的监视和控制，过上自由自在的生活吗？紧接着《世人皆知》，小说集的第六个短篇《来自西班牙的音乐》阐释了尤金离开摩根纳以后的生活，对兰德尔提出的问题做出了全面的解答。韦尔蒂把兰德尔的双胞胎兄弟尤金的生活本质展现在这个彷徨、梦幻如《尤利西斯》般的作品中。

① KREYLING M. Author and Agent：Eudora Welty and Diarmuid Russell [M]. New York：Farrar Straus Giroux, 1991：141.

　　《来自西班牙的音乐》总共由七个部分组成,主要描述了尤金·麦克莱恩在旧金山市区、海滨游荡的一天,整个故事压抑、阴沉、晦涩,充满了尤金谵妄的内心独白。评论界从不同的角度对这篇小说进行了多样的解读。丽贝卡·马克在《龙血》中指出小说是对"现代主义的精巧的戏仿和批评",①并与乔伊斯的《尤利西斯》在结构、人物、内容等方面进行了细致深入的女性主义互文性解读;卡罗尔·曼宁(Carol Manning)则解读了小说中的追寻主题,认为尤金在旧金山街头看似漫无目的闲逛,其目的是寻找他生活中缺失的父亲形象;②托马斯·麦克哈尼(Thomas L. McHaney)从神话原型的角度把尤金和西班牙吉他手与希腊神话中的帕修斯和赫拉克勒斯进行了比较;③罗娜·布鲁姆(Ronna L. Bloom)认为尤金游荡的一天是他在向命运抗争,尤金具有韦尔蒂作品中"抗争者"人物的精神。④ 在小说中,尤金尝试寻找真实的自我,重新发现他的冒险精神,想象另一种生活方式的可能性。本文认为在尤金与西班牙吉他手一起的漫游中,尤金试图摆脱来自摩根纳的控制,摆脱旧金山的监视,在漫游中,他从西班牙吉他手身上看到了理想的父亲形象、理想的自我形象,甚至是理想的男性气质状态。然而,现代社会的监视已经上升为知识对身体的自动控制,身处其中的个人无法轻易摆脱,这也注定了尤金的漫游最终只能以回归令人压抑的日常为结局。

　　小说开始于家庭和睦的场景,尤金和他的妻子埃玛·麦克莱恩坐在餐桌前吃早餐。毫无预兆地,尤金探过身体,打了埃玛一耳光。之后,尤金离开公寓,准备去伯特辛格珠宝店上班,他在那儿从事手表修理的工作。但是,那一天他无法让自己像往常一样去上班。他打了埃玛一巴掌的事实让他觉得自己的生活已经彻底改变。他走上旧金山的街头,开始毫无目的地漫游。没过多久,他看到一个大个子的外国人差一点被汽车撞倒。他把这个外国人从噩运中拯救出来,然后两个人一起花了一整天的时间在旧金山的街头和海边游荡。在这一整天里,尤金为他的行为感到内疚,也一直被他打埃玛的理由所困扰。在琼斯街上,尤金一

① MARK R. The Dragon's Blood: Feminist Intertextuality in Eudora Welty's The Golden Apples [M]. Jackson: University Press of Mississippi, 1994: 231.

② MANNING C. With Ears Opening like Morning Glories: Eudora Welty and The Love of Storytelling [M]. Westport, Conn: Greenwood Press, 1985: 105.

③ MCHANEY T L. Falling into Cycles: The Golden Apples [M]//TROUARD D. (ed.). Eudora Welty: Eye of the Storyteller. Kent, Ohio: Kent State University Press, 1989: 173-189.

④ BLOOM R L. "Don't Touch Me": Violence in Eudora Welty's Fighters [D]. Denver: University of Denver, 2003.

边走，一边思索着可能的原因。首先他承认他自己骨子里有打人的欲望："既然已经打了人，说明他骨子里就有打人的欲望。"尤金接着又问自己"为什么要轻轻打她"，尤金给出的第二个理由是"近来他们很悲伤，不再相亲相爱"(179)。自从他们的女儿凡妮死后，他和埃玛变得疏远，他甚至没有意识到埃玛像活在死人的世界里一样失去了生机。第三个理由是因为埃玛是一头"肥猪"，不过很快，尤金就否认了这个理由的合理性——"这个解释太荒唐了，因为她一直都那样胖，至少很丰满。他娶她的时候，她就很丰满。过去一直都胖并不能成为荒唐打人的理由。"(180)而真正的原因是，"他打她是因为他想得到别的爱"(180)。这到底是一种什么样的爱？或者是来自谁的爱？在故事的第一部分，韦尔蒂为读者埋下了伏笔。

从琼斯街走到市场街，尤金被自己的行为所困扰，内心深受折磨，而埃玛也如影随形，以不同的方式一再出现在尤金的眼前，一遍又一遍地唤起尤金的内疚。在琼斯街上，尤金陷入沉思，迪姆达米·达姆威蒂小姐的脸不经意间出现在他的幻觉中："一张脸不知从什么地方径直飘进那个免不了有些讽刺意味的场景，窥视着他的内心世界。那张脸像报上刊发的大头像那样黝黑，模糊不清，面态恭顺，目光从一头乌黑的头发下面和漆黑的背景后面探出。整张脸显得暗淡、柔和，像琼斯街上一个模模糊糊的斑点。"(180)迪姆达米·达姆威蒂小姐只是刊登在报纸上的一张陌生人的脸，尤金依稀记得达姆威蒂小姐的头像下面写着一行字："现在再爱你，为时已晚。"(180)一个年轻的陌生姑娘的去世唤起了尤金的内疚，他混乱的心里似乎觉得他打了埃玛后，一切为时已晚，他们之间的爱已经不复存在。路过商店的橱窗，尤金随时能从橱窗的陈列中看到埃玛的身影："一家书店的橱窗上满是苍蝇屎，里面摆着一张乍看上去像是埃玛的黑黑的照片。"(182)尤金继续游荡，在市场街，从车轮下拯救了西班牙吉他手，进而他的神思也被这个不会说英语的西班牙人所吸引，开始一路跟随他前行，但是杂耍节目的售票员一声接一声的叫卖"你—看—过—埃—玛—表—演—吗？"(191)把尤金又拉回到现实中。引起他注意的是一个极度肥胖的女人的照片，她是杂耍演员，刚巧与他的妻子同名。"埃玛的照片被放大放在演出照里。她显得极其肥胖、臃肿。她五官小巧，像脸上用纸包着的一束紫罗兰。"这个怪异的杂耍演员不仅与他的妻子有相同的名字，她们体型也相似，更让尤金不安的是，他看到这位埃玛的脸上"带着一副蒙冤的神情"。(191)尤金正准备再次经过那里时，突然想到，观看一个被残忍对待的人是最恐怖的事。埃玛蒙冤的眼神又一次引发了尤金的内疚和痛苦。(191)

　　这些埃玛的身影不仅没有掩盖住指责，反而增强了尤金的强烈的罪责感，因为他们给了贯穿整个故事的自我质疑以实物的形态。① 自责和内疚贯穿小说叙事的始末，尤金的内心一直在进行着抗争。一方面，尤金试图摆脱内心的愧疚，寻找从窒息的婚姻中解脱的可能；另一方面，这种内疚一再返回，让主体备受折磨。在叙述过程中，尤金一次又一次谴责自己打了埃玛：

　　　　"很有可能，"尤金又开口说，"你可能不知道你骨子里也会打女人，对吧？"（203）
　　　　"你自己做的事你自己知道。"尤金说，"你打了老婆。你敢说自己不是一直都想打她吗？"（208）
　　　　"你打了你老婆。"（211）

　　从表面上来看，尤金和埃玛的婚姻出现了问题。自从他们的女儿凡妮在一年多前去世以来，埃玛生活在自己的悲伤之中，无法自拔，而且她拒绝尤金和她一起分担她的悲伤，"不让他进去，因为让他进去那就不是同一件事了"（184）。尤金打她的时候，她眼睛睁得圆圆的，面无表情，像死人的脸，木然地承受着他打过来的巴掌。（181）他们的婚姻已经濒临死亡，他把女儿的死亡归咎于妻子的照顾不周。尤金和埃玛两个人，在彼此之间竖起了一堵墙，彼此隔离。情感上的危机也带来精神上的危机。在这片荒原之中，尤金和埃玛失去了爱的能力，失去了对生活的激情。

　　从另外一个层面来看，尤金和埃玛的婚姻关系里隐含了尤金和他的母亲斯诺蒂的关系以及尤金和摩根纳社区的关系。在小说中，尤金经常能在埃玛身上看到他母亲的影子，埃玛在很多时候都处在他的母亲斯诺蒂的位置。首先，从外形上来看，埃玛像尤金的母亲——埃玛身形高大，看上去也比尤金年纪大（事实上埃玛也比尤金年长），而尤金身形瘦小。其次，尤金和埃玛之间有类似于母子之间的关系。吃早餐的时候，埃玛总是倾过身去，"用她那充满母爱的手"弄掉尤金脸上的面包屑（180）；尤金打了埃玛一巴掌后，尤金听到埃玛发出母亲般愤怒的责备——"尤金·赫德森·麦克莱恩，你给我回来！"（178）再者，尤金在埃玛责备的眼神中直接看到了她母亲的怨恨（191），这种怨恨让尤金觉得很熟悉，像极

---

① PINGREE A. "It's two that makes the trouble": Figures of replication in the fiction of Mark Twain, Sherwood Anderson, Eudora Welty and Carson McCullers [D]. Massachusetts: Harvard University, 1992: 152.

了她母亲的抱怨——你们在虐待我。小说也可能暗示了尤金和埃玛异性恋婚姻中令人窒息的气氛，埃玛就像他的母亲斯诺蒂小姐，是父权制的代言人，在家庭生活中制定规则。尤金想着要反抗这些规则，比如说不吃她做的早餐，这样会让她不开心，但是尤金根本就不敢反抗，他只能按规则行事，"事实上他也不敢不吃，无论如何也不敢。他即使想杀了她，也得先把她桌上的东西吃光，而且还要大加赞赏，说饭香菜美"(179-180)。

尤金和他的双胞胎兄弟兰德尔一样，都无法摆脱母亲对他们的控制。一方面，由于父亲金的缺席，斯诺蒂在他们两兄弟的成长中，无论是在情感上，还是物质上，都占绝对的主导地位；另一方面，斯诺蒂对两兄弟的持续期望也影响了他们的性格形成。虽然因为斯诺蒂的坚韧，摩根纳社区几乎把她当作一个圣人，但对兰德尔和尤金来说，斯诺蒂的温和、坚韧和期待是造成压抑的源头。在《世人皆知》中，来自斯诺蒂的监视和控制一直是兰德尔压抑的根源之一：

> 儿子，你到哪儿去了？——出去透透气吧。——我看得出你瘦了。你有事瞒着我，我不明白。你跟尤金·赫德森一样坏。我的两个儿子现在都有事瞒着我。——我哪儿也没去，我能去哪里呢？——如果你跟我回家，回到麦克莱恩大宅，一切都会好起来的。我知道你不愿意吃弗朗辛小姐家的饭菜，不喜欢吃她的饼干。——妈妈，饭菜跟吉尼做的一样好。(151-152)

> 儿子，你去哪里了，这么晚？——哪儿也没去，妈妈，哪儿也没去。——要是你能重回家中，母亲说，要是尤金也没有走，就好了。他走了，你谁的话也不听。——妈妈，太热了，睡不着。——我没有睡，就在电话机旁边。上帝从来就没让我们分离。离开便杳无音信。彼此分离，住到一间小屋子里。(164)

在与兰德尔的对话中，斯诺蒂一再表达了对掌控兰德尔和尤金生活的渴望。由于丈夫的长期缺失和对她情感的忽视，她需要依靠儿子们来减轻自己的孤独和痛苦。对于兰德尔和尤金来说，母亲含辛茹苦把他们抚养长大，任何离开母亲、独立过自己的生活的选择都是对母亲的辜负，他们都会因此感到内疚和不自在。

在尤金的眼中，埃玛已然成了自己母亲的代言人，因而他的暴力姿态成了对母亲的约束和对摩根纳女性群体的一次攻击。尤金不仅打了他的妻子，也向摩根纳的女性群体发起了攻击。在整篇小说中，尤金几乎对所有的女性都存在不同程度的厌恶。在他的眼中，走在街上女性突然遭遇死亡是这样的——"一个穿着高跟鞋的矮个胖女人一头栽倒在大街上，手提包像一捧鲜花似的被抛到空中，里面的物品全都散落在粉红色的车道上。街车瞬间撞上了她。她被撞了出去，跌到前面的车道上，无人过去察看。街车并没有碾压到她，但她已经没有了呼吸。"（197）咖啡馆里的女服务员也不堪入目："服务员是一个高大魁梧的中年妇女，走起路来大大咧咧的。她的脸盘也很大，整张脸因为化了一层厚厚的浓妆，显得比原来还要大一圈。她的嘴上面好像还画着另一张桃红色的嘴，眉毛好像也用棕色眉笔描过，大约有半寸宽，眉形修得很好。她的眼睛很小，涂上睫毛膏和眼影后，两只眼睛就像扑哧扑哧的黑蝴蝶。棕红色的头发看起来有点油。她戴的首饰顶多就值十一点二五美元。尤金还看见她戴着金耳环，胸前挂着一个吊坠，戴着四只镯子，双手都戴有戒指。在她身上，所有对金银、钻石的美好印象都荡然无存。"（215-216）在尤金看来，这位女服务员身上没有半点女性的温顺气质，她简直就是一个长着女性脸孔的男人，一副孔武有力的样子，而这张女性的脸庞上也缺少女性应有的柔美。更有甚者，当她给西班牙人送糖过来的时候，她对尤金说："我有男人，他在我们的国家。他个子也不高，坐着的时候跟你一样瘦小。他表现不好的时候，我就瞅他两眼，然后把他扔到壁炉架上去。"（216）自此，两性间的性别角色被颠倒，男性不再阳刚，而女性也不再温顺。南方女性，无论是女儿，还是妻子或母亲往往是美德的化身，她们温柔、纯洁、美好，在南方社会中处在神圣的位置，受到男性的尊敬和保护。但在《来自西班牙的音乐》中，自始至终，尤金眼中的女性似乎和美德毫无关系，她们或肥胖丑陋，或魁梧高大，甚至是直接以死亡作为其在小说中的出场方式，尤金的厌女情结溢于言表。女性并不是南方一直所信奉的那样，是美德的化身，她们并不优雅美丽，也不顺从温和。女性，特别是妻子和母亲成了约束和监视的代名词，她们的篡权行为加剧了男性气质危机。通过尤金眼中的女性形象，韦尔蒂对南方的性别角色提出了质疑，似乎南方淑女只是一种谎言，男性尊敬和保护女性也并不真实，以控制和荣誉为核心的男性气质正经历着深刻的危机。

与此同时，尤金被一个西班牙吉他手所吸引。尤金既迷茫又痛苦，在旧金山的街头游荡，不知道自己在寻找着什么，直到他看到那个在熙熙攘攘的人群中独行的西班牙人。尤金一眼就认出这个西班牙人，他就是前一天晚上在风神音乐厅弹吉他的音乐家，他和埃玛还去听过他的独奏音乐会。在尤金的眼里，西班牙人魅力十足，尤金情不自禁地一直跟着他。意外突如其来，一辆车差一点撞倒西班牙人。尤金健步如飞，一把抓住他的大衣，把他从车祸中解救出来。从那儿开始西班牙人成为了尤金的向导，带领尤金开始一天的漫游。(186-188)那么，到底是什么吸引了思绪混乱的尤金？

记忆中的密西西比的小镇观念与现实中旧金山的压抑相互融合，成为尤金意识和潜意识的组成部分，支配着尤金的行为，他渴望着从中解脱，找到人生的指引。来自婚姻(妻子)、家庭(母亲)和社会(摩根纳/旧金山)的多重限制，让男性生活在囚笼之中，遭受身体上和精神上的双重制约和限制。男性不再是掌控一切的英雄，他们徘徊、焦灼、绝望，在抗争中妥协。尤金意识到"这个高大的艺术家生活得无拘无束。他没有所爱的人，没有人吩咐他做什么、对他发号施令"(193)。兰德尔生活在摩根纳小镇，犹如生活在"笼子"之中；尤金离开了摩根纳，生活在大都市旧金山，但他仍然生活在囚笼之中。他的工作就是坐在柜台后面日复一日地修理钟表。这既是身体上的束缚，而时间也意味着精神上的约束。而这位吉他手是一个外国人、流浪者，不受时间的约束，也没有要履行的义务，自由自在，无拘无束。

尤金渴望成为自己，超越他那个时代的社会习俗，特别是他的家乡密西西比州的文化编码。尤金虽然生活在旧金山，但是他无法完全摆脱密西西比的摩根纳。在他的漫游中，密西西比总是以不一样的方式出现在他的周围，时刻凝视着他。早晨刚刚从睡梦中苏醒的旧金山能唤起记忆中的密西西比，让尤金向往"密西西比冬天一块块荒芜的土地、裹着灰蒙蒙树皮的树林、生长缓慢的树木、杂乱的枯藤，还有冬天他的孪生兄弟打猎的那片湿地"(184)；也似乎只有摩根纳才能更好地界定他的身份，在那里，他现在还是"滑板车麦克莱恩小子"(187)；看到"庄严、稳重"的吉他手，他会想到"老家"的老参议员(188)；他自己觉得已经把密西西比老家的老艾克哈特小姐忘到九霄云外，也把他曾经上过钢琴课的事忘记得一干二净，但是伴随着音乐，他又能自然而然地记起艾克哈特小姐(195-196)。总之，无论是在尤金的记忆中，还是在旧金山的现实生活中，密西西比的摩根纳都是一个抹不去的存在，那儿的风土人情和行为准则深深地刻进了尤金的身体里，流淌在他的血液之中，只需要任何一个小的提示，密西西比就会闪回。

如果说密西西比停留在尤金的意识层面，那么在现实层面，旧金山的大都市同样令人窒息，监视和隔阂无处不在。这种监视潜伏在尤金的意识之中，也隐藏在旧金山的街头巷尾。尤金幻想着所有人监视的眼睛："报纸上随时都可能刊登他和埃玛·麦克莱恩的照片，像罪犯的侧面比对照那样，肩并肩，赤裸裸地刊在上面供别人对比。一旦上了报，大家就能看见了，也许他们已经上过报了。"

(178)监视也可能出现在街头猫的眼睛里:"一只花斑猫在苹果上睡觉,从一家杂货店的橱窗里看着他。它闭上圆圆的眼睛,好像是被一根拉绳拉紧了似的……当那只猫再次睁开眼睛时,他猛然相信,那天旧金山发生的任何事情,任何威胁道德或改变道德的事,他都会知道,似乎他和这个城市不再有往日的信任,而是在饶有兴趣地、厚颜无耻地、几近鲁莽地彼此监视。"(186)在旧金山,人与人之间高墙林立,无法逾越,就如同这座城市里的"光影云烟":"这座城市阳光明媚如洗,走在幽长的街道,人们常常觉得它开放、自由。山峦叠翠,云烟缭绕,交相辉映。透亮的蓝烟袅袅飘起又落下,层层叠叠,像消防车的警灯在这座城市里蜿蜒穿梭——这些光影云烟却是一道道不可逾越的高墙。"(194)于尤金而言,他会纳闷"日常生活中乱七八糟的事情是如何将一个男人折腾得晕头转向的:眼睛、腿、梯子、脚、手指像一根藤。在这个世界、这个都市化的世界里劳作、死亡、冒险,像藤一样,把男人捆了起来。"(202)在这儿,眼睛代表的是一种监视,既有来自摩根纳的,也有来自旧金山的。作为男人,无论身处哪里,来自父法的凝视一直召唤着尤金,暗示着他虚弱的男性气质。尤金不能完全抛开摩根纳,因为摩根纳的思想理念和意识形态都内化为他意识的一部分。在远离摩根纳的旧金山,尤金只是换了一个地方重建了摩根纳式的来自家庭和社区的同样的束缚——他把自己限制在一个无爱的婚姻里和一份无聊的工作中。

尤金在街头迷惘地游荡,他一眼就认出了那个西班牙人。他之所以吸引他,还因为他是一位音乐家。于尤金,音乐可以让他短暂地摆脱压抑的生活,找回生命的活力:

> 现在伴随着音乐,他如果又想起了她,那也是自然而然的事。他尝试着把左手那些敏捷、灵巧的手指一根接一根放在桌子上,小指和拇指交替敲着桌面上。透过窗帘看过去,那个西班牙人好像要喷出火焰似的。两根烟柱在桌子的对面不停地从他的鼻孔里喷涌而出,这种烟味闻起来无比美妙……尤金耳边似乎响起了《倔强的摇摆木马》那悠扬的旋律。那是他一直都很喜欢的一首曲子,弹得也很棒。他似乎看见了窗户和院子,就是长着那棵树的院子。成千上万棵含羞草开着小绒花,根部蓝得如同火焰,看起来挺不住这大热天的烤炙。《倔强的摇摆木马》变成一个个光点,一个,两个,三个,四个,从天上掉下来,穿过绿树,洒落到地上,和树荫互为点缀。他感到自己满头大汗。今日的此时、此地,快乐如同每一根指尖上的汗珠流淌。密西西比啊。有一只蜂鸟像

一条小鱼，炎热天气里的一条绿色小鱼，在他眼前短暂停留，又突然飞
走，消失得无影无踪。(195－196)

在音乐中，尤金的感官复苏了。不仅如此，尤金还在西班牙人身上看到了他
父亲的影子。他看见西班牙人那"不断起伏、慈父般宽阔的胸膛"(204)。看着西
班牙人，尤金真正想到的是他的父亲——"对这个艺术家、外国人、流浪者，无论
叫他什么都行，对他的生活，尤金·麦克莱恩究竟真正关心什么呢？他一度相
信，地理书上的那幅雕刻画实际上代表了他父亲金·麦克莱恩本人。他父亲从
未见过他，也从不想见他。"(196)此时的尤金，就如同《尤利西斯》中的青年人斯
蒂芬·迪达勒斯一样，他在找一个精神上象征性的父亲。生活在死气沉沉、令人
窒息的都柏林，斯蒂芬像这座危机四伏的城市中的大多数人一样无法摆脱道德
瘫痪的阴影，①尤金如斯蒂芬一样，也在寻找一个能在精神上给予他支持的父
亲。最为重要的是，尤金被西班牙人身上的女性气质所吸引。小说中有很多处
关于西班牙人的女性气质的描述：那个西班牙人指着翻开的书阅读时，尤金望
去，"像他爸爸书房墙上画框里的女巫一样。他虽是个男人，却像小说里那样女
人味十足。"(195)在海边岩石上，西班牙人伸手去扶帽子，那动作也只有女人才
有，"西班牙人每次伸手去扶头上的帽子时，手肘都会向外拐，如此笨拙的动作只
有女人才会有，那是她们'天生懒散的姿态'"(209)。在摩根纳，男性和女性之间
有非常明确的性别角色的划分，男性英勇、果敢，女性顺从、温和，但这位西班牙
人的性别体征模糊不清：他的指甲涂成了红色，他穿着飘逸的斗篷，他的头发很
长，他还化妆。丽贝卡·马克在分析小说与《尤利西斯》的互文性特点时，就曾指
出西班牙人教给尤金一种特殊的男性气概，这是一种接受和拥抱女性阴柔气质
的男性气概(208)。马克认为，韦尔蒂在小说中对美国南部以外地域的尝试"缓
解了密西西比州摩根纳的幽闭恐怖气氛"(175)，这种缓解在很大程度上与小说
中尤金可能的同性恋倾向有关，而在当时的摩根纳社区，同性恋是无论如何不能
被接受的。西班牙人体现的一种可能是性自由，这在摩根纳是被禁止的。韦尔
蒂笔下的抗争者维尔吉·雷尼，不顾一切地表现出女性性行为自由的决心，她的
行为遭到了社区的一致反对，而西班牙人的自由还包含了一个在摩根纳完全不
可能被接受的方面——同性恋。在尤金一层层剥下西班牙人伪装的外衣，探索
自己内心世界的同时，他与自己模棱两可的性取向问题相遇。

---

① 李维屏.现代主义精神的演示——论《尤利西斯》的人物描写艺术[J].外国语,2007(5)：70－74.

小说中的另外一个非常令人费解的场景至此豁然开朗。在小说的第三部分，在市场街等绿灯的时候，尤金被一个黑人女性或是波利尼西亚人吸引，觉得"她身上有一种奇特的美"(190)。在整篇小说中，如前面所述，尤金眼中的女性都是身形巨大、丑陋肥胖的，多少都有令人讨厌的特征，但这位女性却成功吸引了尤金的注意力，连尤金自己也承认，"如果在平时，他也会觉得她很丑。"(190)韦尔蒂在接下去的篇幅中，仔仔细细地描写了这位女士身上布满的花斑——"曲线形的花斑、螺旋形的花斑、深褐色和浅褐色的花斑，错落有致，在她身上显得美妙绝伦，像是经过精心设计似的。她的眼窝、颈部、手腕上都有花斑，透过袜子也能看见她腿上浅黄褐色的花斑。"(190)原来，对尤金造成巨大吸引力的是这些花斑，她"像一只蝴蝶"。蝴蝶不正是同性恋的暗语吗？在同性恋词典中，"蝴蝶"(butterfly)指男同性恋中具有女性阴柔气质的人物，也指男性的娘娘腔行为。蝴蝶和西班牙语中的"Mariposa"（蝴蝶）和"Mariposón"（大蝴蝶）一样，都是意指男性同性恋者。[1]从这儿开始，尤金自身的同性恋倾向就明里暗里地显露出来。而这，反过来也很好解释了西班牙人对于尤金的魅力。真正吸引尤金的并不完全是音乐本身，就如韦尔蒂描述的那样，"尤金并没有对那个西班牙人的音乐如痴如醉。绝不可能如痴如醉。"打动尤金的是西班牙人演奏音乐的方式，"当他非常轻柔地弹奏起家乡轻快美妙的歌曲，仿佛轻巧的翅膀在空中拍打，几乎无声无息，尤金才被打动。"(199)这儿，蝴蝶的意象再一次出现，西班牙人演奏音乐的方式，在尤金看来，就像是蝴蝶在空中轻巧地拍打着翅膀。无怪乎，尤金虽然不记得西班牙吉他手的名字，但是在熙熙攘攘的人群中，他能一眼就认出这个西班牙人，并被他深深地吸引。他身上有一种"既陌生又熟悉"的特质，让尤金情不自禁地一直跟着他。(187)

尤金的性取向问题，就如同萦绕在旧金山上空的迷雾一样，让整个城市看起来若隐若现，扑朔迷离。一方面，他和埃玛的异性恋婚姻遮挡了他的同性恋倾向；另一方面，生活在20世纪二三十年代的旧金山，尤金无法摆脱摩根纳的监视，也无法摆脱旧金山的束缚，直到他伸手打了埃玛一巴掌，直到他抛开日常工作开始在街头游荡，直到他遇见这个自由自在、无拘无束的西班牙吉他手，他的同性恋倾向才有了显露出来的可能。

小说中尤金模棱两可的性取向问题或许与韦尔蒂的自身经历有很大关系。韦尔蒂和约翰·罗宾逊渊源匪浅。马尔斯在韦尔蒂传记中写道："她在杰克逊高

---

[1] Gay dictionary. https://www.moscasdecolores.com/en/gay-dictionary/english/butterfly/

中的时候就认识他……第二次世界大战罗宾逊服役时，尤多拉的信表明她深深地爱着他，而且她很可能早在 1937 年就爱上他了。"①1946 年圣诞前后，韦尔蒂去旧金山看望罗宾逊，原本计划的两周的停留延长到了近四个月。在这期间，韦尔蒂的生活中也经历了一点小麻烦，她隐约觉得她和罗宾逊的关系出现了问题。1947 年 3 月末，韦尔蒂离开旧金山返回杰克逊的时候，她和罗宾逊的关系仍然不明朗。韦尔蒂似乎意识到罗宾逊需要一个男人和他一起生活。（107）这段经历也决定了韦尔蒂对旧金山的感觉："我从来没有像人们应该做的那样爱上旧金山。有时我觉得它很美——那些褐色的山峦和蓝色的海水，也许可以肯定的是——这是我的错，它从来没有给我带来太多的欢欣——我的生活中有点麻烦。当雾落下时，它被重重包围，即使那样也很美——太棒了——当然，大海很美，日落也很壮观——月亮在悬崖下，在海岸的另一边——我很想知道你在那里是怎么想的。"②韦尔蒂很在意罗宾逊对他们之间关系的看法，而这也直接影响到韦尔蒂对旧金山的看法。在小说中，旧金山有美丽的一面，但更多的是压抑的一面，用韦尔蒂的话来说，旧金山有"天空晴朗的一边"，也有"乌云密布的那一边"。（209）同一年秋天，韦尔蒂再次去旧金山探望罗宾逊，这也是韦尔蒂最后一次与罗宾逊长时间的相处。这次探望结束以后，韦尔蒂和罗宾逊之间还是经常保持见面和联系，但两个人待在一起相处的时间越来越少。到了 1949 年初的时候，韦尔蒂对和罗宾逊一起共度余生已不抱太大的希望。同年，韦尔蒂去了欧洲，她和罗宾逊还会经常碰面，但是韦尔蒂回国的时候，罗宾逊留在了意大利，和一个意大利男人确立了正式的关系。此后，韦尔蒂和罗宾逊还是维持友好的关系，但联系愈来愈少。用苏珊娜·马尔斯的话来说，两个人的爱情挺过了二战，却未能坚持到最后，唯有友情一直存在。（109）《来自西班牙的音乐》是韦尔蒂第一次在旧金山停留期间完成的，尤金模棱两可的性取向问题令读者感到困扰，而这也正是那时困扰着韦尔蒂的问题。

尤金打了埃玛一巴掌，这不仅是对女性身体上的暴力行为，尤金的性取向结结实实地打了埃玛一巴掌，也打了摩根纳的社会规范，以及当时的社会规范一个响亮的巴掌。自此，迷雾渐渐散去，显出蔚蓝之色，尤金所苦苦追寻的东西终于明朗，在海边的山崖上，尤金接受了西班牙人送给他的"蝴蝶百合"。当然，在这

---

① MARRS S. Eudora Welty：A Biography［M］. Orlando：Harcourt，2005：56.（下文中对本书的引用以页码标明。）

② Welty to Porter，n. d.［January 1948］［G］//Katherine Anne Porter Papers，Special Collections，College Park：University of Maryland Libraries.

个过程中,尤金的内心就如旧金山的重重迷雾一样,并不是一直清晰明朗的,他经常处在矛盾和挣扎之中。传统的男性气质的呼唤和内心做真实自己的呼喊折磨着他。曾有那么一个时刻,尤金想毁了西班牙吉他手:"尤金伸出双臂,拥抱西班牙人,却连西班牙人腰围的一半都抱不过来。即使这样,他也能感到他竟然如此之轻。他只需往前轻轻一推,就可以把他推倒。花朵在他的眼皮下从西班牙人柔软的手里飘到风中,落下。如果再推一下,西班牙人也会掉下去,消失得无影无踪。只需轻轻一推,他就会掉下去。"(211)终于,拨开内心的重重迷雾后,尤金最终能拥抱真实的自己,他"紧紧抱着西班牙人,好像已经等待他很久,好像一直深爱着他,终于找到了归宿似的"。(211)回到摩根纳后,尤金死于肺结核。从叙述中我们知道,"尤金曾经很长一段时间在地球的另一个地方生活"。摩根纳镇的人对尤金在外面的生活仍然很好奇,一如既往地打听他的妻子、孩子的情况,但尤金身在异乡的时候明白了一个重要的道理:"不必理会那些一心只想打听的人。"(262)尤金没有对摩根纳的人透露他在外面的生活情况,直至他去世,人们对他的评价只能是"他谁也不招惹"。(262)

无论是生活在密西西比的摩根纳,还是生活在大都市旧金山,南方的骑士们不再儒雅绅士,不再英勇果敢,也不再是荣誉和勇气的化身,他们无法挣脱社区理念,也无法摆脱传统的监视。面对社会的变迁,他们苦闷彷徨、焦灼不安。而生活在同一个世界的女性,她们能摆脱传统的束缚,勇敢地回视这个社会吗?

第二节 女性回视: 那些微笑的美杜莎

1915 年,尤多拉·韦尔蒂六岁。那一年,范德堡大学(Vanderbilt University)的埃德温·米姆斯(Edwin Mims)教授向弗吉尼亚州伦道夫·梅肯女子学院(Randolph-Macon Women's College)的毕业生们提出了以下主张:"如果说有一件事是南方人引以为豪的,那就是他们对女性的崇敬。在伯克①悲叹欧洲骑士时代的逝去很久之后,我们在战前的社会生活中保持了骑士精神的外在形式和内在精神,尤其是对温顺女性的骑士态度。"然后他建议这些即将毕业的女性如何作为一个受过教育的南方妇女来生活。② 的确,19 世纪中叶到 20 世纪早期的

---

① 埃德蒙·伯克(1729—1797),爱尔兰政治家、作家、演说家和哲学家。

② MIMS E. The Southern Women: Past and Present [J]. Bulletin of Randolph-Macon Women's College, 1915(July): 3 - 17.

几十年中,美国南方女性享有令人羡慕的声誉。南方女性被尊崇为一种神圣的存在,用传统、夸张的南方术语来说,"她是南方的守护神,这个南方的女人,带着雅典娜的盾牌,在云端闪烁着白色的光芒,她是凝聚的标准,是敌人面前民族的神秘象征。她是阿斯托拉特的百合花般纯洁的少女,是博天山的狩猎女神,她是上帝可怜的母亲。只要一提到她的名字,就连坚强的男人也会泪流满面或大声哭泣!"①类似的表述比比皆是,诸如19世纪30年代佐治亚州百年庆典上的祝酒词:"女人!!! 我们所有感情的中心和周长、直径和弧长、正弦、正切和正割!"②韦斯特林称尽管这种自负地用几何学维度来称赞女性的做法并不多见,但在整个19世纪的公开声明中,同样的观点也得到了普遍的回应,并在托马斯·纳尔逊·佩奇(Thomas Nelson Page)③和小托马斯·迪克森(Thomas Dixon)④等南方辩护者的小说中延续到了20世纪。⑤ 比较直观的一个例子就是玛格丽特·米切尔(Margaret Mitchell)的小说《飘》取得了显著成功,并在1937年获得普利策文学奖。这部作品刻画了南北战争时期美国南方人物的习俗礼仪、言行举止、精神观念、政治态度等南方社会的生活百态。1939年在亚特兰大首映的电影《乱世佳人》取得了巨大的成功,特别是女性人物斯嘉丽·奥哈拉(Scarlett O'Hara)的南方淑女形象更是深入人心。进入现代社会,女性美德的老式定义对女性的控制和影响有所减弱,但美国南方比其他任何地区都更紧紧地抓住自己的过去不放,坚守南北战争前的神话,而作为战前世界迷人缩影的南方淑女形象成为战前神话最有力的明证。

白人男性崇拜、尊敬白人女性是有条件的。19世纪中叶,推崇女性服从男权统治的代言人乔治·菲卓(George Fitzhugh)指出,女性享有的受保护的权利中包含了女性服从男性统治的义务:"只要她紧张、易变、反复无常、娇弱、缺乏自信和依赖于男性,男人就会崇拜和爱慕她。她的弱点就是她的力量,而她真正的艺术就是培养和提高这种柔弱能力。自然而然,女人应该从公众的目光中退避,从生活的斗争和竞争中退缩……丈夫、上帝和主人,是上天为每个女人设计和指派的,她应该爱恋、尊敬和服从……如果她顺从,她就不会有遭受虐待

---

① CASH W J. The Mind of the South [M]. New York: Alfred A. Knopf, 1941: 86-87.
② CASH W J. The Mind of the South [M]. New York: Alfred A. Knopf, 1941: 86-87.
③ 托马斯·纳尔逊·佩奇(1853—1922),美国作家、外交家,他的作品促进了描写南方种植园的浪漫传奇小说的发展。
④ 托马斯·迪克森(1864—1946),著有《族人》,这是一部美国重建时期高度浪漫化的小说。
⑤ WESTLING L. Sacred Groves and Ravaged Gardens: The Fiction of Eudora Welty, Carson McCullers, and Flannery O'Connor [M]. Atlanta: University of Georgia Press, 1985: 10.

的危险。"①

顺从为女性特质的第一要义,这在众多研究美国南方社会生活的文献中都有比较统一的论述。安妮·费洛尔·斯科特(Anne Firor Scott)在《南方淑女》一书中就引用过一位自称是"弗吉尼亚州最古老学院院长"的父亲写给新婚女儿的信。在信中,他要自己的女儿明白她在家庭中的位置。他指出,只有妻子的行为才能决定婚姻的幸福与否。她必须从一开始就下定决心,不管丈夫会做什么,她决不反对她的丈夫,也决不表现出不快。一个男人有权要求他的妻子对他的判断完全有信心,并相信他总是最明智的。"与丈夫的意见相左应该被认为是最大的灾难。"这位父亲告诫他的女儿,一个允许与丈夫有不同意见发生的女人可能会失去丈夫的爱以及所有幸福的希望。他要求他的女儿对待丈夫要和蔼、温柔、审慎并全心全意。② 这封信当时发表在《南方文学信使》(*The Southern Literary Messenger*)上,足以看出这位院长父亲对自己女儿的告诫绝非个例,他对女儿的教导也是他对美国南方整个社会女性的教导,而这种教导中所传达的理念也是被全社会所倡导和推行的。无独有偶,伯特伦·怀亚特-布朗在其著作《南方荣誉》中解释说:"性别和家庭习俗的执行是社区事务。所有的男性都认为,女性和其他依靠男性的领导生存的人一样,应该是服从的、温顺的。"他引用北卡罗来纳州的詹姆斯·诺科姆(James Norcom)博士的论述来论证自己的观点:"上帝以不可思议的智慧,已经为女性指定了一个位置,也给她分配好了职责,除此之外,她们无法完成她们的使命,也无法确保获得她们的幸福。"③

苏珊·鲍尔多(Susan Bordo)在研究女性特质时,总结了前人的相关论述,指出娇弱的女子是一种具有强烈阶级内涵的理想,它是维多利亚时期对女性特质最有力的意识形态再现,影响了所有阶层的妇女。④ 到了 19、20 世纪的美国南方,娇弱的女性有了新的版本。理查德·金(Richard King)在研究 20 世纪 30 年代和 40 年代美国南方的文艺复兴时概括了种植园生活的父权制结构以及由此产生的传统文化。他认为,作为种植园的女主人,"她是一个慷慨的

---

① 参见 SCOTT A F. The Southern Lady: From Pedestal to Politics, 1830 - 1930 [M]. Charlottesville: The University Press of Virginia, 1995: 17.

② 参见 SCOTT A F. The Southern Lady: From Pedestal to Politics, 1830 - 1930 [M]. Charlottesville: The University Press of Virginia, 1995: 6.

③ WYATT-BROWN B. Southern Honor: Ethics and Behavior in the Old South [M]. New York: Oxford University Press, 1982: 228.

④ 苏珊·鲍尔多. 不能承受之重——女性主义、西方文化与身体[M]. 綦亮,赵育春,译. 南京: 江苏人民出版社,2009: 382.

女人，能满足管理家庭的需要，并能照顾家庭的日常需求，包括家族里的白人和黑人……南方妇女陷入了社会的双重束缚：对男人，她要顺从、谦恭和温柔；对待孩子和奴隶，处理家务，她应该表现出管理能力、主动性，以及充沛的精力。"①诚然，女性的位置就是在家庭，她应该对丈夫顺从和尊敬，同时又要能管理好家庭。

除此以外，南方社会对女性还有其他诸多方面的要求。鲍尔多在《身体与女性特质的再造》中指出，无论是 19 世纪的医生，还是 20 世纪的女性主义评论家，他们都研究归纳了一种 19 世纪西方模式化的女性特征——敏感、爱空想、性欲被动、性情多变但迷人。②鲍尔多进一步指出，女性性欲作为象征不受约束的女性力量和女性欲望的隐喻，在文学和电影作品中通常以女性饥饿的形式展现出来，以此表明"女人的性欲必须被控制，因为她们有可能耗尽男人的肉体和灵魂"。③在欧洲，早在基督教成为西方正统宗教之前数千年，性就与男性统治连在一起了。女性的性，连同女人，成为一切肉体邪恶的源头。④传统的观念认为，"好女人都否认自己对性方面的事情感兴趣，否认她们自己的性"。⑤同欧洲传统对女性的要求如出一辙，南方女性只有在婚姻生活中才被允许有性行为。一种普遍的社会认知是只有男人和堕落的女人才是性动物，纯洁的女人不能有情欲。⑥

在美国南方，女性身体的纯洁是女性荣誉最核心的部分。伯特伦·怀亚特-布朗认为女性的荣誉一直表现为克制和禁欲，"她不能（也就是说，永远不应该）像男人一样说出自己的激情"，她还必须"抑制最强烈的感情"，同时也要表现出一种"满足感和安逸感"。⑦女性的激情更是被认为与欺骗行为和挥霍浪费一样具有破坏性。"女性的激情、欺骗和挥霍"等同于"不断威胁公民道德的腐败"。在家

① KING R H. A Southern Renaissance: The Cultural Awakening of the American South, 1930 – 1955 [M]. New York: Oxford University Press, 1980: 35.

② 苏珊·鲍尔多. 不能承受之重——女性主义、西方文化与身体[M]. 綦亮, 赵育春, 译. 南京: 江苏人民出版社, 2009: 195.

③ 苏珊·鲍尔多. 不能承受之重——女性主义、西方文化与身体[M]. 綦亮, 赵育春, 译. 南京: 江苏人民出版社, 2009: 134.

④ 理安·艾斯勒. 神圣的欢爱[M]. 黄觉, 黄棣光, 译. 北京: 社会科学文献出版社, 2009: 31.

⑤ ABU-LUGHOD L. Veiled Sentiments [M]. Berkeley: University of California Press, 1986: 131 – 132.

⑥ SCOTT A F. The Southern Lady: From Pedestal to Politics, 1830 – 1930 [M]. Charlottesville: The University Press of Virginia, 1995: 54.

⑦ WYATT-BROWN B. Southern Honor: Ethics and Behavior in the Old South [M]. New York: Oxford University Press, 1982: 227.

庭提供的保护空间之外，女性"对年轻共和国的稳定构成了强有力的威胁"。① 南方女性对自己的约束中也有类似的表述："我将努力通过神性恩典的帮助，实践在我的健康所能允许范围内的禁食和禁欲，抑制一切身体邪恶的倾向。"②对女性纯洁的要求在南方文学中也比比皆是，比如在福克纳的小说《喧哗和骚动》中，康普生家族中的妹妹凯蒂失去了贞洁，她的哥哥们也因此在精神上被驱逐出伊甸园，不能再崇拜她、爱护她。在美国南方的社会和经济体制下，女性的性欲问题变得更为复杂，它不仅和宗教和道德有关，还和维护种族纯洁有关。

　　在白人至上的传统南方社会，女人还必须代表种族的纯洁，这是男性维持其种姓所必需的。在种植园经济体制下，南方女性与欧洲受骑士精神传统保护的女性不同，她们还担负着维护种族纯洁的重任。白人男性往往把南方种植园描绘成优雅的社会，对盎格鲁-撒克逊人种族的纯洁性自命不凡。在南方白人文化中，黑人男性被描绘成体育运动的超人，是南方白人民间传说中最令人恐惧的存在，这些民间传说通过幻想黑人超强的性能力和生殖能力来补偿他们在政治上（有时是文字上的）的去势。③ 白人女性被要求远离黑人男性，承担起维护种族纯洁性的重任，但许多男性在自己的性行为中却经常违反这一要求。白人男性与黑人妇女之间发生的不合法的亲密关系在美国南方司空见惯，很多黑人妇女被剥夺了控制自己身体的权利，被迫成为白人男性的姘头。白人女性对此只能视而不见，被冷冰冰地孤立在自己的神坛上，接受来自南方的骑士的崇拜。在实际生活中，对女性的尊敬和保护实则已成为一个令人痛苦的谎言。事实上，白人男性与黑人女性之间的亲密关系对生活在南方的人来说都是心知肚明、显而易见的，而且在一些日记或日志中也有相当普遍的记录。比如，在论述上层社会的美德和恶习时，卢修斯·维鲁斯·比尔斯（Lucius Verus Bierce）写道："上层社会的美德是热爱自由、好客、慈善和良好的荣誉感，恶习是酗酒、懒惰以及所有阶层的男性都与黑人女性有着恣意的联系（性关系）。这种邪恶已经蔓延到各个角落以至于超过一半的奴隶人口都与白人

---

① ARNOLD M H. 'The Life of a Citizen in the Hands of a Woman': Sexual Assault in New York City, 1790 to 1820 [M]//PEISS K, SIMMONS C. (eds.). Passion and Power: Sexuality in History. Philadelphia: Temple University Press, 1989: 51-52.

② 参见：WESTLING L. Sacred Groves and Ravaged Gardens: The Fiction of Eudora Welty, Carson McCullers, and Flannery O'Connor [M]. Atlanta: University of Georgia Press, 1985: 10.

③ WESTLING L. Sacred Groves and Ravaged Gardens: The Fiction of Eudora Welty, Carson McCullers, and Flannery O'Connor [M]. Atlanta: University of Georgia Press, 1985: 23.

有某种联系。"①类似的记录在历史学家的研究中也得到了证实。在一项关于奴隶制的现代研究中，历史学家肯尼斯·斯坦普（Kenneth Stampp）总结道："种族间的性接触并不是少数堕落白人的罕见反常现象，而是在涉及所有社会和文化层面的白人中频繁发生。"奴隶主阶层的成员在这一方面可能具有明显的优势，因为他们很容易接触到女奴，因而他们之间的异族性关系似乎比任何其他群体的成员更为普遍。② 南方各个阶层的女性必须要面对尴尬的局面，默默承受痛苦。

除此之外，在美国南方，传统的惯性思维把白人女性和土地相连，这种文化思维可以追溯到最早的欧洲探险家在北美开拓殖民地时期。新大陆的定居者把他们的土地称为处女花园，这种倾向在美国南方表现得尤为明显，并最终影响到文化中的女性观。从一开始，南方的这片土地就被视为是女性化的，而南方白人男性对这片富饶土地的开发和掠夺也反映了他们与配偶、女儿关系中的矛盾。③ 对土地的女性化看法使得理想状态下的南方女性所承担的责任进一步加重。南方的绅士们热爱他们的土地，为了维护他们所认为的荣誉和他们对这片土地应有的管理，和美国北方进行了一场灾难性的战争，然而他们也知道他们的贪婪和破坏性的耕种和畜牧方法破坏了土地的完整性，他们对它的多产性的态度和对与之相连的女性的态度一样充满了矛盾。④ 对南方的绅士而言，女性的纯洁代表了土地的纯洁，女性的完整代表了土地的完整。女性与土地一样，是神圣不可侵犯的。

南方女性还被誉为是虔诚、高尚的代表，她们是南方社会道德的载体。凯特·米利特在《性政治》中指出男权社会要求女性起到男性良心的作用，过一种合乎道德的生活，而这正是男性感到厌倦但又必须有人做的事情。⑤ 在南方社会，白人女性确实担负着"男性良心"的作用，按路易丝·韦斯特林的说法，"女人是男人的荣耀"，因为女人体现了爱，而爱是上帝的主要特性。"男人是优越的动物，拥有超群的智慧，但女人是优越的存在，拥有非凡的品格，是上帝

① BIERCE L V. Travels in the Southland, 1822-1823: The Journal of Lucius Verus Bierce [M]. Columbus: Ohio State University Press, 1966: 78.

② STAMPP K. The Peculiar Institution: Slavery in the Anti-bellum South [M]. New York: Alfred A. Knopf, 1965: 356.

③ WESTLING L. Sacred Groves and Ravaged Gardens: The Fiction of Eudora Welty, Carson McCullers, and Flannery O'Connor [M]. Atlanta: University of Georgia Press, 1985: 10.

④ WESTLING L. Sacred Groves and Ravaged Gardens: The Fiction of Eudora Welty, Carson McCullers, and Flannery O'Connor [M]. Atlanta: University of Georgia Press, 1985: 9.

⑤ 凯特·米利特. 性政治[M]. 宋文伟，译. 南京：江苏人民出版社，2000：46.

一切工作的典范。"①在南方女性的日记或书信中,我们能经常读到类似的描述:"我们有责任尽可能地实现我们的丈夫、孩子和朋友们所珍视的理想";"我将尽我所能为所有人行善,尤其是不能愧对家庭对我的信任"。为了达到社会的期望,女性往往要付出巨大的努力与自己的内心抗争。"男性行动,女性忍受。"一位女性作家承认,无论对错,都要压抑厉声回答的冲动,要坦诚承认错误,要制止为自己辩护的想法。而为了时刻做到这些,她内心犹如进行着生死之争。②

南方的女性在克制自己、走向完美的路上,宗教信仰起到很大的作用。19世纪南方妇女的日记和信件中充满了自我贬低、对精神更纯洁的祈祷,以及为了实现男人为她们树立的所有理想而对自己的告诫。③ 在实际生活中,南方的女性也是这样做的,她们从上帝、宗教和圣经中汲取力量。写宗教日记是很多女性惯常的做法。在日记中,她们记录自己追求完美的心路历程。有的女性在婚后不久,全神贯注于每天的冥想,痛苦地审视她在为宗教完美而无休止地斗争时所取得的进步。她祈求上帝洗去她的秘密过错,使她免于急躁的脾气,并敦促自己完全服于上帝的神圣旨意。在日记中,她为自己内心不够柔软而感到痛惜,她为自己没有以基督徒的坚忍忍受剧痛感到内疚。④ 这并不是一个反常的完美主义者,类似的信件和日记普遍存在于美国南方的女性中。许多女性认为,如果她们在"上帝指给她们的领域"中不快乐或感到不满,那一定是她们自己的错,通过重新努力,她们可以做得更好。另一位女性在日记中写道:"我最大的罪过是思想游荡和精神急躁。"她在日记中告诫自己做事情要更有计划,更勤奋、谨慎和节俭,对仆人也要更有耐心。⑤ 她仍然觉得有必要不断努力培养一种开朗的精神,用她那"迟钝任性的心"请求上帝的帮助,为自己没能成为一个更忠实的仆人而请求上帝的宽恕。⑥

---

① WESTLING L. Sacred Groves and Ravaged Gardens: The Fiction of Eudora Welty, Carson McCullers, and Flannery O'Connor [M]. Atlanta: University of Georgia Press, 1985: 18.

② 参见: WESTLING L. Sacred Groves and Ravaged Gardens: The Fiction of Eudora Welty, Carson McCullers, and Flannery O'Connor [M]. Atlanta: University of Georgia Press, 1985: 16.

③ WESTLING L. Sacred Groves and Ravaged Gardens: The Fiction of Eudora Welty, Carson McCullers, and Flannery O'Connor [M]. Atlanta: University of Georgia Press, 1985: 18.

④ SCOTT A F. The Southern Lady: From Pedestal to Politics, 1830 – 1930 [M]. Charlottesville: The University Press of Virginia, 1995: 10.

⑤ SCOTT A F. The Southern Lady: From Pedestal to Politics, 1830 – 1930 [M]. Charlottesville: The University Press of Virginia, 1995: 29.

⑥ Lucilla McCorkle Diary. 参见: SCOTT A F. The Southern Lady: From Pedestal to Politics, 1830 – 1930 [M]. Charlottesville: The University Press of Virginia, 1995: 12.

南方的女性处在男性统治之下，就如韦斯特林引述玛丽·切斯特(Mary Chestnut)女士所说的那样："世上没有像女人一样的奴隶。"①所有已婚妇女、女孩和女童都是生活在父亲家里的奴隶。米利特指出"维护大男子主义的优越性比维护白人至上的优越性更为重要。我们社会中的性别歧视也许比种族歧视更为普遍。"②南方社会对女性设定的规范强调女性的温柔、纯洁和灵性，同时又否认她们的智力。女性被要求取悦她们的丈夫，满足他们的身体需要，掩盖他们的轻率行为，并不让他们担心，不给他们增加任何麻烦。所有这些描述和禁令都包含在南方的信条中。这种对女性生活方方面面的专制和特权当然是父权制的典型，但在白人至上的南方世界中却显得尤为迫切。女性被要求温顺，这是为维护男性统治服务的；女性被当作种族纯洁性的代表，这是她的男人维持其种姓所必需的，同时弥补了他们在自己的性行为中经常犯下的错误；女性被要求克制、虔诚，女性的美德代表了南方的美德。顺从、纯洁和虔诚的女性强化了男性的英雄气概，他们成为精力充沛、聪明能干的指挥官。女性被美化，成为被崇拜和保护的对象，这种崇拜主要是为了维护男权统治服务的，同时也把对另外一个族群的压榨的罪恶掩盖起来。当女性开始公开拒绝配合男性的统治，开始作为一个独立的、有血有肉的个体坚持自己的主张，甚至开始坚持自己的性取向，成长为南方风格的新女性，南方男性气概和淑女神话开始走上消解之路。南方家庭浪漫史———一个充满激情和罪恶的故事，浪漫的白人男性理想化他们的土地、他们的女人，以及个人自由的准则，但却以奴役另一个种族作为代价，而这些白人男性，他们一代接一代，背叛他们自己的女人，把他们的血与奴隶的血相混合———也不再浪漫。③

《金苹果》中的故事"显示了一个深受男权影响，既依赖又抵制男权文化和男权性观念的女性社会"，而这个"女性社会最强有力的捍卫者——社区的母系领袖——成为自己被监禁的最强大的执行者"。④ 摩根纳妇女在本质上形成了一个在文化强加给女性的个人义务和女性的个人欲望之间获得平衡的网络。每一位女性都以自己的方式回视女性传统，她们或抵制，或抗争，或寻求和发现女性作为主体展示自己的诉求。她们力求回避传统的凝视，摆脱来自社区的监视，谱

① WESTLING L. Sacred Groves and Ravaged Gardens：The Fiction of Eudora Welty, Carson McCullers, and Flannery O'Connor [M]. Atlanta：University of Georgia Press, 1985：22.

② 凯特·米利特. 性政治[M]. 宋文伟, 译. 南京：江苏人民出版社, 2000：47.

③ WESTLING L. Sacred Groves and Ravaged Gardens：The Fiction of Eudora Welty, Carson McCullers, and Flannery O'Connor [M]. Atlanta：University of Georgia Press, 1985：38.

④ PECKHAM J B. Eudora Welty's The Golden Apples：Abjection and the Maternal South [J]. Texas Studies in Literature and Language, 2001, 43(2)：194 - 217.

写一曲女性探求自我之歌。顺从、虔诚、沉默的女性不再配合南方英雄们的游戏,她们开始拒绝合作,开始追求自我的欲望,活成有血有肉、有激情、有思想的个体。她们可能会被孤立,也极可能被惩罚,但她们仍然孜孜以求,寻找着生命中的金苹果。

> 我走出去,来到榛子林中,
> 脑袋里正燃烧着一团火。
> 我砍下一节榛木,削成了手杖,
> 将一颗浆果系在了绳上。
> 白蛾子四处飞舞之时,
> 蛾子似的群星闪烁起微光。
> 我投掷浆果在溪流中,
> 钓起一条银色的小鲑鱼。
> 我把鲑鱼放在地板上,
> 转身去把炉中火吹旺。
> 这时地板上沙沙作响,
> 有人唤出了我的名字。
> 鲑鱼变成了晶莹的姑娘,
> 她的头上戴着一朵苹果花。
> 她叫着我的名字,向我跑来,
> 又在亮晶晶的天光中消失了。
> 尽管我已老了,流浪倦了,
> 空谷和山岭都走遍了,
> 我还是要找到她的去向,
> 握住她的双手,亲吻她的唇。
> 和她一起走过斑驳的长草地,
> 摘下月亮的银苹果
> 和太阳的金苹果,
> 直到时间的尽头。

——叶芝《流浪的安格斯之歌》①

---

① 叶芝. 当你老了[M]. 宋龙艺,译. 北京: 北京理工大学出版社,2015: 34 - 35.

小说名为《金苹果》，取自叶芝的诗歌《流浪的安格斯之歌》。在叶芝的诗歌中，男人有"游荡（wonder）"的权利，可以追逐幻想中的女性、追逐自己的欲望，而女人只是男性的视觉对象和幻想的对象，女人不被授权成为性别关系中拥有主动权的追求者。在小说集中，这个漫游者是金·麦克莱恩，也是他的两个双胞胎儿子尤金·赫德森和卢修斯·兰德尔。但对韦尔蒂而言，小说集中的追寻者更多的是这些生活在摩根纳的女性，在这个"性别和家庭公约的执行是社区的事务"①的小镇，有一部分女性开始慢慢走上"漫游"之路，尽管缓慢，尽管步履蹒跚，但她们以自己的方式开始追逐生命中的金苹果。这些女性是斯诺蒂·麦克莱恩，是马蒂·威尔，是艾克哈特小姐，是维尔吉·雷尼，是伊斯特尔，甚至是梅登·萨默罗尔和卡西·莫里森。在整个小说集中，韦尔蒂多次引用叶芝的《流浪的安格斯之歌》，读者在男性漫游者和女性漫游者身上时而能瞥见叶芝诗歌中的流浪者的意向，而这些女性漫游者，她们时而化身为头戴苹果花环的"晶莹的姑娘"，是男性追逐的客体，是男性的欲望对象，时而她们又成为追逐的主体，如同叶芝诗歌的中的安格斯一般，生活在想象和欲望之中，她们"走过斑驳的长草地"，走遍空谷和山岭，不断追逐着生命中的金苹果。在追逐的旅途中，她们的胸中燃起一团火。那是斯诺蒂自我微弱的火苗：离开男性的保护，女性也可以发出自己的光芒；那是马蒂·威尔的心火：她开始发现男性的脆弱——所谓的男性气概、男性英雄，很多情况下只是一种幻觉，那并不真实；那是艾克哈特小姐对艺术的执着追求之火；也是维尔吉·雷尼对自由、自主人生的向往之火。在幻想和追逐的过程中，女性的欲望开始苏醒，这是女性成为自己的主人的一个重要的方面，女性成为更有能动性的主体。或许磕磕绊绊，有时胆战心惊，但终归，这群南方的无欲天使们用自己的方式开始幻想，开始去看了，她们开始用自己的行动来回视这个既保护她们又禁锢她们的南方社会。

首先进入读者视野的是斯诺蒂·麦克莱恩小姐——"我讲的是斯诺蒂·麦克莱恩小姐的故事。"（3）开篇的第一句，故事的叙事者凯蒂·雷尼就开始向读者娓娓道来。凯蒂·雷尼是摩根纳镇上对女性教条最为忠诚的拥护者，小说集始于她的叙述，也终于她的逝世。在她的叙述中，我们很快得知斯诺蒂是《金色阵雨》中金的妻子，也是兰德尔和尤金的母亲。斯诺蒂成为小镇关注的焦点，是因为她的先生金·麦克莱恩。金是摩根纳镇的传奇人物，他来无影，去无踪，和宙

---

① WYATT-BROWN B. Southern Honor: Ethics and Behavior in the Old South [M]. New York: Oxford University Press, 1982: 228.

斯一样，以性征服摩根纳镇。他和斯诺蒂结婚以后，并没有与她保持传统的婚姻关系，支撑起整个家庭，而是四处游走，到处拈花惹草。一次长时间的离开之后，他要求斯诺蒂"到树林里"(6)见他。那之后，斯诺蒂怀上了双胞胎儿子，而金又一次不辞而别。

斯诺蒂和金的生活总是能助长摩根纳的流言蜚语。斯诺蒂怀孕以后，她日益成为大家关注的对象。虽然这些妇女对怀孕的斯诺蒂尽可能地提供帮助，"大家只要能抽出时间都尽量去陪她，没有哪天没有人去她那儿跟她说说话，拉拉家常"(8)，但她们的行为同时也掩盖了社区对斯诺蒂的不悦："但是，我们一直都没有谁觉得和她很亲近。我会告诉你这是为什么，是什么让她与众不同。那是因为她除了等待孩子出生，别的什么都不期待……因为不能亲近她，我们都很生她的气，但同时大家又都保护着。"(8)作为小镇的主要家族成员，斯诺蒂会受到小镇的保护，但她的"与众不同"又让小镇的女人觉得她是无法亲近的。在韦尔蒂生活的美国的南方，她从小也体会到小镇这种既保护又排外的本质，以及小镇要求绝对的一致性。处在斯诺蒂的位置，如果没有一个可以依靠的丈夫，她应该为她即将成为母亲而感到伤心或担忧，但显然，丈夫的失踪并没有让她愁苦不堪。她的内心是欢愉的，她正在庆祝自己的怀孕，这让镇上的人非常困惑。

> 斯诺蒂一如既往，欢快、勇敢，似乎并没有屈服。她一定有自己的想法，这些想法无非是下面两者之一。一是他死了——如果真是这样，那么她为什么还满面红光？她确实满面红光；二是他抛弃了她，而且是当真的。正如人们所说，如果她那时笑了的话，那是因为她显然还没弄明白。(7)

斯诺蒂的"欢快"和"勇敢"并不是小镇的人们所愿意看到的，在故事的叙述者凯蒂的话里话外都流露着小镇人们对斯诺蒂反应的不赞同。"正如人们所说"这一类的表达表明，凯蒂对斯诺蒂的观察是建立在摩根纳人们的推断之上，而这种推断弱化了斯诺蒂的勇敢和坚强，她的欢快被贬低为自我保护的妄想。然而，凯蒂也使用了更为微妙的假设性语言，比如"似乎"和"一定有"，将自己与摩根纳镇人们的语调定在同一个基调：她和小镇的人们一样，无法理解斯诺蒂对自己非传统母亲身份的积极接受。凯蒂的暗示性语言甚至更直接地贬低斯诺蒂，把她定义为一个困惑的孩子，而不是一个独立的母亲，比如"她皮肤娇嫩，如同婴儿一般"(3)；"我一直在她家进进出出，并不觉得斯诺蒂看清了生活。也许从开始就这样。也许她只是不知道有多么严重。那不是我所持的态度，我十二岁左右的态度。"(7)正如凯蒂的语言所暗示的，摩根纳社区将斯诺蒂婴儿化。尽管凯蒂将斯诺蒂描述为一个受过教育的年轻女性，但所有的一切在凯蒂看来，都不是斯诺蒂自己主动选择的结果——她不具有选择的能力，所有的一切只是自然而然地发生在斯诺蒂身上而已。

在摩根纳镇，一致性是社区所追求的目标，斯诺蒂因其反应超出了小镇的预期而成为一个局外人。当斯诺蒂小姐在内心庆祝自己的守寡时，镇上的女性开始回避她；虽然大家没有言明，但大家都能明确感觉到她们对斯诺蒂的情感变化。斯诺蒂小姐之所以被边缘化，是因为她表达了一种真诚的情感，在小镇看来，这种情感对于她所处的妻子和母亲的位置来说是不恰当的。由于她没有悲伤，她被推到了她的正常预期角色之外，成为了一个无法辨认的部分组合，而不是一个完整的整体。

马蒂·威尔是《兔子先生》中的主要人物。在这篇短篇中，金·麦克莱恩是森林中的漫游者，他在斯塔克家的树林里寻找着他的猎物。然而很快，马蒂·威尔就开始成为叶芝诗歌中的流浪者安格斯，离开她的先生霍利菲尔德的保护，开始在树林里的漫游。在漫游的过程中，马蒂与金相遇。在与金的邂逅中，她渐渐掌握了主动权，像个男人一样，开始观察，开始理解，开始追逐自己的欲望和快感。

马蒂·威尔的全名是马蒂·威尔·索杰纳。索杰纳（Sojouner）这个词本身就是"旅居者"的意思，韦尔蒂从名字上就赋予了马蒂漫游者的身份，而且在小说中，马蒂也是那个漫游的安格斯。她先透过树林，从远处观看传说中的金·麦克莱恩先生；之后，她不听霍利菲尔德的警告，摆脱他的控制，一个人在树林里寻觅；被金·麦克莱恩先生强奸之后，她并没有痛不欲生，而是一个人在树林里游走。在漫游的过程中，马蒂摆脱了女性欲望对象的角色，成为追逐的主体。在追逐的过程中，马蒂的性欲苏醒了，更为重要的是，她获得了思索和观看的能力，这也是女性获得知识的途径。

韦尔蒂首先赋予了马蒂观看的能力。一直以来，南方女性都只是被观看的对象，或是自我的观察者，马蒂却开始好奇地东张西望。她从两棵树之间的缝隙远远地望去，看见金·麦克莱恩先生"身穿一套浆得笔挺的白色西装"(94)，进而做出自己的判断，认为他并不是真正在打猎，只是"身着盛装在林中转悠"。马蒂对麦克莱恩先生的幻想和迷恋开始初露端倪，她暗自揣度道："那人若真是金·麦克莱恩先生的话，没有人会朝他开枪的。谁会朝他开枪呢？"(94)此时，麦克莱恩先生成为叶芝诗歌中的"若隐若现"的姑娘，他的身影时而出现在树的一侧，时而又消失在另一棵树的后面，他吹着口哨，显得彬彬有礼。（94）在这一阶段，马蒂对金的迷恋是建立在她的幻听和幻想之上的，同时这也是摩根纳社区集体幻想的结果。用哈里特·波拉克（Harriet Pollack）的话来说，"故事中的主人公，诸如金·麦克莱恩、维尔吉·雷尼不仅本身很有趣，他们在摩根镇的人的想象中拥有神话人物般的声望。通过社区共同的神话创造，这些漫游者象征着个人对自由的渴望，他们打破界限，进行着创造性的、充满欲望的、探索性的漫游。这些漫游者成为他们周边人心目中的人物。"①金·麦克莱恩在小说集的开篇《金色阵雨》中，就被摩根纳社区赋予了神秘感而充满男性魅力。在凯蒂·雷尼的叙述中，他俨然是多情而好色的宙斯。凯蒂本人也对金有某种幻想。她对金与自己的妻子在摩根纳树林里的约会感到愤愤不平，隐隐透露出某种嫉妒。随着故事的推进，读者开始意识到，不仅仅是凯蒂，整个摩根纳社区都在参与对金·麦克莱恩男性魅力的幻想和神话构建。在集体创造的神话中，金的男性魅力披上了神秘的色彩。在马蒂的幻想与意念中，金更具有不可抗拒的男性魅力。

马蒂对金的幻想早在她结婚之前就发生过。在《兔子先生》的第一部分曾有过类似的场景。那时，马蒂才十五岁，她看见金·麦克莱恩出现在山核桃树林的另一侧，慌乱叫出声："哦，哦，我听说过你，金·麦克莱恩先生！"（91）那时，金让她既惊慌失措又兴奋不已，因为金也是她欲望的对象。当她幻想着金向她走来，真正出现在她身边的却是麦克莱恩家的两个双胞胎儿子。马蒂既惊讶又高兴，她和金的两个儿子在湿漉漉的田地里打滚：

> 其中一个人抓住她的围裙，另一个钻到围裙底下，她摔倒了。他们俩一个使劲压她的胳膊，另一个踩她没有穿鞋的脚。他们咬着嘴唇，骑在她身上。一只小手蒙住她的眼睛，那只手满是萤火虫的臭味。（这么早就有萤火虫了？）这块由她先发现的地方，传来浓郁的泥土的清新气息。他们在刚刚翻过的畦垄上打滚。（92）

马蒂与尤金和兰德尔在田野里的嬉戏、打闹并没有直指他们之间有性行为发生，但这一过程既暴露了女性被唤醒的欲望，也指出了女性的脆弱性。15岁

---

① POLLACK H. Eudora Welty's Fiction and Photography：The Body of the Other Woman［M］. Athens：The University of Georgia Press，2016：179.

的这个故事是否真实发生过，或者仅仅只是马蒂的幻想，我们无从考证，但这似乎并不会影响故事的发展。在马蒂的回忆（幻想）中，马蒂的性欲欲望苏醒，就如同春天田野里的泥土传出"清新的气息"，故事中的欲望基调已恰到好处地弥漫在空气中。在幻想的过程中，马蒂·威尔界定了自己的性别身份，构建起一个不同于传统性别叙事的故事。

马蒂先是观看，进而迈开步伐，审慎但又固执地去树林中探索。她没有听从丈夫的警告"马蒂·威尔，你要是敢出去，我会敲烂你的脑袋"（97），而是接受了金充满男子气的邀请"天啊，出来吧，姑娘"（96）。在两位男性和一位女性的斗争中，韦尔蒂首先揭开了男性气概虚假的面纱——马蒂的丈夫尤里奥尔被枪声吓晕过去：

> 尤里奥尔那双粗大发红的手按住胸口，站起身来，大吼一声。接着他摆出要倒下的架势，那个样子就像霍利菲尔德先生要从梯子上爬下来一样。没有人像他那样做足了准备，甚至霍利菲尔德先生也没有：抬腿踢了一脚，然后转身向后倒在一棵高大的木兰树上……他故意选择了这个位置，没有倒在旁边的青苔上。他俯身横卧在木兰树上，头和身子在树干的一侧，腿和脚在另一侧。然后，当着他们的面，他的身体从中间部位开始瘫软下去，失去知觉，好像在长凳上睡着了一样，只不过这次是趴着而不是躺着。（99）

马蒂逃脱了她丈夫的控制，在一个被枪声吓晕过去、完全失去男性气概的丈夫面前，马蒂占了上风。此时，她与麦克莱恩先生面对面。她的目光落在身旁的麦克莱恩身上，他的气势让她惶恐不安。他猛地抓住她的头发，把她按倒在地。马蒂感觉自己像被一根棍子重重地砸到身上，她惊恐万分。但仅仅只是过了一会儿，她就直视麦克莱恩的眼睛，尽管那眼睛对于她来说，就像树上的花儿一样离他很远。

> 他压在她身上，用他的身体和感官侮辱了她。毫无快乐可言！他压在她身上，高高在上，喜形于色，几近疯狂。（100）

在金对马蒂·威尔的身体侵犯的描写中，韦尔蒂化用了叶芝的诗歌《丽达与天鹅》。在诗歌中，宙斯化身为天鹅，侵犯了丽达的身体。天鹅对女性的侵犯猝不及防，在天鹅的攻击下，女性的顺从、脆弱和无助也被色情化。叶芝的诗歌宣扬的仍然是宙斯的强权，丽达则是被动接受命运的对象。诗歌发表于 1924 年，正是现代社会中，男性作为一个整体正经历男性气质危机的历史时期。叶芝在诗歌中试图借助宙斯的强权，恢复和维护业已削弱的男性权力，重塑男性气概。在诗歌中，男性摆脱历史的摆布，重新成为历史设计者和创造者：宙斯对丽达强暴的结果就是海伦的诞生，进而引发特洛伊战争。

> 腰际一阵颤抖，从此便种下
> 败壁颓垣，屋顶与城楼焚毁，
> 而亚嘉曼农死去。

重塑男性权力和男性气概，这并非叶芝诗歌的全部，诗歌对女性也提出了要求。女性不仅要被动、顺从地接受男性重构男性权威，同时还要参与到构建之中。在诗歌的结尾部分，被侵犯的丽达还需要趁机认同男性权威，即诗歌中提到的"汲神的智慧"——

> 就这样被抓，
> 被自天而降的暴力所凌驾，
> 她可曾就神力汲神的智慧，
> 乘那冷漠之喙尚未将她放下？[①]

在小说中，韦尔蒂一反这种男权叙事，女性不再是被动地、无助地接受男性侵犯的客体。女性主动地，至少是在幻想中审视男性气质，并积极地探求性欲快感。男性也不再是天鹅的化身，他不再神圣、优雅、稳重，又有点得意扬扬，浑身上下充满着男性力量。在马蒂·威尔与金·麦克莱恩的较量中，金的男性气概和魅力走上解构之路，而马蒂的自我慢慢膨大，开始变得有血有肉，有情感，有欲望，开始鲜活起来。在金对马蒂的侵犯中，马蒂开始有机会近距离接触作为男性气质化身的金，并开始琢磨这种摩根纳社区集体构建的男性气质的真实性。在和金的亲密接触中，马蒂揭开了男性气质的神秘面纱。在叶芝的诗歌中，少女应"汲神的智慧"，而在小说中，马蒂嘲弄了"神的智慧"：

---

① 余光中，编译. 天真的歌(余光中经典翻译诗集)[M]. 南京：江苏凤凰文艺出版社，2019：76.

　　　　她趴在地上，像个母亲般摇着头，从头到脚把眼前这个鼾声如雷的男人打量了一遍。他的头、他的脖子像镇上的门廊柱子一样。他的手，还有腿，一边屈着，一边伸着。他身上所有的一切看起来并不比她男人更让人有紧迫感，也并不比一堆被糖厂榨干了汁、扔到坑里晒干的甘蔗更有用。但它们曾让她紧张，以后也会如此。他还是鼾声如雷，好像春天里所有的青蛙都钻到了他的体内。但对于他来说，更像是一首老歌。或者像在他的双手上起落的两只小球、小铃铛。(102)

　　马蒂意识到，金的形象与摩根纳社区集体构建的男性形象大相径庭。此时的金与她的丈夫霍利菲尔德并无二致，一个被吓晕过去，软绵绵地趴在被砍倒的树上，一个靠着树睡着了，"打着鼾，嘴巴呈心形微微张开"。马蒂开始仔细打量眼前的男人，她发现，金"身上所有的一切看起来并不比她男人更让人有紧迫感，也并不比一堆被糖厂榨干了汁、扔到坑里晒干的甘蔗更有用"。金并不是叶芝诗歌中的宙斯，或者如他的名字(King)所暗示的那样，是一个真正的国王，他只是一只发情的兔子：

　　　　深夜，
　　　　时机成熟，
　　　　我终于明白。
　　　　兔子先生习惯
　　　　在树林里跳舞——(102)

　　此时的金已经从宙斯化身的天鹅降格到发情的兔子。不同于天鹅，其交配往往具有精心的仪式，兔子的求偶和交配都非常短暂。兔子擅长繁殖，但其性欲只是象征性的狂热。美国民间传说中布瑞尔兔(Brer Rabbit)，也即兔弟弟或兔子先生，最初源自非洲民间传说，并由非洲奴隶传播到美洲新大陆，在这片新的土地上，它获得了与美洲土著骗子相似的特征。在美国文学作品中，布瑞尔兔也是以骗子的形象被大家所接受。[①] 韦尔蒂以《兔子先生》作为小说的篇名，其指涉显而易见。马蒂·威尔曾经的幻觉让她迷恋金，觉得他是神圣的情人，神秘又

---

① The Editors of Encyclopedia. Brer Rabbit. Encyclopedia Britannica [2014 - 10 - 23]. https://www. britannica. com/topic/Brer-Rabbit.

带点危险,但现在马蒂似乎已经看穿了金,他只是一个过度纵欲的男性,就像兔子先生一样,善于使用一些小的计谋。马蒂意识到摩根纳社区构建的金的公共形象与他真实的样子之间存在极大的差距。他并不是充满男性气概的宙斯、神秘莫测的情人,他只是一个永不停息的漫游者,他的欲望既平凡,又富有传奇色彩,既滑稽又带着点心酸。在马蒂的观看和探寻中,马蒂获取了知识。

艾克哈特小姐是《金苹果》中最为复杂的一位女性人物。她是摩根纳镇的外来者,她在摩根纳的生活并不是很顺意。在小镇人们的眼里,她似乎对镇上的赛瑟先生有某种程度的好感,但赛瑟先生被淹死在大黑河。她和她的母亲相处也不融洽,她的母亲会坐着轮椅,随意进出艾克哈特小姐的钢琴课,打搅甚至嘲弄她的课堂。她对她最喜欢的学生维尔吉·雷尼寄予厚望,把所有的爱都给了她,但维尔吉并没有因此而感激和尊敬她,而是我行我素,一副不为所动的样子。在摩根纳镇,艾克哈特小姐就像居住在一座玻璃房子里一样,毫无隐私可言,她的一举一动都处在小镇的监视之中,成为小镇关注和谈论的对象。在摩根纳的眼里,这位充满激情的钢琴教师并不是一位渴望把音乐传授给孩子们的音乐家,而是一位苦涩的老处女,"她的爱从没给任何人带来好处"(58)。摩根纳的眼睛不断扭曲和放大艾克哈特小姐与小镇其他女性之间的不同之处,直到艾克哈特小姐完全被疏远和孤立。艾克哈特小姐始终没有向小镇妥协,也没有向命运屈服。她固执、倔强,坚守着对音乐的执着,并把这份执着传递给她的学生,哪怕是四处碰壁,哪怕是被孤立、被驱逐、被异化,甚或是成为小镇惩罚的客体。

艾克哈特小姐不是摩根纳镇本地人,她和她的母亲租住在斯诺蒂·麦克莱恩家的房子里。在小镇人的眼里,艾克哈特小姐的生活中弥漫着一种怪异的感觉:卷心菜是用酒煮的,她给孩子们上课的琴房里散发出腌苹果的味道,而且艾克哈特小姐和她的妈妈还吃猪脑。不仅如此,第一次世界大战爆发以后,人们了解到艾克哈特小姐好像是德国人,据说她希望那个独裁者能赢得战争的胜利。也正因如此,艾克哈特小姐一举一动都逃不过小镇人们的眼睛,特别是小镇女性的眼睛。小镇的女人们不能理解她的处事方式,她在葬礼上恣意地大哭的行为很快就成为人们的谈资。

艾克哈特小姐似乎与小镇的售货员霍尔·赛瑟先生有微妙的关系,而这也仅仅只是大家的推测而已。赛瑟先生是斯派兹商场鞋包区的店员,艾克哈特小姐喜欢去那儿买鞋。除此之外,他们之间也没有更多的事情发生,因为他们之间没有交集:"他们不能一起去教堂,因为赛瑟家从祖上开始就是长老会教徒,而艾克哈特小姐则信奉一个前所未闻的教派——路德教。她也不能跟他一起去看电影，因为他本来就在电影院工作。"(46)唯有的线索来自艾克哈特小姐对待一个小玩偶的态度：

> 　　有一次，赛瑟先生送了艾克哈特小姐一件礼物，是一尊福神。这尊福神是一个玩偶，既滑稽，又难看，是斯派兹商场送给买比利金鞋子的小孩的赠品。看到赛瑟先生的礼物，艾克哈特小姐大笑起来。她从来没有那样大声笑过，笑声也跟平时不一样。每次有孩子进入琴房，拿起那尊福神时，眼泪便会顺着她高兴得变形的脸流下来。她笑够后，轻声叹口气，叫小孩把玩偶还给她，小心翼翼地把它放到一张小桌子上，好像那是一瓶刚刚采来的红玫瑰。(48-49)

　　赛瑟先生不久淹死在大黑河。艾克哈特小姐跟其他人一样参加了葬礼，她"突然从人群里冲了出去""使劲点着头""表情不是一般的悲伤"(49)。每个女性在公共场合的言行被规定了什么是允许的，什么是不被允许的。在摩根纳，这种过于激烈的情感表达是不合时宜的。一则自我克制，能默默忍受生活中的苦痛和不幸是南方女性的美好特质。[①] 女人必须默默地忍受痛苦，她可以预见自己的厄运，但无法避免或击退厄运，只能继续微笑着向命运屈从。[②] 二则艾克哈特小姐仅仅只是一个外来者，"葬在这块墓地里的人，艾克哈特小姐都不认识，她没有任何亲人葬在这里。"(49)艾克哈特小姐肆意的自我表达的结果是显而易见的："她在墓地那样哭过之后……有些孩子的母亲便不让她们的小女儿去她那里学音乐了。杰斐逊·穆迪小姐就不再让帕内尔去了。"(50)

　　不幸的事情接二连三地发生。"有一次，一个黑鬼胆大妄为，在晚上九点钟翻过学校的篱笆，抓住艾克哈特小姐，把她按倒在地，威胁要杀了她。"(52)韦尔蒂用非常简洁、委婉的语言来描述一位黑人男性对艾克哈特小姐身体的暴力侵害，她并没有直接言明艾克哈特小姐被这名男性强奸的事实，但根据韦尔蒂一贯的叙事手法，特别是在涉及对女性身体的暴力侵害这一情节的时候，韦尔蒂采用的都是间接的、隐晦的表达方式。比如，《兔子先生》中金·麦克莱恩对马蒂·威尔的强暴——"他压在她身上，用他的身体和感官侮辱了她"(100)，《世人皆知》

---

① SCOTT A F. The Southern Lady: From Pedestal to Politics, 1830-1930 [M]. Charlottesville: The University Press of Virginia, 1995: 4-6.

② WYATT-BROWN B. Southern Honor: Ethics and Behavior in the Old South [M]. New York: Oxford University Press, 1982: 229-230.

中兰德尔·麦克莱恩对梅登·萨默罗尔的身体侵犯——"我很快便拥有了她"（172），以及《强盗新娘》中吉米·洛克哈特对罗莎蒙德·马斯格罗夫的抢劫与身体侵犯等等都是一句话式的描述。而且，从摩根纳镇人们对事件的反应来看，我们可以断定暴力事件的真实发生。摩根纳镇的人们非但没有同情艾克哈特小姐的遭遇，还迫使她和她的母亲搬离小镇，让大家能忘记这件事。而当艾克哈特小姐忽视摩根纳镇人们的意愿，选择继续留在摩根纳镇的时候，小镇的人们感到"很吃惊"，帕迪塔小姐甚至侮辱性地指称艾克哈特小姐与众不同，"单是羞辱是不会要了她和她妈妈的命"（52）。在南方的意识形态中，对女性的身体侵害更多的是一种文化仪式，而非暴力事件本身，其实质是一种性别和种族压迫的工具。它宣扬的是对黑人男性的恐惧、对白人女性的保护，借此巩固和强化白人男性的统治地位，并惩罚这些挑战现有传统和社会秩序的反抗的身体。①

霍尔·赛瑟先生死后，在摩根纳镇已经没有其他可以和艾克哈特小姐结婚的对象。进入婚姻的不可能性成为小镇的人们孤立她的物质基础。在传统的理念里，婚姻是女人的唯一出路，而其背后的理念是在南方家庭罗曼史中，婚姻是一种对女性最有效的控制手段。据新英格兰的一位女性期刊编辑莎拉·黑尔夫人（Sarah Hale）所说，她的寡居生活告诉她，无论在美国南方还是北方，女人都"只能有一种追求"。即使在美国北方，"只有在婚姻中，女人才能寻求幸福，期待自己的重要性……"②。在历史的这一时期，没有一个南方女人可以既身处婚姻之外，同时又被社会接纳，成为其中的一员。女孩们被教导脱离母系社区的危险性，最终她们没有获得任何自主或自由的可能性。③

在小说中，就连吉尼·洛夫·斯塔克，那个曾经认为婚姻、婚外恋都不关别人事的姑娘也接受了这些准则，甚至恳求维尔吉·雷尼赶紧结婚："你该嫁人，别再拖了。"（244）吉尼觉得"必须尽快催促每一个人，甚至连她并不关心的维尔吉，跟她一样，早一点结婚。"（244）事实是，如果一个女人不结婚，她就没有任何其他合适的选择。艾克哈特小姐"老处女"的身份让她处于摩根纳社群之外。摩根纳社群要求行为的一致性，在女性的婚姻方面也不例外。对摩根纳来说，如果有人

---

① GOOD C. The Southern Lady, or the Art of Dissembling [J]. Journal of American Studies, 1989,23(1): 72 - 77.

② 参见：WYATT-BROWN B. Southern Honor: Ethics and Behavior in the Old South [M]. New York: Oxford University Press, 1982: 228.

③ PECKHAM J B. Eudora Welty's The Golden Apples: Abjection and the Maternal South [J]. Texas Studies in Literature and Language, 2001,43(2): 194 - 217.

反对（结婚），那就是提出另一种生活方式，一种对已经做出的选择的智慧产生极大怀疑的另一种生活方式。如果每个人都结婚，那么每一个人就都没有其他的选择，每一个人就都不会受到威胁。

艾克哈特小姐受到摩根纳镇的排斥，除了因为她老处女的身份，还有很大一个原因是她经济上独立。经济上的独立对女性来说也被贴上耻辱的标签。韦尔蒂的作品评论家伊丽莎白·克尔曾指出，对于这些不具有独立生活手段，而她们的家庭又没有能力和意愿赡养她们的妇女来说，一份体面的职业甚至一个成功的职业都不能消除她们作为未婚单身女人的耻辱。① 雷·尚帕涅指出追求体面的职业或成功的职业对女性来说也是一种耻辱。女人似乎逃脱不了被诅咒的命运。如果她们静静地按社会预期（社会指给她们的角色）行事，他们会被诅咒；如果她们追求自己的梦想，她们更会被诅咒。②

对男权社会来说女性对经济独立的追求中蕴含着巨大的危险。凯特·米利特指出男权制统治最有效的方法之一是其对女性臣民进行经济上的控制。在传统的男权社会里，妇女没有法律地位，不能作为真正的经济体存在，因为她们无权拥有自己的财产，也无权挣得经济收入，妇女的地位与她们的经济依赖性紧密相关。米利特进一步指出："很少有妇女能够依靠自己的资源在个人威望和经济力量方面超过工人阶级的地位。作为一个群体……妇女是一个靠剩余物生活的附属阶级，勉强维持温饱的生活使她们变得保守，因为与所有处在她们那种境地的人（奴隶是个典型例子）一样，她们将自己的生存与其供养者的繁荣视为一体。对她们中的大多数人来讲，寻求激进的解放途径的希望似乎太渺茫，甚至连想都不敢想，而且在她们的解放意识觉醒之前将始终如此。"③ 而在美国南方，情况更甚。与教育水平相当的北方女性不同，南方女性即便只是从事体面的教学工作，内心也会感到内疚不安，极不自在。一位有类似经历的女性在她的日记中写道："我勇敢地面对所有的反对和那些爱我的人的不悦，来到这里教书……我曾以为不从教我内心永远都不会满足……"但是思乡的情绪和来自社会的贬损完全让她不知所措，那时，她的"内心是多么疼痛"。即便是对于失去丈夫的寡居女士，为了生计从事一份体面的工作也不能完全被社区接受。在北卡罗来纳州有一位

① KERR E M. The World of Eudora Welty's Women [M]//PRENSHAW P W. (ed.). Eudora Welty: Critical Essays. Jackson: University Press of Mississippi, 1979: 132-148.

② CHAMPAGNE R C. Not Your Father's Southern Grotesque: Female Identity in the Short Fiction of Eudora Welty and Carson McCullers [D]. Richardson: The University of Texas at Dallas, 2008: 121.

③ 凯特·米利特. 性政治[M]. 宋文伟，译. 南京：江苏人民出版社，2000：47.

遗孀,她不得不靠从事音乐教学来谋生。尽管她认为她的职业是比较体面的,但实际上并非如此,很少有女士想了解音乐艺术,唯有的几位也几乎是受尽奚落,处在濒临饿死的境地。① 在美国南方,真正倡导的女性特质是顺从和柔弱。"柔弱"是一种女性力量,女性所有的生活艺术在于"培养和提高这种柔弱",②因为只有"柔弱"的女性才最能衬托南方绅士的英勇与力量,才不会对男性的统治造成威胁。传统的女性角色应该是"顺从的""依赖的"女儿或妻子,女性的经济独立被认为是男子气的,与女性的柔弱和顺从对立。艾克哈特小姐的经济独立使其有别于摩根纳镇的家庭主妇们,也使她脱离了受男人保护的女性的范畴。

　　在这种情况下,艾克哈特小姐没有任何被摩根纳镇真正接纳的可能,整个社区都对她不够友善,甚至鄙视她,排斥她。更有甚者,摩根纳镇的人轻而易举地把艾克哈特小姐的不幸处境归咎于她自身:"要是艾克哈特小姐允许大家直呼其名的话,她就能跟大家打成一片了。或者,要是艾克哈特小姐属于哪个大家听说过的教派,随便哪个,镇上的女士们就有理由邀请她加入她们了……或者,要是她嫁了人,不管什么人,哪怕是最糟糕的人,像斯诺蒂·麦克莱恩小姐那样,那么大家也可以怜悯她。"(59－60)

　　一个未婚的女性是耻辱的,是不被社会所接受的;一个经济独立的女性是可怕的,她会慢慢脱离男权社会的控制,一步一步走向独立。正如杰弗里·福克斯(Jeffrey Folks)所指出的那样,"社区害怕艾克哈特小姐,因为她似乎接受了生活中不寻常的、奇怪的、令人可怕的方面,而且从不试图逃避。"③摩根纳社会就像边沁的圆形敞视监狱一样,为摩根纳代言的女性对小镇所有女性实施监视,她们也实施对自己的监视:"社区的'监狱结构'确保对肉体的实际捕获与持续观察;由于本身性质的缘故,惩罚机构基本上能够适应新的权力经济,适应形成满足这种经济所需要的知识的手段。它的全景敞视运作使它能够起到这双重作用。"④

---

① WYATT-BROWN B. Southern Honor: Ethics and Behavior in the Old South [M]. New York: Oxford University Press,1982:229.

② GOOD C. The Southern Lady, or the Art of Dissembling [J]. Journal of American Studies,1989,23(1):72-77.

③ FOLKS J J. The Fierce Humanity of Morgana: Welty's The Golden Apples [J]. The Southern Literary Journal,2006,39(1):16-32.

④ 米歇尔·福柯. 规训与惩罚:监狱的诞生. 刘北成,杨远婴,译. 北京:生活·读书·新知三联书店,2007:350.

可是，一旦一位女性的心中"燃起了一团火"，开始拥有自己的追求，并固执地坚守自己的理想，哪怕四处碰壁，也绝不妥协，这才是摩根纳镇的梦魇。艾克哈特小姐就是这样一位女性，对音乐的执着和对艺术的追求在她的心中燃起了一团火。

艾克哈特小姐首先是一位音乐教师，她把音乐传授给摩根纳镇的孩子们，她把所有的爱都给了维尔吉·雷尼。维尔吉野性十足，我行我素。艾克哈特小姐倾尽全力把维尔吉推向她自己珍视的艺术世界：她会不遗余力地给维尔吉上免费的钢琴课，送给她音乐书，甚至像母亲一样对待维尔吉，因为她认识到并希望培养维尔吉所拥有的音乐天赋。雷尼家里不再有钱用在学钢琴上时，这位身处贫困之中的老师免费教维尔吉，夏天的时候让维尔吉在后院里摘无花果，冬天的时候让她在前院捡掉在地上的胡桃来抵学费。艾克哈特小姐送了维尔吉一枚银质的小蝴蝶别针，卡西对此羡慕不已，维尔吉却表现出不以为意的样子。维尔吉并没有因为得到这份礼物而说她爱艾克哈特小姐，也没有按她的要求继续练琴。艾克哈特小姐送给维尔吉一大包介绍音乐大师生平的德语书，但维尔吉一个字也看不懂。菲特·雷尼将费努斯贝格的图片撕得粉碎，拿去喂猪。艾克哈特小姐用了很多类似的方法，同时又一如既往地严格，她把所有的爱都给了维尔吉·雷尼。在艾克哈特小姐看来，爱和音乐教学一样，是任性的、单向的。韦尔蒂通过小镇女性的表达削弱了艾克哈特小姐这种热情的想法，因为在南部的小镇，意图引导艺术家的行为是行不通的：

> 全世界怎么可能听到维尔吉的演奏啊？注意，是"全世界"啊！艾克哈特小姐以为她现在在什么地方？她一次又一次地说维尔吉·雷尼有天赋，必须离开摩根纳镇，远离这里所有的人，远离她的琴房。她必须到外面的世界去，去学习，去练习音乐。艾克哈特小姐反复说着这些话，自己也受了不少苦。(54)

韦尔蒂挫败了艾克哈特小姐对维尔吉抱有的希望，因为在那个年代的美国南方，这是不现实的。艾克哈特小姐被困在僵化的社会准则之中："他们只希望以街道的名义，以他们母亲家人的名义处置他们。将他们改造成和自己一样的人，这样摩根纳小镇就可以控制他们了。"(81)哈里森评论道："因为她不符合镇上的女性剧本，艾克哈特小姐逐渐被抹去光辉，流离失所，直到她在镇上人们的眼睛里变成一个安全的、可知道的文字，仅仅是一个在乡村农场里锄豌豆的'老艾克哈特夫人'。"①

最为重要的是，艾克哈特小姐是一位充满激情的音乐家。她在一个暴风雨的早晨的钢琴演奏，震慑到了在场的所有的学生：

> 雷声滚滚，艾克哈特小姐皱着眉头前倾后仰地弹着，结实的身体有时像树干似的左右摇晃……艾克哈特小姐沉醉其中，表情与平时判若两人。她脸上的皮肤松弛，耷拉着，嘴唇也变了形。她的脸像是另外一个人的——甚至不一定是女人的。那表情只有大山才会有，或只可能从瀑布的水帘后面看见。雨色中看不见那张脸，那张脸只为音乐而存在——虽然她的手指不停地在琴键上滑动，不停地弹错，不得不去纠正。假如这首奏鸣曲在世上有发源地的话，那么这个地方维尔吉从来没有去过，也不可能去。(50-51)

在艾克哈特小姐的演奏中，她的性属差异表现得非常强烈。韦尔蒂把艾克哈特小姐的身体塑造成为一个拥有男性力量的女性身体，诸如"结实的身体有时像树干似的左右摇晃"，而她的脸"像是另外一个人的——甚至不一定是女人的。那表情只有大山才会有，或只可能从瀑布的水帘后面看见。"艾克哈特演奏时，她的身体不再柔弱，而是拥有了男性的力量和特征。这些男性身体特征增强了艾克哈特小姐用身体进行"言说"的力量。此时，我们无法确定艾克哈特小姐的身份，无法成功地将她的性别与她所表达的情感联系起来。她也不再是简单的女性，她只是为音乐而存在的个体。耶格尔认为，像艾克哈特小姐这样大块头的、拥有男性力量的女性身体，反映了韦尔蒂拒绝让女性变得脆弱和娇贵，并决心让她们"篡夺留给白人男性的权力"。② 韦尔蒂有意模糊艾克哈特小姐的性别，突出了女性身体的物质渗透性和活力，将她们描绘成独特而有些怪诞的女性，并揭示了她们精神不稳定时刻的内在力量，从而使她们的身体变得与众不同。韦尔蒂利用物质的身体、充满力量的女性身体来抵制性别的二元划分，而这也从根本上标志着艾克哈特小姐的古怪，"让在场的学生感到非常不安"：

---

① HARRISON S. Sexuality and Artistry in Virginia Woolf's Mrs. Dalloway and Eudora Welty's the Golden Apples [J]. Mississippi Quarterly, 2003(56)：289-313.

② YAEGER P S. Dirt and Desire：Reconstructing Southern Women's Writing, 1930-1990 [M]. Chicago：University of Chicago Press, 2000：123.

音乐很少停顿，声音越来越大——吉尼·洛夫蹑手蹑脚地走过去，想帮她翻乐谱。艾克哈特小姐甚至没有看到她——她的手臂碰到了她，吉尼马上跑开了。这首曲子由艾克哈特小姐弹奏出来，让在场的学生感到非常不安，她们几乎都吓坏了。这是从一个错误的人的生命中迸发出来的某种不能自控、令人兴奋的东西。这对艾克哈特小姐来说太精彩了。音乐刺穿她周围的空气，如同圣诞节燃放的烟花每年都从一只新手的手里冲出去。(51)

此时此刻的艾克哈特小姐已经不是一位音乐教师，而只是一个单纯的演奏者。她全身心地投入演奏中，在音乐中爆发出她对生活的感受。尽管她的学生暂时无法理解她，甚至对她的演奏感到害怕。她的演奏唤起了一个不和谐的奇怪的倾听时刻，这让她的学生感到"从一个错误的人的生命中迸发出来的某种不能自控、令人兴奋的东西"。唐尼·麦克马汉(Donnie McMahand)和凯文·墨菲(Kevin Murphy)认为尽管摩根纳上层的白人家庭审慎地接受了古典音乐，但古典音乐所带来的影响有其不确定性。如果不加以控制和限定，任由其发展的话，古典音乐也可以成为颠覆传统的力量。① 艾克哈特小姐充满力量、不合常规的演奏中存在着使音乐的力量脱离控制的可能。她的演奏不再是演奏会时的仪式化表演，她的爆发揭开了音乐的面纱。她把音乐从高雅、被动的女性气质中剥离出来，把她的学生推向了一个可怕的未知世界，不管她自己现在是什么样的人，也不管她的学生们以后可能成为什么样的人。

在男权制社会，艺术等同于男性。人们普遍接受的观点是，只有男性才具有想象力和创造力，才能成为作家、诗人。女性道德高尚，但智力远不如男性。在美国南方，尽管有些男性学者，诸如弗吉尼亚大学的教授阿尔伯特·塔洛尔·布莱索(Albert Taylor Bledsoe)指出，他们非常期待女性艺术，并对女性的智力和艺术成就做出研究，但很明显，他并没有真正期待艺术出自女性之手。他的研究得出这样的结论：整个性别在艺术感上是有缺陷的，在维持一个美学或道德观念所必需的力量上也是有缺陷的。"男人，拥有保留力量和判断力的能力……可以爬上山顶并安全返回；女人，从一开始就上气不接下气，必须保持在低水平，否则会在稀薄而寒冷的气氛中筋疲力尽。因此，她的艺术作品几乎总是细小琐碎、

---

① MCMAHAND D, MURPHY K. "Whose Music Was It?": Unaccountable Art and Uncontainable Sex in Langston Hughes's "Home" and Eudora Welty's "June Recital" [J]. Eudora Welty Review, 2018 (10)：43 - 67.

先天不足、小家子气的。"①在《六月演奏会》中，每年六月，艾克哈特小姐都会不遗余力地举办一场激动人心的活动——全镇为之振奋的钢琴演奏会。艾克哈特小姐掌握着演奏会的每一个细节。首先是节目的选取和保密安排。每一年的节目都是同样的曲子，但是艾克哈特小姐并不是让孩子们简单地重复，而是按照每个孩子的学习进度和能力依次改变曲目，而且还特别强调在演奏会正式开始之前，不可以泄露节目单上的曲目，就"好像还有其他音乐老师、其他的班级"在和他们竞争一样。(60)服装的选取和安排也是细致周到。在每年早春时节，艾克哈特小姐就确定好每个孩子该穿什么颜色的衣服，该配什么颜色的饰带和发带。她坚持认为，像新娘礼服一样，为演奏会准备的礼服必须是崭新的，在演奏会之前也不能让其他人看见，即使在演奏会之后也尽量少穿，更不用说穿着同样的衣服去参加另外一场演奏会(61)，这样就从服装上保证了演奏会的新颖性。可能是出于经济状况的窘迫，艾克哈特小姐会忽视自己定下的规则，经常穿着旧的礼服出席演奏会，然而那天，她会把旧的礼服穿出迷人的气质和令人惊讶的性感。演奏会的现场也经过精心布置：壁炉架上摆设着扇形的"装饰品"，屋子里装饰着彩带，摆放着粉红色和白色的马曼切特玫瑰花束，枝形吊灯上也悬挂着纸质的装饰图案。整个五月，艾克哈特小姐都在为演奏会做准备，紧迫而神秘，"像是一次军事行动"(60)。六月一到，演奏会正式来临。经过一个多月精心的准备和彩排，孩子们已经很熟悉演奏会的每一个环节，可是那一天，每一个人的脸上依然洋溢着兴奋的表情，既激动又忐忑不安。演奏室最前面摆着的一排金色的椅子闪闪发光，一排排其他颜色的不同形状的椅子排列其后，等待着整个小镇的人到来。小镇的人们，特别是摩根纳镇的女士们也都激动异常，期待着一年一度的盛事拉开序幕。斯诺蒂·麦克莱恩小姐站在门口迎宾，她热情地欢迎每一个来参加演奏会的人；凯蒂·雷尼小姐早早来到演奏会现场，激动得浑身发抖；珀迪塔·马约小姐总是坐在第一排，演奏会的服装大部分都是出自她的手；莫里森夫人总是盛装打扮，衣着得体地来参加演奏会。孩子们开始演奏，一个接着一个，从独奏开始，以四重奏结束。他们有的表演很成功，有的发挥很差，但艾克哈特小姐并不会因此而责骂他们，演奏会像一场华丽的盛典一样进行着。演奏结束，孩子们会给艾克哈特小姐献花，之后是大人们对孩子们的祝贺，然后是酒会，每一个环节都由艾克哈特小姐精心准备。现场调制的潘趣酒、松软香甜的点心、盛

---

① WESTLING L. Sacred Groves and Ravaged Gardens：The Fiction of Eudora Welty, Carson McCullers, and Flannery O'Connor [M]. Athens：University of Georgia Press, 1985：19.

放点心的华丽的盘子、借来的 36 只酒杯，——诉说着艾克哈特小姐的尽心尽力，也展现着演奏会的隆重。正如艾克哈特小姐所预想的那样，演奏会不仅预示着夏天的到来，也预示着夏天之后事物都将变得成熟。

艾克哈特小姐用尽可能多的浪漫、华丽和充满想象力的手法来打造演奏会，为观众准备的小金椅、精心制作的节目单、两架钢琴、浪漫的花束、枝形吊灯上飘摆的纸制装饰，以及为每个女孩准备的新裙子无一不展示着她的想象力和创造力。最重要的是，她鼓励她的学生尽最大努力去演奏，给他们每个人一个表演的机会，让他们成为人们关注的中心。六月演奏会成为小镇的盛事，给小镇带来了轰动的效应，即使只是讲述艾克哈特小姐的故事也给社区增添了色彩。[1] 正如唐尼·麦克马汉和凯文·墨菲所言，演奏会是仪式性的，预示着"该镇文明的顶峰"，[2]也正如苏珊·哈里森解释的那样，音乐是《六月演奏会》中的"颠覆力量"，它体现了一种女性艺术，在演奏会上，每个女孩都变成了另一个人，就像艾克哈特小姐在演奏时变成了另外一个人一样。但具有讽刺意味的是，艾克哈特小姐并没有因为她的音乐而被小镇接受，她始终无法摆脱被摩根纳镇排斥、异化的命运。

凯特·米利特曾指出："在男权制社会里，妇女始终被限制在劣等文化圈内。为了保持这种状况，眼下鼓励她们学习人文科学以培养'艺术'兴趣，但这只不过是她们曾经为进入婚姻市场取得过的"才艺"的延伸而已。现在和过去一样，艺术和人文科学的成就都是为男性保留的，不论是苏珊·桑泰格[3]还是紫式部夫人[4]这样的象征性代表都不能打破这个规则。"[5]在传统的南方社会，音乐只是女性有文化、有教养的体现，是为展现女性优雅气质以及社会地位服务的，其主要作用在于"取悦他人"，是上层社会的女性用来"娱乐丈夫、父亲、兄弟以及客人"[6]的必备技能。艾克哈特小姐的钢琴课远远超过了传统小镇教育中的"女性

① FOLKS J J. The Fierce Humanity of Morgana：Welty's The Golden Apples [M]. The Southern Literary Journal，2006，39(1)：16 - 32.

② MCMAHAND D, MURPHY K. "Whose Music Was It?"：Unaccountable Art and Uncontainable Sex in Langston Hughes's "Home" and Eudora Welty's "June Recital" [J]. Eudora Welty Review，2018 (10)：43 - 67.

③ 苏珊·桑泰格(1933—2004)，美国作家、艺术评论家，主要作品有《反对阐释》《激进意志的风格》《论摄影》等。

④ 紫式部(约 973 年—?)，日本平安时代女作家，主要作品有《源氏物语》《紫式部日记》。

⑤ 凯特·米利特. 性政治[M]. 宋文伟，译. 南京：江苏人民出版社，2000：51.

⑥ BAILEY C. Music and the Southern Belle：From Accomplished Lady to Confederate Composer [M]. Carbondale：Southern Illinois University Press，2010：13.

艺术"。对艾克哈特小姐来说，音乐是她的生命，是彰显生命意义、实现自我的途径。她试图通过音乐唤醒年轻一代的女性，让他们意识到在一个充满机遇和风险的世界里，掌握自我的重要性。不幸的是，艾克哈特小姐为了向学生们介绍生命的奥秘所做的英勇努力并没有得到应有的回报，摩根纳社会谴责她，使她永远活在被孤立、被驱逐之中。摩根纳拒绝接受新的、不同的东西——美、艺术、创造力，抑或是新的习俗。从一开始，艾克哈特小姐就和不幸的西比尔联系在一起。摩根纳镇的人时而把艾克哈特小姐看成是神话故事里的女巫。在卡西的眼里，艾克哈特小姐就像"一只孜孜不倦的蜘蛛"，而卡西的妈妈认为，当她一动不动地听学生弹琴的时候，琴房有点像《汉塞尔和格莱赛尔》里那个巫婆的屋子，而且"连巫婆也很像"(35)。在《漫游者》中，维尔吉回忆起艾克哈特小姐在墙上挂的那幅画时，比较明确地指出了巫婆的意向：她小时候很怕艾克哈特小姐，她那时可能就已经能预见什么是英雄气概，不过她不是预言家(西比尔)(264)。西比尔是希腊/罗马神话中的女巫，具有预知未来的能力。她把预言撰写成书，售卖给罗马国王。西比尔成为拥有预知未来和书写能力的女性的原型，她的能力远远超出普通男性掌控的范围。在神话中，西比尔能永生，却不能永葆青春。当她日渐憔悴，老得几乎缩成了空壳，却依然求死不得，因而在西方文化中，西比尔的形象逐渐有了怪异的特征。这个孤独的老妇人传统上被描绘成一个怪异的人物，她的存在几乎是对女性的侮辱，"老巫婆"形象就是她"作为女人的失败"。[①] 摩根纳嘲笑艾克哈特小姐是神话故事中的女巫，似乎同时也在模仿历史上社区对"女巫"的谴责，实际上艾克哈特小姐的最终结果——她被"法律与秩序"的代表带到一个精神病院——可以理解为是对她实施惩罚的一种手段。艾克哈特小姐因此成为了越轨的标志，对越轨的抵制和惩罚给了摩根纳秩序社会背后的信仰体系一种稳定的错觉。

　　艾克哈特小姐用充满激情的身体语言攻击父权的语言和文化规则，拒绝认同那些被美国南方的文化编码为男性的价值观，如果有必要的话，她将以死相抵。她坚持自己对音乐的热情，坚守自己的与众不同，不与世俗妥协，最终她从小镇的外来者成为小镇的怪物，她在摩根纳镇的空间越来越小，生活越来越压抑，在心目中自由的火苗熄灭之前，她要最后一搏，这也是跃向死亡的最后一搏。

　　艾克哈特小姐用《号角报》和被子堵住窗户的缝隙，试图把曾经居住过，给孩

---

① USSHER J. Women's Madness：Misogyny or Mental Illness？[M] Amherst：University of Massachusetts Press，1992：45 - 47.

子们上钢琴课的麦克莱恩家的老宅连同自己付之一炬。在点燃钢琴之前，她最后一次弹奏《献给爱丽丝》。音乐如波涛汹涌般席卷而来，连同叶芝的诗歌一起在空气中激荡：

> "虽然我四处漂泊，年迈苍苍
>
> 漂泊在荒郊野岗
>
> 我一定会找到她，无论她在何方……"（34）

艾克哈特小姐用生命和灵魂进行身体实践，抗争不幸命运，维护生命尊严，而这种身体实践"来源于行为者本身对自我实现的痴迷"①：寻找生命中的"金苹果"，坦然面对由此带来的所有痛苦和牺牲，绝不向生活妥协。女性的自杀是韦尔蒂作品中经常出现的主题，例如《克莱蒂》中，克莱蒂在家庭和社区的孤立中自杀；《世人皆知》中，梅登·萨默罗尔被兰德尔·麦克莱恩强暴后自杀；而在《六月演奏会》中，另一女性人物凯瑟琳·莫里森因无法忍受小镇令人窒息的生活而自杀。在自杀叙事中，女性作为暴力的施动者，通过给自身施加暴力，以一种决绝的方式来对抗固有的价值观念与行为规范，从而消解女性作为男性社会被保护者的形象，宣扬女性对自己身体的主动权，正如西方女性主义学者刘艾美所言，"如果我不能做到别的，我将成为自己身体的主人。"②

但火苗并没有燃烧起来，因为没有空气，就像摩根纳镇缺少氧气、令人窒息一样，她心中的火苗也最终被扑灭。艾克哈特小姐的战斗结束了，她被带到杰克逊，关进了疯人院。具有讽刺意味的是，摩根纳并没能成功地否定她的艺术——实际上，她虽然未能成功烧毁演奏室，但却成功地把火烧到了自己的头发上。在这种被自己的艺术欲望所吞噬的状态下，她独自死在了密西西比州杰克逊的精神病院里。

在摩根纳镇，女性对艺术的追求是不可能实现的。追求艺术的女性、特立独行的女性势必会被压制，被惩罚，而这也正是韦尔蒂在创作过程中，作为一个女性艺术家所遭受的压抑。韦尔蒂本人也承认，艾克哈特小姐源自她自身：

> 很长一段时间以来，我一直在寻找这个充满激情又有些怪异的角

---

① 赵辉辉. 神圣与世俗：《金苹果》中的身体隐喻[J]. 国外文学，2016(2)：137-144.

② LIU A. Solitaire [M]. New York：Harper and Row, 1979：141.

色的来源，我终于意识到艾克哈特小姐来自我自身。我们的外在特征没有任何相似之处：我既不是音乐人，也不是老师，也不是外国人；我不缺幽默感，没有被嘲讽，也没有错失爱情；我也没有让我周围的世界从我的认知中溜走，但这些都不重要。真正重要的是唯一的核心问题。她来自我对自我的认知，我甚至觉得我一直都清楚这一点。我在她身上投入的是我对自己的事业、自己的艺术的热情。以身试险是艾克哈特小姐和我的共同特点。热爱艺术、全身心投入艺术之中直到殚精竭虑激励着我，而这也正是驱使着艾克哈特小姐的东西。即使是从小处着眼，单从字面的意思来看，我把《金苹果》里所有的故事整合、连接起来，使它们成为一个连贯的整体，这与艾克哈特小姐的六月演奏会本身并没有太大的区别。①

　　作为钢琴教师，作为对艺术有执着追求，并且把对艺术的执着传递下去的女性，艾克哈特小姐坦然接受了自己作为女性艺术家的命运，她很清楚自己会被孤立、被排挤，甚至被迫害，同时，她也明了自己需要汲取英雄的勇气，来抵制孤立与压迫，固执地追求自己的艺术理想，把所有的激情奉献给艺术，并把这种执着和激情传递下去。在小说集结尾篇《漫游者》中，艾克哈特小姐曾经的得意门生维尔吉·雷尼回忆起艾克哈特小姐在墙上挂的一幅画——"艾克哈特小姐挂在墙上的一幅欧洲的画十分恐怖。画挂在字典上方，颜色跟那本字典一样暗淡。画的是帕修斯提着蛇妖美杜莎的头颅……不用说，这是艾克哈特小姐最引以自豪的一幅画。"（264）

　　在希腊神话中，美杜莎被妖魔化——她的凝视让人不寒而栗，无论是人还是神，只要看到她的眼睛都会在顷刻间被石化。这种妖魔化叙事本质上是父权制社会男性对女性掌握观看主动权的一种惧怕和压制，所以一定会被扼杀——雅典娜怂恿帕修斯去杀死美杜莎，帕修斯用赫尔墨斯赠送的弯刀割下了美杜莎的头颅。美杜莎成为恶魔，而帕修斯成了集勇气、力量和智慧于一身的英雄。在英雄与恶魔的二元对立中，美杜莎成为神话英雄世界中的他者。在摩根纳镇，艾克哈特小姐因其特立独行的身体实践而被妖魔化，进而被孤立、被放逐，成为小镇的他者，直至其被送进杰克逊的疯人院。韦尔蒂在作品中借对美杜莎的指涉，与

---

① WELTY E. One Writer's Beginnings [M]. Cambridge, Mass. : Harvard University Press, 1984: 101.

希腊神话故事展开对话，让艾克哈特小姐处在美杜莎的位置。在小说中，艾克哈特小姐不仅仅是受害者，她还汲取了英雄的力量。维尔吉在小说集结束篇《漫游者》中，回忆起艾克哈特小姐墙上的这幅画，她已然能理解艾克哈特小姐在摩根纳镇的处境，已然能理解艾克哈特小姐对自己处境的理解：

> 艾克哈特小姐把那幅画挂到墙上，并不是为了给别人看。她已经吸收了英雄和牺牲品，能泰然自若地坐在钢琴前面，面对贝多芬的全部作品。她带着恨，也带着爱，还有咽下所有爱与恨的些许恼人的感情，把贝多芬的作品教给维尔吉。（264）

艾克哈特小姐给摩根纳社区的女儿们展示了一种被禁止的激情景象，一种女性艺术家所能获得的超越性别的狂喜，她也因此遭到排斥和监禁，但是艾克哈特小姐用她自己独特的方式，把自己的洞察力和不服从的天赋传递给了她的学生和追随者：维尔吉·雷尼。

维尔吉·雷尼是凯蒂·雷尼的小女儿，她是《六月演奏会》中的主要人物，也是小说集的结尾篇《漫游者》的主人公。在《六月演奏会》中，维尔吉还是一位十三四岁的少女，是艾克哈特小姐的得意门生。到了《漫游者》，维尔吉已经四十来岁，她的母亲刚刚去世，镇上的女人们来帮忙准备凯蒂的葬礼。母亲去世后，维尔吉处理掉摩根纳的一切，决定再次离开小镇，开始漫游的历程。

在《六月演奏会》中，维尔吉跟着艾克哈特学习钢琴，那时的她与其他的女孩就显示出极大的不同：

> 她乌黑的头发很脏，乱蓬蓬的。她摆出一副她认为跟巫婆以及怪物斗争、别出心裁、备受迫害的小女英雄的架势——双腿叉开，脑袋倾斜，眼睛斜视，耳朵竖起。但是，你不知道维尔吉是勇敢地阻止敌人，还是嘴角带着诡秘的微笑，我行我素。（40）

此时，维尔吉野性十足，我行我素，她的全身上下带着女斗士的傲慢与不屈，随时都准备投入战斗，这与南方的淑女形象相去甚远。在美国南方，女性从小就要接受教育和长期的训练，目标就是成为顺从、柔弱、甜美、自我克制的完美女人。而维尔吉年轻的身体既不柔弱，也不甜美，她的身体充满蓬勃的朝气与旺盛的生命力，她的身体动作充斥着无限自由和欢快的感觉：

　　她总是骑着一辆男式自行车（是她哥哥维克托的）从家里出来，自行车的横杠上捆着几张难度很大的乐谱。乐谱卷成筒状，没有任何保护膜。（女孩子一般都用文件夹装乐谱。）她骑车时像男孩一样跨在自行车的横杠上。从卡迈克尔家摘来的木兰花放在自行车前面的金属篮子里，被擦得伤痕累累。有时候维尔吉要先送奶，会晚到一个小时。有时候她从后门进来，边进屋还边啃着熟透了的无花果的皮。有时候她索性就不来上课。但是，她只要骑自行车来，就会用前轮撞开栅栏，把车骑进院子里。(37)

维尔吉无拘无束，像男孩一样疯跑胡闹，捉弄人群：

　　维尔吉一会儿钻到荡秋千的孩子下面，一会儿从后面跳上去，又是推又是拽。恋人们手挽着手，她钻到他们的手臂下去。没人能抓到她，连她哥哥也不例外。她滚走村民的西瓜。她捉萤火虫，把发光的部位撕下来当珠宝。只要音乐没有停止，她就一刻也停不下来。她重重地摔倒在地，喘着粗气，张着嘴对着被踩平的三叶草傻笑。(47)

这是一个少女在特定空间中自由、动态地展现自己身体的时刻。在对维尔吉少女身体的描写中，韦尔蒂否定了受控制的、连贯的、稳定的身体，并对女性抵制身体压抑的共同渴望给予了充分的肯定，因而一个野性十足、无拘无束、充满活力的少女身体展现在读者面前。她我行我素，野性十足；她朝气蓬勃、尽情嬉戏，直到精疲力竭地倒在地上"喘着粗气"。她把自己置身于各种各样的环境中，并控制住它们。维尔吉的身体表明一个女孩的身体活动不仅给她带来了感官上的愉悦，而且还可以打破环境对她的限制。

　　维尔吉的身体还表现出无限的破坏性。有一天下着大雨，大家都在地下室休息。她说她要撞墙，要脑浆涂地。老师——麦吉利卡蒂老夫人——说"那就撞吧"，她真的就去撞了。维尔吉不一样的身体表现引起了其他学生的兴趣："四年级的学生全都围过来，既期待又羡慕……在其他孩子的眼里，她就像吉卜赛人一样充满刺激。"(39)她随心所欲的行为攻击着强加在她身体上的束缚，她的身体行为也吸引了她的同龄人。

　　维尔吉跟着艾克哈特小姐上钢琴课，她在音乐上颇有天赋，成为艾克哈特小姐最得意的学生。在美国南方，音乐教育在于培养高雅、被动的女性气质，然而教育并未减少维尔吉身体的活力。在音乐演奏中，维尔吉突破身体的限制，爆发出更多的不可控性：

> 演奏结束后，她起身，鞠躬，腰前部已被红色缎带染红了。她浑身大汗，衣服被染红了，好像心脏被刺了一刀似的。前额和脸颊上留下激动、令人羡慕的汗水。她用舌头把汗水舔干。(66)

在维尔吉的演奏中，汗水从身体内部渗透出来，染红了衣服，这进一步说明她的身体缺乏自我管控，原本要遮住身体的东西现在被身体内部渗透出来的液体浸湿。她的身体突破了自我的界限，向外界蔓延，打破了内在自我和外在自我之间的界限。维尔吉并没有试图掩盖，而是"用舌头把汗水舔干"，而这一动作中性快感的意象呼之欲出，此时的维尔吉才 13 岁。韦尔蒂在轻松的语调中表达了女性身体的能动性，展现了女性的艺术技巧。她蔑视性别范畴，抵制南方社会的父权制规范，拒绝对女性身体进行规训。在卡西的眼里，维尔吉就像过度盛开的木兰花一样芳香过于浓郁，她敢爱敢恨，反应热烈，对生活充满激情。这种过度的感情是艾克哈特小姐和维尔吉的共同点，而音乐成为她们抒发生活感受的途径，音乐也成为她们表达内心情感的途径。

16 岁的时候，维尔吉的身体不仅充满活力，而且她完全掌握了对身体的支配。小说一开始，莫里森家的小儿子洛克正拿着望远镜四处观看，他的目标最终锁定在隔壁麦克莱恩家的老宅。维尔吉和一个船员在什么都没有铺的床垫上，像两个玩偶一样一丝不挂地躺在那儿。他们腿弯成 M 形，手拉着手，嘴里叼着腌菜，含情脉脉地对视着。不谙世事的洛克不由得为他"可怜的老望远镜"(27)发出感叹。即使在这么小的年纪，维尔吉也能轻易地控制局面："最初是她带那个船员到这栋房子里来的，是她要船员经常回来。"(22)这意味着维尔吉不仅是幽会的发起者，而且她控制了她自己的性欲，也掌握了对情人的控制权。维尔吉的所作所为是对摩根纳社区母系制度及其严格的性规则制度的反叛和藐视。正如马克认为的那样，与卡西或艾克哈特小姐不同，维尔吉作为爱与战斗之女神，性欲活跃而自由。① 她像复仇女神莫瑞甘一样，告诉水手该怎么做；她可以热情地爱库丘兰②，

---

① MARK R. Dragon's Blood: Feminist Intertextuality in Eudora Welty's The Golden Apples [M]. Jackson: University Press of Mississippi, 1994: 70.
② 库丘兰，阿尔斯特的爱尔兰传奇英雄，有着惊人的力量和非凡的美貌。他是阿尔斯特传奇人物的中心。传说他曾站在阿尔斯特边界的一个溪流中，单枪匹马地对抗爱尔兰其他地区的军队，保卫自己的省。

也可以同样激烈地与他搏斗。与此同时,艾克哈特小姐正在楼下,准备烧毁曾经的演奏室。当维尔吉和她的水手情人不得不慌乱地离开麦克莱恩老宅的时候,他们碰上了在内尔家参加完晚会的女士们,情形一度尴尬。维尔吉的情人可以说是抱头鼠窜,东躲西藏,不敢和镇上的女士正面相遇。相反,维尔吉坦然自若地与镇上的女人们面对面,镇定地从她们身边走过,好像什么都不曾发生,留下女人们呆若木鸡地站在那儿,只能"紧紧抓住她们的奖品和收好的阳伞"(81)。

维尔吉再度出现在读者的视野已经是二十几年之后。《漫游者》中,维尔吉已打算回归家庭和社区,但镇上的女士们并没有改变对维尔吉的看法。她的母亲凯蒂·雷尼去世时,大家来维尔吉家帮忙准备葬礼,她们还是觉得维尔吉十分怪异:

> 维尔吉再次走进厨房。但是,厨房里的女人们又一次停下手里的活看着她,好像有某种东西——不只是今天——要阻止她知道怎样烧菜做饭似的。至于那是什么,她们都心知肚明。她走到炉灶前,拿上一把叉子,翻动着鸡块。她看见米西·斯派兹睁大眼睛看着她,露出吃惊而又挑衅的眼神。(230)

彼时,维尔吉好像已经放弃了她的音乐梦,现在她和这个世界唯一的联系就剩下她和她母亲之间的纽带。在 16 岁那年,维尔吉离开了摩根纳镇,但不久又重回摩根纳。当从火车上跳下来的时候,她一身轻松。我们不知道维尔吉去了哪儿,做了什么,我们只知道对那时的维尔吉来说,离开和归来都"易如反掌"(254)。或许,维尔吉之所以离开摩根纳镇,是因为她怀孕了,不得不离开。这次重大的越轨行为之后,维尔吉不得不向她的母亲妥协。雷尼夫人是父权制的代言人,她的权力来自她与父权制的共谋。雷尼家的两个男人,维尔吉的父亲和她的哥哥维克多都已经去世,"在这个家里,任何人都不允许因为受到伤害而哭泣,除非雷尼夫人自己先哭"(254)。在这样一个家庭中,未婚先孕的维尔吉是无法被接受的。当维尔吉再次回到摩根纳镇之后,她回归到女性的家庭角色,照顾母亲,给母牛挤奶,还试着与几个并不是很心仪的男人处对象。维尔吉也试图像镇上的其他女人一样走入婚姻,但都没有成功。维尔吉的内心并不是平静的,有时甚至是愤怒的。在她给奶牛挤牛奶的时候,她一个劲地重复着同一个动作,"仿佛她天天都在找寻、找寻,找寻一种野兽身上的无知感,置身其中"。(255)完成一整天的办公室的打字工作,她手上已无力气,然而她的意识却并没有随之麻木，尽管她希望自己也能如同奶牛那般"无知"。她在寻找"有一堵真正的有生命的墙体可供敲打，一座牢固的监狱用来出逃，肉体最真实的愚蠢，一个无知的、粗心的、冲动的躯体，这样便可以用肉体对抗肉体，以痛苦回应痛苦"。(255)维尔吉表面上过着平静的日子，看似已经回归女性应有的生活，可她的内心是压抑的，她仿佛身处牢笼之中，她的面前也矗立着一堵墙，而更让她痛苦的是这个牢笼是无形的，这堵墙也是不可触摸的，她想用自己的身体去对抗，却发现她的对抗被淹没在无形之中。她无法从中逃离，也无法反抗，只能被淹没其中。

凯蒂·雷尼去世后，维尔吉与摩根纳镇的最后的联系被切断。在正式送别她母亲之前，维尔吉避开来参加母亲葬礼的人群，把自己沉浸在月亮湖里：

> 她看见自己的腰消失在没有反光的河水里，就像是步入天空，某种混浊的天空似的。所有的一切都融合为温暖、空气、河水以及她的身体。所有的一切似乎都是同质同量。她埋头，闭上眼睛，眼睛只能感受到一丝微光。她觉得这个物质是一个半透明的物体，河流、她自己、天空都变成了装满阳光的容器。她在河里游起来，慢慢地游着，让河水轻轻抚摸着她的身体。她感到河水围着她的乳房，形成一条曲线。乳房此刻非常敏感，犹如翼端之于飞鸟，触角之于昆虫。她能感到河沙、齿轮般精细的沙粒，还有古海留下来的细小贝壳。无数缎带般的水草、泥沙触碰到她的肌肤，又溜走了，就像是给她的建议和好意的约束现在正渐渐解体。她像天上的浮云一样飘动。河岸浑然一体，九月即将过去，小小的梅子开始成熟。她依稀想起过去，但往事只在脑子里一掠而过，犹如一线阳光稍有风吹草动便从树荫里透过来，投在她身上，但瞬间便消失了。古老的河水虽然带着铁一般的味道，但她却觉得河水发甜。她只要睁开眼睛便会看到青蝇和在水面滑动的虫子。她要是颤抖，那是因为滑溜溜的鱼或蛇从她膝间游过。(238)

凯蒂·雷尼死后，维尔吉必须接受失去唯一一个亲人的生活，在月亮湖中这一平静而又略带性意味的洗礼将维尔吉从母亲约束的生活中解放出来。这一仪式宣告了维尔吉的重生，她获得了身体的自由、身体感官的复苏，同时也将她自己的存在与大自然的和谐融为一体，将她固执的意志溶化在永恒的河流中。维尔吉接受了自己和摩根纳的关系，接受了自己的过去。同时，她也解除了对母亲的义务，从女性的角色中解放出来。维尔吉决定离开摩根纳，去认识外面的世界。离开之前,她到麦克莱恩小镇,坐在政府大楼的台阶上,从那儿可以看到雪松山上的墓地,艾克哈特小姐就安葬在那儿。艾克哈特小姐在杰克逊去世以后,斯诺蒂小姐将她的遗体运到这儿,安葬在为她自己准备的墓穴里。维尔吉在雨中看着墓地,开始思索她往后的人生。此时,艾克哈特小姐的那幅画开始浮现在她的脑海里,她开始理解她和艾克哈特小姐之间的关系:

> 艾克哈特小姐挂在墙上的一幅欧洲的画十分恐怖。画挂在字典上方,颜色跟那本字典一样暗淡。画的是帕修斯提着蛇妖美杜莎的头颅。艾克哈特小姐有时像是在解释次品似的说:"跟齐格弗里德与龙的故事是一样的。"画色彩黯淡,镶嵌在雕花的画框里,有时候会映出窗户。不用说,这是艾克哈特小姐最引以自豪的一幅画。在那一瞬间,维尔吉觉得那幅画已经跃然纸外。(264)

维尔吉小的时候很怕艾克哈特小姐,但她现在已经能够理解艾克哈特小姐,她之所以把帕修斯和美杜莎的画镶嵌在画框里,挂在墙上,是因为她认清了自己在摩根纳的位置,她就像美杜莎一样,逃脱不了被迫害的命运。作为一个用心去感受,去生活,为音乐献出所有的女性,她在摩根纳就像个怪物一样,被驱逐是不可避免的,但是作为一个有自己的理想、不向世俗妥协的女性,她还必须要吸收帕修斯的英勇,尽管这种英勇之中昭示的是"一种生命的恐惧感,也是一种爱的恐惧感——分离的恐惧感"。(264)维尔吉是艾克哈特小姐精神的继承人,只是她的发展更激进,她看到"事情所处年代的样子",她学会"必须像相信帕修斯那样相信美杜莎",并且看到帕修斯砍掉美杜莎的头颅并不是简单的一个动作,而是"剑亮出了三次"——举起的手臂,出击,帕修斯举起美杜莎的头颅——每一次亮剑中都带着炫耀,都充满了诅咒。在男性的英雄壮举中,她看到了那个年代对女性的暴力和迫害,而这正是男性英雄叙事的核心。维尔吉不仅拥有了看到暴力、理解暴力的能力,她也理解女性被压迫的历史,更为重要的是,她明白女性必须要拥抱自身的暴力,像美杜莎一样,这样才能真正抵制这种暴力,抵制成为受害者。事实上,维尔吉一直知道她从没有恨过艾克哈特小姐,她"应该说几乎是喜欢她的"(264),因为她已经接受了艾克哈特小姐的恨以及她后来的爱,像接受龙血那样,接受了艾克哈特小姐一遍一遍传授给她的贝多芬。维尔吉明白,神话中的帕修斯和美杜莎就如同亚当和夏娃,或者漫游者安格斯一样,在我们的文化中像星座一样富有多层的含义。对于维尔吉来说,帕修斯和美杜莎的神话"遥远、无穷无尽，像个星群一般，足够心灵在无数个夜晚一遍遍观看"，既美丽又可怕，因为神话作为一种文化真相继续存在于生活之中。终于，维尔吉必须把艾克哈特小姐的梦想抛在脑后，"可能是因为她必须像相信帕修斯那样相信美杜莎"（264）；如果她相信艺术家是英雄，她也必须相信艺术家是可怕的；如果她相信艺术家可以实现自己的理想，就像帕修斯所做的那样，那么她也必须相信有信仰者可能被追杀和毁灭，就像现在的美杜莎。

维尔吉成为艾克哈特小姐的继承人①，她从不怀疑世间诸如爱与恨、生与死等彼此对立的东西都相互依存。在所有的一切中，"希望和绝望是如此接近，有时甚至难以分清"。（254）在《漫游者》的结尾部分，维尔吉和一个黑人老妇人坐在"属于公众的大树下"，她是自由的，没有任何东西与她有关，也没有任何关系让她牵涉其中。此时的维尔吉和那个乞丐老妇人一样，没有任何精神上和身体上的包袱，倾听着雨点滴落的声音："她们听到了全世界的节奏。在雨中，她们听到马奔熊走、豹捕龙行的声音，还听到天鹅的振翅和鸣叫。"（265）

维尔吉已经成为一个自由女性的典范，她告别过去，展望未来。在她获得的自由之中，在她的身体与自然的联系之中，维尔吉已成为所有摩根纳人希望和重生的化身。

在《金苹果》中，韦尔蒂创造的女性角色公开地坚持不同的观点，表达女性的快乐和欲望。《金色阵雨》中斯诺蒂小姐略带羞涩地庆祝自己的"守寡"，她的身上闪现出自我微弱的火苗；《兔子先生》中，马蒂·威尔开始探索自己的身体欲望，女性点燃自我的星星之火；《六月演奏会》中，艾克哈特小姐和维尔吉·雷尼在师生的互动中展示着女性充满活力、充满力量的不羁的身体，那是对生活的激情、对艺术的追求。她们铿锵有力的声音预示着女性自我的星星之火已成燎原之势。社区对女性的限制依然存在，但是男性的权威已经显示出不真实的一面，父权制坚硬的堡垒显现出了裂缝，社会对女性的禁锢显示出有被削弱的可能性。那些跳出固有规则的女性，尽管在摩根纳人的眼中，尤其是在那些固守传统的女性眼中，看上去像美杜莎一样令人恐惧，但她们也可能篡夺男性英雄的力量和知识，成为新一代女性的启蒙者和引路人。

---

① JOHNSTON C A. Eudora Welty：A Study of the Short Fiction [M]. New York：Twayne, 1997：101.

　　总有一种先行存在的不可见的凝视、一个柏拉图式的"全视者"在
看着我,使得我的观看不再是传统现象学意义上的主体的知觉建构,而
是主体与他者的"共同世界"为显现自身而对"我"的利用。①

　　凝视是人类普遍的生存境遇。韦尔蒂作品中的人物,无论是积极主动、
崇尚荣誉的南方英雄,还是被动内敛、优雅贤惠的南方淑女,都逃脱不了被
凝视的命运。这种凝视可以是《绿帘》中的集体凝视,是美国南方的传统文
化对生活在南方社区的个体的凝视。南方的传统文化的基础可以概括为忠
于社区、忠于家庭、忠于上帝以及热爱地域四个方面,但随着现代化和同质
化程度的提高,这些文化基础已被不令人满意或混淆的替代物系统地替换,
因此产生一些可以说是怪诞的,甚至是疯癫的东西。男性不再理智,失去了
对周遭一切的控制,他们孤单、暴力,但始终无法逃脱传统的凝视和控制。
女性不再是美好南方的象征,这些异化的女性身体越过设定的界限,被呈现
为怪诞的景观。但在女性身体被奇观化的过程中,仅仅被观看、被凝视是不
够的,因为被凝视本身就是设定边界的过程。当女性步入聚光灯并积极寻找
观看者的目光时,女性怪诞的躯体从被动的景观走向主动的展示。《绿帘》中
一个又一个故事中创造的怪诞的女性身体追求过度,并且超越了预期与普通
的界限,它们充当了强有力的女性形象来抗议传统文化对女性身体的限制和
规训。

　　这种凝视还可能是《三角洲婚礼》中的女性凝视。《三角洲婚礼》因其独特的

---

① 吴琼.雅克·拉康——阅读你的症状[M].北京:中国人民大学出版社,2011:548.

叙事而备受评论界的赞誉，叙述的焦点从一个女性家庭成员向另一个女性家庭成员转移，小说的整个叙事分裂成无数个个人的陈述和关注。小说的叙事不仅通过赋予女性叙述声音来对抗传统的男性叙事传统，而且通过赋予几种不同类型的女性以观看的视角来凝视南方英雄的男性气概。在女性对男性的凝视中，家族男性的英雄气概经历了从建构到解构的历程。在家族女性统一的目光凝视中，男性温柔儒雅、英勇果敢，是承载家族荣誉的英雄。同时，女性的凝视的建构功能也随着主体的不同而产生不同的效果。对家族男性的进一步探查中，他们的男性气概受到质疑，男性家族英雄形象被解构，他们的不同侧面展现在读者的眼前。在英雄传统的解构过程中，家族的同一性被破坏，费尔柴尔德家族与外界之间的这堵牢固的隔离之墙也慢慢坍塌。家族女性在凝视男性的同时，也把目光转向自身，在凝视中发现自我，构建起主体身份，展示了女性气质的多样性以及"南方淑女神话"不真实的一面。历史往往是男性权力和意义的舞台，韦尔蒂的《三角洲婚礼》并不是为了彻底消除历史的影响，而是为了破坏历史的稳定性，从而将男性主体地位边缘化，并为传统上被排除在公共行动之外的女性打开空间。

这种无处不在的凝视还是《金苹果》中来自社区的监视。重建之后的美国南方，社会正经历着翻天覆地的变化，男性经历了前所未有的危机。在社区的监视中，他们焦灼不安、彷徨无助，处于崩溃的边缘。他们或行踪不定，或搬离社区，或远走他乡，但无论身处何地，都摆脱不了这种无处不在、无所不能的监视。他们无法挣脱社区理念，也无法摆脱传统的监视。韦尔蒂在《金苹果》中也致力于探索女性的生存状态，特别是女性所受的约束以及发展的可能性。她在探索中突破性别的语境限制，开始了对传统父权美学的修订，将特权化的、男子气概的历史版本去中心化。作品中的女性或发出声音，或打破常规，或展现欲望，或充满激情，她们成为闪闪发光的个体。她们可能被孤立，可能被异化，可能被放逐，她们的内心也有过彷徨和挣扎，有过妥协与无助，但更多的时候，她们直面内心的挣扎，直视自身欲望，与强加于她们身上的社会规范和习俗作斗争。她们接受在性别、家庭和艺术等方面违反父权所带来的结果，但这些女性并不惧怕这些越轨行为所带来的惩罚，她们成为篡夺男性力量和权力的漫游者，孜孜不倦地追求着生命中的金苹果。当女性不再沉默，南方的男性英雄神话也将走向破灭。

参考文献

[1] ADAMS R. Sideshow U. S. A. : Freaks and the American Cultural Imagination [M]. Chicago: University of Chicago Press, 2001.

[2] BAILEY C. Music and the Southern Belle: From Accomplished Lady to Confederate Composer [M]. Carbondale: Southern Illinois University Press, 2010.

[3] BARON D. Grammar and Gender [M]. New Haven: Yale University Press, 1986.

[4] BLOOM R L. "Don't Touch Me": Violence in Eudora Welty's Fighters [D]. Denver: University of Denver, 2003.

[5] BOGDAN R. Freak Show: Presenting Human Oddities for Amusement and Profit [M]. Chicago: University of Chicago Press, 1988.

[6] BOUTON R D. Finding a Voice: The Desire for Communication in Eudora Welty's A Curtain of Green and Other Stories [D]. Hattiesburg: University of Southern Mississippi, 2000: 4.

[7] BROWN C J. A Daring Life: A Biography of Eudora Welty [M]. Jackson: University Press of Mississippi, 2012.

[8] BRYAN V. "Out of Her Safety into His Hunger and Weakness": Gendered Eating Spaces in Eudora Welty's A Wide Net and "Flowers for Marjorie" [J]. An Interdisciplinary Journal of Rhetorical Analysis and Invention, 2015,11(1): 1 - 15.

[9] CARUTH C. Unclaimed Experience: Trauma, Narrative, and History [M]. Baltimore: Johns Hopkins University Press, 1996.

[10] CHAMPAGNE R C. Not Your Father's Southern Grotesque: Female Identity in the Short Fiction of Eudora Welty and Carson McCullers [D]. Richardson: The University of Texas at Dallas, 2008.

[11] CHANG K S. Dialogic Discourse in Terms of Nature, Race, and Gender in Fictions by William Faulkner, Eudora Welty, and Gloria Naylor [D]. Indiana: Indiana University of Pennsylvania, 2002.

[12] CHRONAKI B. Eudora Welty's Theory of Place and Human Relationships [J]. South Atlantic Bulletin, 1978,43(2): 36 - 44.

[13] COBB J C. The Most Southern Place on Earth: The Mississippi Delta and the Roots of

Regional Identity [M]. New York: Oxford University Press, 1992.

[14] COHOON L B. "Unmovable Relics": The Farr Family and Revisions of Position, Direction, and Movement in Eudora Welty's "Clytie" [J]. Eudora Welty Review, 2009 (1): 47 - 52.

[15] COLE S L. Serious Daring: The Fiction and Photography of Eudora Welty and Rosamond Parcell [M]. Fayetteville: The University of Arkansas Press, 2016.

[16] CREWS C E. The Role of the Home in Eudora Welty's Delta Wedding and the Opitimst's Daughter [D]. Atlanta: Georgia State University, 2012.

[17] DECLIN A J. (ed.). Welty: A Life in Literature [M]. Jackson: University Press of Mississippi, 1987.

[18] DEVLIN A J. Eudora Welty's Chronicle: A Story of Mississippi Life [M]. Jackson: University Press of Mississippi, 1983.

[19] DIRSE Z. Gender in Cinematography [J]. Journal of Research in Gender Studies, 2013, 3(1): 15 - 29.

[20] DONALD N M. "Of One Kind or Another": Rape in the Fiction of Eudora Welty [D]. Baton Rouge: Louisiana State University, 1999.

[21] DONALDSON S V. Making a Spectacle: Welty, Faulkner, and Southern Gothic [J]. Mississippi Quarterly, 1997,50(4): 567 - 584.

[22] DONALDSON S V. Gender and History in Eudora Welty's Delta Wedding [J]. South Central Review, 1997,14(2): 3 - 14.

[23] FABRICANT D. Onions and Hyacinths: Unwrapping the Fairchilds in Delta Wedding [J]. The Southern Literary Journal, 1985,18(1): 50 - 60.

[24] FOLKS J J. The Fierce Humanity of Morgana: Welty's The Golden Apples [J]. The Southern Literary Journal, 2006,39(1): 16 - 32.

[25] FRIEND C T. (ed.) Southern Masculinity: Perspectives on Manhood in the South since Reconstruction [M]. Athens: University of Georgia Press, 2009.

[26] FROST L. Never One Nation: Freaks, Savages, and Whiteness in U. S. Popular Culture, 1850 - 1877 [M]. Minneapolis: University of Minnesota Press, 2005.

[27] FULLER S. "Making a Scene": Some Thoughts on Female Sexuality and Marriage in Eudora Welty's Delta Wedding and The Optimist's Daughter [J]. The Mississippi Quarterly, 1995,48(2): 291 - 318.

[28] FULLER S. Eudora Welty and Surrealism [M]. Jackson: University of Mississippi Press, 2013.

[29] GLENN S. In and Out the Circle: The Individual and Clan in Eudora Welty's Delta Wedding [J]. The Southern Literary Journal, 1989,22(1): 50 - 60.

[30] GRAY R, ROBINSON O. (eds.). A Companion to the Literature and Culture of the American South [M]. Oxford: Blackwell Publishing, 2004.

[31] GRETLUND J N. Eudora Welty's Aesthetics of Place [M]. Newark: University of Delaware Press, 1994.

[32] GRIFFIN D. The House as Container: Architecture and Myth in Eudora Welty's Delta Wedding [J]. The Mississippi Quarterly, 1986,39(4): 521 - 535.

[33] GROS E. Manhood in Eudora Welty's Delta Wedding (1946): Masterly, or Simply Mastered? [J] Babel, 2015(31): 39 - 61.

[34] GYGAX F. Serious Daring from within: Female Narrative Strategies in Eudora Welty's Novels [M]. Santa Barbara: Greenwood Press, 1990.

[35] HABEEB A. Writing as a Woman: Mythology, Time, the Weaving Metaphor and Symbolism in Eudora Welty's The Robber Bridegroom, The Golden Apples, Delta Wedding, Losing Battles and The Optimist's Daughter [D]. Indiana: Indiana University of Pennsylvania, 2003.

[36] HAMILTON E. Mythology [M]. New York: Warner Books, 1999.

[37] HARRISON S. Eudora Welty and Virginia Woolf: Gender, Genre and Influence [M]. Baton Rouge: Louisiana State University Press, 1997.

[38] HAYTOCK J. At Home, At War: Domesticity and World War I in American Literature [M]. Columbus: Ohio State University Press, 2003.

[39] HEMMANN K. The Female Gaze in Contemporary Japanese Literature [D]. Philadelphia: The University of Pennsylvania, 2013.

[40] JOHNSON C A. Eudora Welty: A Study of Short Fiction [M]. New York: Twayne Publishers, 1997.

[41] KEMPF J. Eudora Welty, Photographer: The Photograph as Revelation [J]. Eudora Welty Newsletter, 2003,27(1): 32 - 36.

[42] KIEFT V. Eudora Welty [M]. New York: Twayne, 1987.

[43] KIMMEL M. Manhood in America [M]. New York: Oxford University Press, 2012.

[44] KING R H. A Southern Renaissance: The Cultural Awakening of the American South, 1930 - 1955 [M]. New York: Oxford University Press, 1980.

[45] KREYLING M. Figures of the Hero in Southern Narrative [M]. Baton Rouge: Louisiana State University Press, 1987.

[46] KREYLING M. Author and Agent: Eudora Welty and Diarmuid Russell [M]. New York: Farrar Straus Giroux, 1991.

[47] KREYLING M. Understanding Eudora Welty [M]. Columbia: University of South Carolina Press, 1999.

[48] LACAN J. The Four Fundamental Concepts of Psychoanalysis [M]. London: Penguin Books, 1979.

[49] LADD B. "Coming Through": The Black Initiate in Delta Wedding [J]. Mississippi Quarterly, 1988(41): 341 - 351.

[50] LALOFF R. Language and Woman's Place [M]. New York: Harper and Row, 1975.

[51] LIU A. Solitaire [M]. New York: Harper and Row, 1979.

[52] MANN S G. The Short Story Cycle: A Genre Companion and Reference Guide [M]. Westport: Greenwood Press, 1989.

[53] MANNING C. With Ears Opening like Morning Glories: Eudora Welty and The Love of Storytelling [M]. Westport, Conn: Greenwood Press, 1985.

[54] MARK R. Dragon's Blood: Feminist Intertextuality in Eudora Welty's The Golden Apples [M]. Jackson: University Press of Mississippi, 1994.

[55] MARK R. As They Lay Dying: or Why We Should Teach, Write, and Read Eudora Welty Instead of, Alongside of, Because of, and Often as William Faulkner [J]. The Faulkner Journal, 2004,19(2): 107 - 119.

[56] MARRS S. "The Treasure Most Dearly Regarded": Memory and Imagination in Delta Wedding. The Southern Literary Journal [J], 1993,25(2): 79 - 91.

[57] MARRS S. Eudora Welty: A Biography [M]. Orlando: Harcourt, 2005.

[58] MARRS S. One Writer's Imagination: The Fiction of Eudora Welty [M]. Baton Rouge: Louisiana State University Press, 2002.

[59] MARTIN M R. Vision and Revelation in Eudora Welty's Early Fiction and Photography [J]. Southern Quarterly, 2000,38(4): 17 - 26.

[60] MCLAUGHLIN D J. Eudora Welty's Sleeping Medusa [J]. Mississippi Quarterly, 2011,64(3 - 4): 525 - 548.

[61] MCLAUGHLIN D J. Finding (M)other's face: A Psychoanalytic Approach to Eudora Welty's "Clytie" [J]. Eudora Welty Review, 2009(1): 53 - 62.

[62] MCMAHAND D, MURPHY K. "Whose Music Was It?": Unaccountable Art and Uncontainable Sex in Langston Hughes's "Home" and Eudora Welty's "June Recital" [J]. Eudora Welty Review, 2018(10): 43 - 67.

[63] MICHIE H. The Flesh Made Word: Female Figures and Women's Bodies [J]. New York: Oxford University Press, 1987: 174 - 175.

[64] MILES M. Carnal Abominations: The Female Body as Grotesque [M]. Grand Rapids, Mich. : W. B. Eerdmans, 1997: 91 - 92.

[65] MONTGOMERY M. Eudora Welty and Walker Percy: The Concept of Home in Their Lives and Literature [M]. Jefferson, NC: McFarland and Co. , 2004.

[66] NIETZSCHE F. Beyond Good and Evil [M]. ZIMMERN H. (trans.). NY: Tribeca Books, 2011.

[67] OWEN J. Phoenix Jackson, William Wallace, and King MacLain: Welty's Mythic Travelers [J]. The Southern Literary Journal, 2001,34(1): 29 - 43.

[68] PATTERSON L S. Sexing the Domestic: Eudora Welty's Delta Wedding and the Sexology Movement [J]. Southern Quarterly, 2004,42(2): 37 - 59.

[69] PECKHAM J B. Eudora Welty's The Golden Apples: Abjection and the Maternal South [J]. Texas Studies in Literature and Language, 2001,43(2): 194 - 217.

[70] PERFETTI N. Chick Flicks and the Straight Female Gaze: Sexual Objectification and Sex Negativity in New Moon, Forgetting Sarah Marshall, Magic Mike, and Fool's Gold [J]. Gender Forum, 2015(51): 18 - 31.

[71] PINGATORE D R. A Reader's Guide to the Short Stories of Eudora Welty [M]. New York: G. K. Hall & Co. , 1996.

[72] POLK N. Eudora Welty: A Bibliography of Her Work [M]. Jackson: University Press of Mississippi, 1994.

[73] POLLACK H, MARRS S. (eds.). Eudora Welty and Politics: Did the Writer Crusade? [M]. Baton Rouge: Louisiana State University Press, 2001.

[74] POLLACK H. Eudora Welty's Fiction and Photograph: The Body of the Other Woman

[M]. Athens: The University of Georgia Press, 2016.

[75] PRENSHAW P W. (ed.). Conversations with Eudora Welty [M]. Jackson: University Press of Mississippi, 1984.

[76] PRICE R. The Collected Stories of Eudora Welty [J]. The New Public, Volume 183, 1980(November): 31 - 34.

[77] RICHES S. St. George: Hero, Martyr and Myth [M]. Stroud: Sutton, 2000.

[78] ROMINES A. Reading the Cakes: Delta Wedding and the Texts of Southern Women's Culture [J]. The Mississippi Quarterly, 1997,50(4): 601 - 616.

[79] RUSSO M J. The Female Grotesque: Risk, Excess, and Modernity [M]. New York: Routledge, 1995.

[80] RUTH D W. Gothic Traditions and Narrative Techniques in the Fiction of Eudora Welty [M]. Baton Rouge: Louisiana State University Press, 1994.

[81] SCHMIDT P. The Heart of the Story: Eudora Welty's Short Fiction [M]. Jackson: University Press of Mississippi, 1991.

[82] SCOTT A F. The Southern Lady: From Pedestal to Politics, 1830 - 1930. Charlottesville: The University Press of Virginia, 1995.

[83] SKATES R. Mississippi: A History [M]. New York: Norton, 1979.

[84] SOLOMON W. The Rhetoric of the Freak Show in Welty's A Curtain of Green [J]. Mississippi Quarterly, 2015(December 22): 167 - 187.

[85] SPENDER D. Man Made Language [M]. London: Pandora Press, 1990.

[86] SUSSMAN W. Culture as History: The Transformation of American Society in the Twentieth Century [M]. New York: Pantheon, 1984.

[87] TATE L. A Southern Weave of Women: Fiction of the Contemporary South [M]. Athens: University of Georgia Press, 1994.

[88] TAYLOR J. Romance and the Female Gaze Obscuring Gendered Violence in The Twilight Saga [J]. Feminist Media Studies, 2012,14(3): 388 - 402.

[89] TIPTON N G. "He Doesn't Strike Me as a Family Man": Uncloseting George Fairchild's Queerness in Eudora Welty's Delta Wedding [J]. Eudora Welty Review, 2013,5: 109 - 127.

[90] THOMPSON R G. Extraordinary Bodies: Figuring Physical Disability in American Culture and Literature [M]. New York: Columbia University Press, 1997.

[91] THOMPSON V H. Eudora Welty: A Reference Guide [M]. Boston: G. K. Hall, 1976.

[92] THORNTON N F. Strange Felicity: Eudora Welty's Subtexts on Fiction and Society [M]. Westport: Praeger Publisher, 2003.

[93] TURNER W C, HARDING L E. (eds.). Critical Essays on Eudora Welty [M]. Boston: G. K. Hall, 1989.

[94] URRY J. The Tourist Gaze [M] (second edition). London: Sage Publications, 2002.

[95] USSHER J. Women's Madness: Misogyny or Mental Illness? [M] Amherst: University of Massachusetts Press, 1992.

[96] VANCE R B. Regional Family Patterns: The Southern Family [J]. American Journal of Sociology, 1948,53(6): 426 - 429.

［97］ VISSER I. Reading Pleasure：Light in August and the Theory of the Gendered Gaze ［J］. Journal of Gender Studies，1997,6(3)：277 - 287.

［98］ VORAGINE J. Here followeth the Life of S. George Martyr ［M］//CAXTON W. (trans.). The Golden Legend：Or, Lives of the Saints. London：Dent and Co. ，1900：126 - 134.

［99］ WELLS I M. Anxiety and Orange Blossoms：Sexual Economics in Wedding Texts by Grace Lumpkin, Eudora Welty, and Alice Childress ［D］. Baton Rouge：Louisiana State University, 2000.

［100］ WELTY E. The Eye of the Story：Selected Essays and Reviews ［M］. New York：Random House, 1978.

［101］ WELTY E. One Writer's Beginnings ［M］. Cambridge, MA. ：Harvard University Press，1984.

［102］ WESTLING L. Sacred Groves and Ravaged Gardens：The Fiction of Eudora Welty, Carson McCullers, and Flannery O'Connor ［M］. Atlanta：University of Georgia Press，1985.

［103］ WHITE H. The Value of Narrativity in the Representation of Reality ［J］. Critical Inquiry, 1980,7(1)：5 - 27.

［104］ WOLFF S. A Dark Rose：Love in Eudora Welty's Stories and Novels ［M］. Baton Rouge：Louisiana State University Press, 2014.

［105］ WYATT-BROWN B. Southern Honor：Ethics and Behavior in the Old South ［M］. New York：Oxford University Press，1982.

［106］ YAEGER P S. "Because a Fire Was in My Head"：Eudora Welty and the Dialogic Imagination ［J］. PMLA, 1984,99(5)：955 - 973.

［107］ YAEGER P S. Dirt and Desire：Reconstructing Southern Women's Writing, 1930 - 1990 ［M］. Chicago：University of Chicago Press, 2000.

［108］ A. C. 丹图. 萨特［M］. 安延明，译. 北京：工人出版社,1986.

［109］ 巴赫金. 巴赫金全集第六卷：拉伯雷的创作与中世纪和文艺复兴时期的民间文化 ［M］. 李兆林，夏忠宪，译. 石家庄：河北教育出版社,1998.

［110］ 柏拉图. 蒂迈欧篇［M］. 谢文郁，译. 上海：上海人民出版社,2005.

［111］ 崔莉. 想象力、词、真实与文学作品——尤多拉·韦尔蒂的文学观［J］. 解放军外国语学院学报,2017,40(2)：121 - 128.

［112］ 丹尼·卡瓦拉罗. 文化理论关键词［M］. 张卫东，张生，赵顺宏，译. 南京：江苏人民出版社,2006.

［113］ 范欣. 媒体奇观研究理论溯源——从"视觉中心主义"到"景观社会"［J］. 浙江学刊,2009(2)：219 - 223.

［114］ 林笳. 从愚人到疯癫的嬗变［J］. 国外文学,2000(2)：36 - 42.

［115］ 刘纪蕙. 文化的视觉系统［M］. 台北：麦田出版,2006.

［116］ 何小香. 他者的凝视——论兰德尔·麦克莱恩主体性的解构与建构［J］. 杭州电子科技大学学报,2016(1)：54 - 58.

［117］ 何小香. 暴力书写与男性气质——以尤多拉·韦尔蒂四十年代作品为分析对象［J］. 新西部,2018(12)：84 - 85.

[118] 黄晖. 疯癫的沉默与理性的独白——解读福柯的《疯癫与文明》[J]. 法国研究,2010(1)：47-53.

[119] 凯特·米利特. 性政治[M]. 宋文伟,译. 南京：江苏人民出版社,2000.

[120] 玛格丽特·奥琳. "凝视"通论[J]. 曾胜,译. 新美术,2006,27(2)：59-67.

[121] 马元龙. 拉康论凝视[J]. 文艺研究,2012(9)：23-32.

[122] 米歇尔·福柯. 疯癫与文明：理性时代的疯癫史[M]. 刘北城,杨远婴,译. 北京：生活·读书·新知三联书店,2003.

[123] 米歇尔·福柯. 规训与惩罚：监狱的诞生[M]. 刘北成,杨远婴,译. 北京：生活·读书·新知三联书店,2007.

[124] 米歇尔·福柯. 临床医学的诞生[M]. 刘北城,译. 南京：译林出版社,2011.

[125] 莫里斯·梅洛-庞蒂. 可见的与不可见的[M]. 罗国祥,译. 北京：商务印书馆,2017.

[126] 欧阳灿灿. 叙事的动力学——论身体叙事学视野中的欲望身体[J]. 当代外国文学,2015(1)：146-153.

[127] 皮埃尔·布尔迪厄. 男性统治[M]. 刘晖,译. 深圳：海天出版社,2002.

[128] 齐泽克. 斜目而视：透过通俗文化看拉康[M]. 季广茂,译. 杭州：浙江大学出版社,2011.

[129] 让-雅克·库尔纳. 身体的历史——目光的转变：20世纪[M]. 孙圣英等,译. 上海：华东师范大学出版社,2013.

[130] 塞巴斯蒂安·勃兰特. 愚人船[M]. 曹乃云,译. 桂林：广西师范大学出版社,2019.

[131] 萨特. 存在与虚无[M]. 陈宣良等,译. 北京：生活·读书·新知三联书店,2007.

[132] 盛洁桦. 浪漫凝视与集体凝视——旅游人类学视角下的博物馆游客体验探析[J]. 中国博物馆,2016(2)：31-34.

[133] 沃尔夫冈·凯泽尔. 美人和野兽——文学艺术中的怪诞[M]. 曾忠禄,钟翔荔,译. 西安：华岳文艺出版社,1987.

[134] 吴琼. 视觉性与视觉文化——视觉文化研究的谱系[J]. 文艺研究,2006(1)：84-96.

[135] 吴琼. 雅克·拉康——阅读你的症状[M]. 北京：中国人民大学出版社,2011.

[136] 亚里士多德. 形而上学[M]. 吴寿彭,译. 北京：商务印书馆,1959.

[137] 盐野七生. 罗马人的故事：罗马不是一天建成的[M]. 徐幸娟,译. 台北：三民书局,2008.

[138] 严泽胜. 性别表演[M]//汪民安. 文化研究关键词. 南京：江苏人民出版社,2007：414-417.

[139] 尤多拉·韦尔蒂. 绿帘[M]. 吴新云,译. 南京：译林出版社,2012.

[140] 尤多拉·韦尔蒂. 金苹果[M]. 刘浡波,译. 南京：译林出版社,2013.

[141] 西蒙娜·德·波伏娃. 第二性（第一卷）[M]. 陶铁柱,译. 北京：中国书籍出版社,1998.

[142] 约翰·伯格. 观看之道[M]. 戴行钺,译. 桂林：广西师范大学出版社,2005.

[143] 张京媛,主编. 当代女性主义文学批评[M]. 北京：北京大学出版社,1995.

[144] 赵辉辉. "月亮湖"中身体表达的文化审美[J]. 外国文学研究,2014(2)：80-87.

[145] 赵辉辉. 神圣与世俗：《金苹果》中的身体隐喻[J]. 国外文学,2016(2)：137-144.

[146] 陈榕. 凝视[M]//赵一凡. 西方文论关键词. 北京：外语教学与研究出版社,2006：349-361.

[147] 朱晓兰. "凝视"理论研究[D]. 南京：南京大学,2011.